JN069581

久生十蘭作品研究

〈霧〉と〈二重性〉

開 信介

HIRAKI SHINSUKE

和泉選書

扉図版　本文 p.111 他参照
倪瓚　西林禅室図（伊勢専一郎『支那の絵画』大正 11 年所収）
大阪府立中央図書館所蔵

目次

本書のはじめに……1

第一章　久生十蘭作品群における〈霧〉モチーフ……7

はじめに……7

1　〈霧〉モチーフに関する先行研究と作例数……7

2　〈霧〉モチーフの分類および作例分析……8

2・1　作例分析（1）…10　2・2　作例分析（2）…14

2・3　〈霧〉モチーフの集成としての「氷の園」…19

3　〈霧〉モチーフ成立の背景……26

3・1　日本における「霧」の表現…26　3・2　作家の個人的体験…29

3・3　先行作品の影響…30

むすび……32

第二章　久生十蘭作品群における〈二重性〉モチーフ……49
はじめに……49
1 〈二重性〉モチーフの輪郭と分類法……50
2 範疇Ⅰ――作為による〈二重性〉……53
3 範疇Ⅱ――無作為・偶然による〈二重性〉……57
4 範疇Ⅲ――夢・狂気・超自然力による〈二重性〉……59
5 範疇Ⅳ――所属・空間構造による〈二重性〉……62
6 分類の総括……63
7 〈二重性〉モチーフの背景……66
8 〈二重性〉モチーフの諸相……70
むすび……75
第三章　久生十蘭「鶴鍋」（「西林図」）論――敗戦と見立て……91
はじめに……91
1 戦争の記憶――横浜大空襲と失踪……94
2 敗戦と民主化――家制度の解体と結婚……101

3　見立ての空間——鶴のイメージ構造と素材……109
むすびにかえて　二つの文脈——俳句と滋子……127

第四章　久生十蘭「予言」論——二重化された語り……134
はじめに……134
1　語りの第一・第二の特徴……136
2　語りの原理と第三の特徴……145
3　幻覚小説の語りと〈二重性〉……149
むすび……161

第五章　久生十蘭「母子像」論——〈二重性〉モチーフと第二回世界短編小説コンクールにおける翻訳の問題……165
はじめに……165
1　「母子像」における〈二重性〉モチーフ……166
2　第二回世界短編小説コンクール「母子像」受賞をめぐる問題提起について……173
3　世界短編小説コンクールについて……178
4　日本からの参加経緯……181
5　久生十蘭「母子像」（英題：*Mother and Son*）……182

6 吉田健一の翻訳観……193
7 石川達三「二十八歳の魔女」（英題：*A Witch*）……196
8 永井龍男「小美術館で」（英題：*In A Small Art Gallery*）……198
むすび……201

第六章 久生十蘭「湖畔」論——合理と非合理の「幻想文学」……210

はじめに……210
1 合理的な物語／超自然的な物語……211
2 「幻想文学」としての「湖畔」……214
3 ポー『鋸山奇談』の射程……220
4 磁場としての合理非合理の相克……223
5 むすびにかえて 「不安の思想」と〈霧〉〈二重性〉モチーフ……228

本書のおわりに……238

〈補論〉新資料・三澄半造名義の久生十蘭作品六篇について……241

あとがき……253

本書のはじめに

本書は小説家久生十蘭（一九〇二－一九五七）の作品群を考察の対象とするものである。

久生十蘭、本名阿部正雄。函館出身、新聞記者を経て上京し、岸田國士門下の演劇人として出発した十蘭は、フランス留学から帰国後、雑誌『新青年』によって探偵小説作家として文壇に登場したのち、探偵小説にとどまらない広範なジャンルの作品を残した。その声価は、第二十六回直木賞受賞（受賞作「鈴木主水」『オール讀物』昭26・11ほか）や本書でも扱う第二回世界短編小説コンクール一等受賞（受賞作「母子像」『読売新聞』朝刊、昭29・3・26～28）等の経歴によっても知ることができる。

没後、学生運動の高まりを背景としたカウンターカルチャーの一翼として「一九六〇年代から七〇年代にかけての「異端文学」のブーム」（川村湊『日本の異端文学』集英社、平13・12）が生じ、十蘭は夢野久作・小栗虫太郎らと並び『新青年』系の「怪奇幻想」作家として復権することとなる。初の個人全集（ただし収録作品数の点で全集と呼ぶには物足りない）である大佛次郎・荒正人・安部公房・中井英夫編『久生十蘭全集』全七巻（三一書房、昭44・11～昭45・6）が刊行され、「小説の魔術師」（三一書房版全集の惹句）として脚光を浴びた。

十蘭は探偵小説・大衆文学作家とされ、長らく本格的な学術研究の対象とは目されてこなかった。

しかし、一九八〇年代以降、『新青年』作家をポスト・モダニズム文学の先駆として位置付けるような視点の提出（鈴木貞美「戦後的理念のくびき、あるいは現代小説の不幸」『文芸』昭59・10）や都市論・文化研究の興隆と相俟って『新青年』研究が活発になり（『新青年』研究会、昭61～）、このような動向の中で十蘭研究も緒につくこととなる。『早稲田文学』（昭58・11～12）、『ユリイカ』（平1・6）では十蘭特集が組まれ、初の本格的な評伝も著された（江口雄輔『久生十蘭』白水社、平6・1）。さらに綿密な校訂にもとづく網羅的な全集である江口雄輔・川崎賢子・沢田安史・浜田雄介編『定本　久生十蘭全集』全十二巻（国書刊行会、平20・10～平25・2）が刊行され、その全貌をうかがえるようになった。

十蘭作品の評価において多くの場合、称賛とともにくりかえし語られてきたのは、その巧緻な構成、文体、ジャンルの多様性である。とりわけ言及されることが多いのが文体であり、澁澤龍彦、塚本邦雄、都筑道夫、中井英夫、中野美代子、橋本治らによって、その文体は十蘭評価の中心に据えられてきた。文体への評価は小説技巧および多面的な創作活動への評価と重複する場合も多く、一例を挙げると、澁澤龍彦は「久生十蘭の本質は、アルファからオメガまで、ただスタイルのみに在る」と断じたうえで、「『玉取物語』の飄逸な擬古文体から、『姦』のコクトー張りの電話の女の洒落たモノローグまで、十蘭の堂に入った語り口の技巧と洗練」（「解説」『久生十蘭全集Ⅱ』三一書房、昭45・1）を称揚している。この評言に典型的なように、作品ごとに多様な文体を使い分けつつ、それぞれに高い達成を示しているという話法は、文体という評語を十蘭の小説技巧およびジャンルの多様性をも包含するキーワードとして流通させてきた。しかしながら、本格的全集が長年未刊行であったこと、また十蘭が自身の小説観を直接に吐露した文献の寡少さもあり、文体をはじめとした十蘭の小説技巧・作品構成法についての網羅的かつ具体的な研究は未だ乏しいのが現状である。

十蘭はブッキッシュかつ衒学的な作家であり、創作過程における先行テクストの重要度が高い。そのため近年では研究の進展とともに十蘭が依拠した材源への注目が高まり、江口雄輔、須田千里らによって、和文献ならびに洋文献の各作品への摂取の実態が明らかにされつつある。十蘭の場合、材源とする先行テクストには自作も含まれる。従来、十蘭の改稿癖、自作引用癖として語られてきた特色であるが、その実態については前掲『定本　久生十蘭全集』各巻解題に詳しい。また、十蘭の新聞記者という出自もあり、海野弘、川崎賢子、鈴木貞美らによって、同時代の事象や言説に対するジャーナリスティックな批評性を作品に探る研究も進んでいる。

以上に素描した十蘭の評価・研究史を踏まえ、本書が主として目指すのは、十蘭作品に頻出する〈霧〉モチーフと〈二重性〉モチーフを軸とした十蘭の小説技巧ならびに作品構造の解明である。ここでいう〈霧〉モチーフとは、作中で何らかの「型」として機能している雲霧煙霞などの描写をいい、〈二重性〉モチーフとは、作中において対象が何らかの意味で二重化する／されるものをいう。

この両モチーフをめぐっては、すでに江中直紀「物語ものがたり」（『早稲田文学』昭58・11）、芳川泰久「ゲームとしての物語」（『早稲田文学』昭58・11）等によって問題提起されており、本書はこれらを踏まえたうえで、新資料を含めた十蘭作品の網羅的な調査を行い、その成果にもとづいて考察を展開する。むろん十蘭作品のモチーフに関する問題提起は〈霧〉〈二重性〉にとどまるものではなく、「限界状況」、「純愛」、「肉親の愛」、「心霊」（以上、澁澤龍彦「解説」前掲）、「虚在の対象追求」（草森紳一「虚在の城――久生十蘭の怯えと情熱」『幻想と怪奇』昭49・3）、「水」（江口雄輔「水の物語」『早稲田文学』昭62・3）などの指摘が存在する。

本書が敢えて〈霧〉〈二重性〉のモチーフを考察の中心に据える理由は主として次の三点である。第一に両モチーフの使用頻度がきわめて高いこと、第二に〈霧〉モチーフは語彙単位での分析が可能であり、前述のように文体が評価の中心とされてきた十蘭作品の微視的な分析に資する一方、〈二重性〉モチーフはプロット等の作品全体に関わる要素と密接な関係にある場合が多く、小説技巧や作品構造のより巨視的な分析に資すること、すなわち多層的な考察を可能にすること、第三に両モチーフはしばしば相関関係にあり、作品上で実現されているその相関性を分析することによって、十蘭作品の有機的な構造を明らかにしうること。

最後に本書の構成を述べておきたい。

第一章では、久生十蘭の作品群を通じ反復される〈霧〉モチーフについて考察する。同モチーフの分類と作例分析を行い、典型的作例として「氷の園」（『夕刊新大阪』昭24・10・13〜昭25・5・9）を取り上げる。あわせて〈霧〉モチーフの成立背景についても考察する。

第二章では、同様に、十蘭の作品群を通じ反復される〈二重性〉モチーフについて考察する。分類と作例分析を行い、その総括を通じて十蘭作品の傾向を浮かび上がらせる。さらに成立背景の考察を行ったのち、「魔都」（『新青年』昭12・10～昭13・10）のイメージ構造を分析し、また〈二重性〉モチーフと〈霧〉モチーフの融合が見られる作例として「雲の小径」（『小説新潮』昭31・1）を取り上げる。第三章から第六章までは、第一章・第二章の考察にもとづきながら、より個別的な作品分析を行い、十蘭作品の小説技巧・作品構造を具体的に明らかにする。

第三章では、「鶴鍋」（『オール讀物』昭22・7。のち「西林図」と改題）を取り上げる。占領下日本における「家」の解体がどのように作中に反映されているかを探り、同時代状況の作中への摂取の様相を考察する。さらに同作のイメージ構造において重要な〈二重性〉モチーフ「見立て」を中心に、作品構造、素材を明らかにする。その検討を通じ、〈霧〉モチーフと〈二重性〉モチーフ融合の種々の様態についても明らめる。

第四章では、「予言」（『苦楽』昭22・8）を取り上げる。まず同作の語りの特徴をナラトロジーの知見を用いて明らかにする。そのうえで、二重化された語りと幻覚小説（夢オチ）であることの相関性、ならびに語りと〈二重性〉モチーフとの相関性について考察する。

第五章では、「母子像」（前掲）を取り上げる。同作においても用いられている〈二重性〉モチーフについて検討し、十蘭作品の典型的な構成法について確認する。さらに十蘭の作家的評価とかかわる前述の第二回世界短編小説コンクールの性質と受賞過程における翻訳の問題について考察する。

第六章では、「湖畔」（『文芸』昭12・5）を取り上げる。同作を合理と非合理の狭間にある「幻想文学」として位置づけつつ、作品構造と同時代言説・思潮との共振のありかたから、十蘭の〈霧〉と

〈二重性〉モチーフへの執着の根源にあるものを考察する。

なお補論は、本書において資料体として用いている新資料・三澄半造名義の十蘭作品についての解題である。

以上の考察を通じ、久生十蘭の小説技巧・作品構造を総合的かつ多角的に解明することが本書の主題である。

第一章　久生十蘭作品群における〈霧〉モチーフ

はじめに

久生十蘭研究は進みつつあるとはいえ、その作品群の主要なモチーフに関する研究は未だ少ない。本稿は十蘭作品群の〈霧〉モチーフに着目する。後述するように、このモチーフは十蘭作品群に頻出するものであり、検討に値する対象である。本稿の主眼は、十蘭作品群における〈霧〉モチーフの分類、その特徴や意義、成立背景の検討に置かれる。

1　〈霧〉モチーフに関する先行研究と作例数

久生十蘭の作品群において、霧や雲の描写が特徴的に用いられていることを具体的に指摘した先行研究は、江中直紀による「物語ものがたり」（『早稲田文学』昭58・11）である。同論において江中は、十蘭作品群の雲霧の描写は「物語のはじまりをできるかぎり不分明にぼかそうと」する「神話的な渾沌」の「譬喩」であるとし、作例として、「海豹島」（『大陸』昭14・2）、「ハムレット」（『新青年』昭

21・10)、「藤九郎の島」(『オール読物』昭27・9)、「雲の小径」(『別冊小説新潮』昭31・1)、「雪間」(『別冊文芸春秋』昭32・2)を挙げている。さらに江中は、この「譬喩」としての雲霧の描写が「作品じたいの発端」あるいは作品中の「核となる逸話」の周囲に現れることを指摘した。

本稿では、この指摘を参考に、十蘭作品群における雲霧あるいはそれに類した靄・霞・煙の描写(以下、「「霧」の描写」と略記)[1]のうち、作品内で前後の脈絡との関連において何らかの規則性を伴い、かつ視界に影響を与える程度の質量を伴うもの[2]を〈霧〉モチーフとする。つまり、作品内において、ある種の型として機能しているものである。次項に示すように、この〈霧〉モチーフはそれぞれの機能ごとに四つの型に分類しうる。

調査した十蘭作品群全268作品中[3]、「霧」の描写を一例以上含むものは163作品、うち何らかの〈霧〉モチーフを一例以上含むものは114作品である(別表1参照、40頁以下)。この調査結果の内実は次項以下で詳述するが、先に示した数字から、十蘭作品群において「霧」の描写が頻出し、重要な役割を果たしていることは明らかであろう。

2 〈霧〉モチーフの分類および作例分析

前項で規定した〈霧〉モチーフの四つの型について、それぞれの作例数を挙げるとともにその内実を明らかにしたい。

①指標の〈霧〉

もっとも頻出する〈霧〉モチーフは、「霧」の描写が作品や作品中の各章の冒頭や末尾に置かれている場合のもので、物語の始まり、節目、終わりを示す機能を担っていると考えられる。この型の〈霧〉モチーフを含む作品は74作品確認できる。(4)

②契機の〈霧〉

「霧」の描写が作品内における何らかの「事件」の直接的契機として用いられている場合のもの。たとえば、霧によって作中人物が姿を隠す、あるいは霧のために人物の取り違いが起こるような状況を指す。また、砂漠で砂霧に苦しめられるなど、「霧」の描写が「事件」を構成する要素として用いられているものも含む。この型の〈霧〉モチーフを含む作品は22作品確認できる。

③暗示・予兆の〈霧〉

「霧」の描写が「事件」の予兆として、あるいは「事件」それ自体の暗示として用いられている場合のもの。「事件」と直接の関わりを持たないという点で、「②契機の〈霧〉」とは区別される。この型の〈霧〉モチーフを含む作品は44作品確認できる。

④非日常の〈霧〉

何らかの「非日常空間」に付随する形で「霧」の描写がなされている場合のもの。ここでいう「非日常空間」とは一種の異界であり、「夢・幻覚・彼岸」／「閉鎖空間」〈孤島・館〉／「異境・異域」（地底、嵐の海、異国等）／「戦場」／「聖域」（皇居・神社・墓地）等を指す。このような作品空間を描出する上で、「霧」の描写は空間の非日常性を強調し、その象徴として機能している。この型の〈霧〉モチーフは64作品確認できる。

以上、〈霧〉モチーフの四つの型を示したが、あるひとつの〈霧〉モチーフが二つ以上の型を兼ねている例も多数存在するため、作例数の合計204は前記作品数114を越える。ただし「②契機の〈霧〉」と「③暗示・予兆の〈霧〉」は互いに排他的な分類であるため、重複しない。次項では、上述の分類に即しながらこれらの型について例証する。

2・1 作例分析（1）

まず〈霧〉モチーフのそれぞれの型ごとに代表的な例を挙げる。

《①指標の〈霧〉》

・a「馬と老人」【第一章第一段落】（『新青年』昭14・11）

一／秋が深くなつて、朝晩、公園に白い**霧**がおりるやうになつた。［網掛けは稿者による。以下同じ］

・b「国風」【第一段落】（『新青年』昭17・12）

一（中略）舷側へ走り出して眺めると、朝霧らふケムライ岬の沖五浬（カイリ）ほどのところを、七十反帆の大きな和船が、帆影を瞬くやうに**霧**のなかで明滅させながら進んで来るのが見えた。

・c「巴里の雨」【第四章第二段落】（『サンデー毎日別冊』昭24・5）

まだ空は明るいが、河の面はもう暮れかけ、そこからあがる白い靄が対岸のマルリーの丘の森をぼんやりと蔽ひかくさうとしてゐる。

《②契機の〈霧〉》

・d「消えた五十万人」（『陸軍画報』昭17・8）

夕暮で、川から霧が立つてゐた。演習が終りに近づき、戦車隊が土堤の斜面を降りて来た。霧と片闇で戦車隊のはうではそこに伏せをしてゐる小隊を発見することが出来なかつた。戦車隊はすぐ間近に迫つて来たが、小隊の方では誰一人それを阻止しようとするものも、声をあげて自分らの所在を知らせようとするものもなく、自分らの背骨を戦車の無限軌道が踏砕いて行くのにまかせた。

本作は、第二次世界大戦下、独ソのハリコフ攻防戦をあるソ連兵の視点から描いた小品。引用は、演習の際、霧が一因となってソ連兵たちが自軍の戦車に踏みつぶされる場面である。

・e「黄昏日記」（『物語』昭24・1～8）

「助からないんでせうか」／「この霧ぢやな。それに、もうずいぶん離れてしまつたから。駄目ですね」

ここでは、上海からの引揚げ船で身投げが起こり、ひとつには霧のため、救助されないという設定である。主人公のひとり山内由紀子は、身投げした沼間シヅと入れ替わって過去を捨て、新しい人生を歩もうとする。

《③暗示・予兆の〈霧〉》

・f「第〇特務隊」（『新青年』昭19・6）

夕方になると、きまつて東南の海の上に炎色の赤雲（やけぐも）が立つて大火事のやうに空を焼いた。小関はすさまじい赤雲のひろがりの中から新しい世界秩序を打ち樹てる陣痛の苦しみとしての日米必戦の運命を感じ、こんなときにお役にたてぬ申訳なさに身も世もない思ひだつた。

退役軍人である主人公小関丈吉が、ニューギニアのカイマナで太平洋戦争の開戦間近を予感する場面。ここでは「赤雲」が困難な未来を暗示している。

・g「死亡通知」（『文学界』昭27・5）

雨雲が家の棟まで舞ひさがつてきて、福中のゐるあたりが急に暗くなつた。見えないところから声だけがひびいてくるやうで、合点がいかなかつた。

昭和十九年、主人公須佐のもとへ、福中正信がフィリピンへ出向する挨拶にやって来る場面。その直後、福中が乗船した大洋丸は雷撃を受け、消息不明となる。引用の「雨雲」によって福中の姿は見えにくくなっており、彼のその後の運命が暗示される。

《④非日常の〈霧〉》

・h「新版八犬伝」(『新青年』特別増刊号、昭13・4)

信乃は岸の芦を折りしいて、汀に坐り、ぼんやりと沼を眺める。(中略)いったい、夕方なのか、夜明なのか。空を見あげると灰色の幕のやうなものが一面にかかつてゐるが、雲とも霧とも定めがたい。(中略)どうもこの世の景色とは思はれないのである。／すぐそばの汀でかすかな水音がした。振向いて見ると、水墨でかいたやうな芦のあひだに、一羽の白鷺が立つてゐる。(中略)白鷺でなくて浜路だつた。

本作は曲亭馬琴『南総里見八犬伝』前半部を一部翻案しつつ現代語訳したもの。引用は、殺された浜路が恋人の信乃の夢に白鷺となって現れる場面。原作に対応する箇所のない挿話であり、十蘭の創作である。(5) 夜か昼かも分からない、「この世の景色とは思はれない」空間(前掲の「夢・幻覚・彼岸」)を表現するために、「雲とも霧とも定めがたい」「灰色の幕のやうなもの」を用いている。

・i「十字街」（『夕刊朝日新聞』昭26・1・1〜同・6・17）

向う河岸の家の棟と、ポプラの梢だけがあらはれだし、よろめくやうに見え隠れしてゐたが、それも間もなく模糊とした灰色のなかに沈み、うごめく霧のほか、なにひとつ目に入らない。（中略）／「ひどい霧だ」／パリといふ大都会が消え失せ、地上でもない、空間でもない、漠とした次元に浮いて居る感じ。（中略）自分がほんたうに死んで、死後の世界に居るやうな、ひつそりとした気持になる。

フランスの疑獄事件に捲きこまれた主人公小田孝吉が、ホテルの窓からパリの風景を眺めている場面である。「漠とした次元」「死後の世界」という非日常性が「霧」の描写によってもたらされている。なお、このモチーフは後述する「氷の園」第一章「霧立つ」第一回からの流用である。

2・2 作例分析（2）

次に、複数の型を兼ねている〈霧〉モチーフの検討に移る。該当する型の番号を出典の下に併記した。

・j「な泣きそ春の鳥」（『函館新聞』昭2・6・6）①③

若葉どきの裏日本の空は、毎日々々憂鬱で、水墨のやうな雲が陽の光をとぢ、若葉に暗く翳を落してゐた。まつたく、私らがこんな境涯に落ちぶれて、あてもなく村々を流れ歩くやうになつてから一度でも朗かな太陽を仰ぎ見ることがあつたであらうか。

本作は初期の習作群のひとつ。引用は作品冒頭第三段落にあたり、「①指標の〈霧〉」が認められる。次に「霧」の描写が旅芸人の「私ら」の落魄した境遇を暗示しており、「③暗示・予兆の〈霧〉」も認められる。

・k「刺客」（『モダン日本』昭13・5～6）③④

草一本ない荒涼たる黒い岩地の上に白墨（チヨーク）で書いたやうな白い道が象徴的な線をひきながら遥か岬の突端の方へつゞいてゐます。その端に、土塀をめぐらした真四角な墓塋（ぼえい）のやうな妙な建物が雨雲の低く垂れた闇澹（あんたん）［ママ］たる空の下に置き忘れられたやうにポツンと建つてゐる。海から上がつた白い霧が屍衣のやうにその周りに纏ひつき、あらゆる鋭角を押し隠し曖昧にし、この無気味な建物を一層ミスチツクな趣にする。

本作は、主人公祖父江光による書簡形式の作品。引用は、祖父江が秘書の仕事を得た屋敷へと近づいていく際の描写である。屋敷の中では、事故のため自分をハムレットだと思い込んでいる主人を中心に、奇怪な人物たちが英国エリザベス朝時代の宮廷生活を模した生活を送っている。祖父江は主人の過去を探るうちついに発狂する。ここでの「霧」の描写は不気味な雰囲気を演出し、祖父江を待ち受ける運命を暗示する「③暗示・予兆の〈霧〉」であると同時に、非日常空間（「閉鎖空間」としての〈館〉）として設定された屋敷に付随する「④非日常の〈霧〉」でもある。

・l「生霊」（『新青年』昭16・8）①④

五／三十郎がお迎火の煙を押跨ぐやうにして土間へ入つて行くと、竈の前に踞（しやが）んでゐた皺くちやのお婆さんが火吹竹を持つたまゝ、ヨチヨチとよちり出て来た。

引用は、主人公松久三十郎が、戦死した関原弥之助の祖父母の家へ入っていく場面である。これは五章の第一段落であるから、「①指標の〈霧〉」が当てはまる。関原の祖父母は孫の「お精霊」が帰ってくるのを待ち受けている。引用箇所ののち、松久に戦死した関原弥之助が憑依するかのような場面が描かれることで、この家は非日常空間（「夢・幻覚・彼岸」）となる。その家に松久が入る際、引用のように煙の描写が伴っていることから「④非日常の〈霧〉」が認められる。

・m「海豹島」（前掲）①③④

第一日／一、三月八日、大泊港を出帆した第二小樽丸は、翌々十日、午前十時頃、海豹島の西海岸、四浬ほどの沖合に到着した。／風が変って海霧が流れ、雲とも煙ともつかぬ灰色の溷濁の間から、雪を頂いた生気のない陰鬱な島の輪郭がぼんやりとあらわれだしてきた。しかし、それも束の間のことで、瘴気のような霧が朦朧と島の周りを立ち迷い、人間の眼に触れるのを厭うかのように急速に蔽い隠し、島は見る間に漠々たる乳白色の中に沈みこんでしまった。／一、一と眼その島を見るなり、なんともつかぬ不安の念におそわれた。（中略）あまりにも陰鬱な島の風景が心を傷ませたのだと思うほかはない。さもなくば、予感といったようなものだったかも知れない。それは悲哀と不安と絶望を綯いまぜた、なにかやるせないような思いだった。

本作は、「私」による「海豹島でのある事件」の回想録という体裁であり、回想部分は「海豹島滞留日誌」と題された日記形式で叙述されている。海豹島は実在の島で、作中では「樺太の東海岸、オホーツク海にうかぶ絶海の孤島」、「世界に三つしかない膃肭獣の蕃殖場」と紹介されている。事件当時、「私」は「樺太庁農林部水産課の技師で、膃肭獣猟獲事業の主任の地位」にあり、工事が捗らない新たな猟獲基地の査察のため、海豹島へ赴く。引用は、前述「海豹島滞留日誌」の冒頭であり、「私」が海豹島を目にする最初の場面、ここに「①指標の〈霧〉」が確認できる。島を目にした「私」の「不安の念」を引き起こしたのは島の陰鬱な風景であるが、その一要素として「瘴気のような霧」があることは引用から確認できよう。この「不安の念」は後に事件の「予感」として回想される。この構図は、まさに「③暗示・予兆の〈霧〉」に当たるものである。査察を終えた後、直ちに島を離れる予定だった「私」は、ある事情から島に留まり、膃肭臍が少女へ姿を変えるという異常な事件を目撃する。このように作中での海豹島は、異常な事件の舞台となる「絶海の孤島」であり、その非日常性は、各所の「霧」の描写によって強調される。すなわち「④非日常の〈霧〉」の型も認められる。

・n「大龍巻」（『ユーモアクラブ』昭15・8）③④

龍巻の中の空洞！（中略）／つまり、われ〳〵の飛行機は、龍巻の軸柱の空洞、――巨大な雲の管の中心で、地表から吸引された空気の圧力に支へられ、一二〇〇米ばかりのところでもの静かに静止してゐるわけだつた。／われ〳〵の周囲で真黒な雲の壁が眼にもとまらぬ速さで急旋回してゐる。

怖るべき死の疾走！／窓から外界を見ると、泥洲の泥のやうな混沌とした雲の壁がなんともつかぬ不気味なうごめきを見せながら湧きあがり盛りあがつてゐる。太陽の光から見放された宇宙の涯のやうな永劫の闇がわれ〳〵を押し包み、物音ひとつ聞えぬ形容しがたい静寂と虚無が巨大な雲の管の中心を満してゐた。

「濠州と蘭領印度をつなぐシドニイ―スラバヤ線の定期空路の操縦士」である「私」は、ある日の飛行中、巨大な龍巻の中に吸い込まれ死の恐怖を味わう。結局は夢の中の出来事であったという落ちがつくが、この「私」が味わった恐怖の顚末を描いたのが本作である。前記二段の引用箇所に明らかなように、恐怖する「私」の目に入るものは、大龍巻の内側の「雲の壁」であり、大龍巻自体は「巨大な雲の管」と語られる。このように本作は、「事件」を構成する契機そのものが雲であり、「②契機の〈霧〉」の型の典型的作例といえる。また龍巻の内部という非日常空間が雲で構成されているという点から、「④非日常の〈霧〉」の型も認めることができる。

2・3 〈霧〉モチーフの集成としての「氷の園」

ここで、「氷の園」（『夕刊新大阪』昭24・10・13〜昭25・5・9）の検討に移りたい。なぜなら、同作では四つの型すべてが典型的に用いられているからである。本作に詳細な検討を加えることで、〈霧〉モチーフは動的な相において捉えられるであろう。曲折に富んだ内容のために、まずは梗概を述べておく。

第二次世界大戦を間に挟む十年前、アルプスの氷河事故で恋人阿波以津子を亡くした白川幸次郎は、最近、心霊研究会「霊の友会」の霊媒を通じ、以津子の霊と交流している。白川は、事故当時現場近くのホテルに居合わせた二宮忠平とその妻子香世子・柚子、さらに事故の当事者でもあった岩城らと、偶然再会する。彼らは、以津子が事故死を装って岩城と駆落ちしたのを知っているが、白川はそれを知らない。やがて、以津子に敵愾心を抱いている香世子の前に、当の以津子が現れる。香世子は、白川と以津子を対面させ溜飲を下げようとするが、彼と顔を合わせた以津子は、自分が以津子の妹の勢以子だと名乗る。香世子は当初、勢以子はヨーロッパから引き揚げる途中で死んだはずであり、以津子が周囲を欺こうとしているだけと考えるが、次第に混乱していく。どうやら勢以子は霊媒で、自分に以津子の霊を憑依させることができるらしい。以津子はやはり死んでいた。二宮家は阿波家の陰謀により財産をすべて失い、「霊の友会」は勢以子も関わる霊感詐欺の一味であったと判明する。香世子は倦怠から自殺、白川と二宮は途方に暮れたまま残される。

・ｏ「氷の園」第一章「霧立つ」第一回①②④
母屋の子供たちがテラスでさわいでいる。／なんだろうと思って、白川幸次郎が立って窓から外を見てみると、さっきまで夕陽がかがやいていたのに、いつの間にかいちめんに霧がかかっていた。／（中略）めずらしく深い霧で、母屋の屋根の切妻と槐の梢だけがぼんやりとあらわれだし、隣家の飼鳩が斜に舞いあがるのが筋でもひいたように白く見える。

「氷の園」は全十六章それぞれに章題が付けられている。第一章章題に「霧立つ」とあるように、作品は霧の立ち込めた夕暮れどきの東京から始まる。ここでの「霧」の描写は「①〈指標〉の霧」として機能しているが、これは次に示すような印象的な記述に引き継がれ、反復される。

どんよりとしているが、暗いというのではなく、不透明な霧を透してくる夕陽の光がほのかな光波を漂わせ、万象、よろめくような長い影をひいていたが、それも束の間のことで、家の棟の槐の梢も模糊とした灰色のなかに沈みこんでしまった。うごめく霧の色のほか、もうなにひとつ眼に入らない。東京という都会が消え失せ、地上でも空間でもない、空漠たる次元にとじこめられたようなたよりない感じがする。（同前）

「万象、よろめくような長い影」や「空漠たる次元にとじこめられたような」等の記述に窺えるように、この後続箇所では、霧によって非日常的な空間が出現しつつあることを読者に印象づけようとしており、「④非日常の〈霧〉」として機能している。さらに、この箇所は次のように続けられる。

「こうしていると、谷の下から牛の鈴がきこえてきそうだ」／スイスのアルプスの山中では、夕方、きまってこんな霧がたつ。こういう霧の色は、悩ましい、胸をえぐるような、そのくせなつかしくもある痛切な心象につながっている。もう十年もむかしのことだが、白川はまだその影響からぬけきれずにいる。（同前）

「霧」を契機として、白川の脳裏に、恋人の阿波以津子をアルプス氷河での事故で亡くした記憶が蘇る。さらに連想は目下の以津子との「霊の交通」に及び、白川は以津子に逢うため外出の支度をはじめる。

「おや」／と、あらためて見さだめると、小径の左右の植込みも、庭石の布置も、みな見おぼえのないものばかりだった。霧にまぎれ、公園のつもりでうっかりどこかの庭へ入りこんでしまったのらしい。

（同第二回）

白川はここで男女の密会を目撃し、さらには屋敷の主に間男と取り違えられるのだが、この主こそ、以津子が遭難した際に居合わせた旧知の二宮忠平であった。そのまま白川は二宮の屋敷へ招じ入れられ、香世子、岩城といった以津子の遭難に深く関わる人々と再会することになる。ここでの「霧」は、物語にとって重要な人物たちを再会させる「②契機の〈霧〉」として用いられているのである。

白川は、霧の中で目撃した密会中の女性を、二宮の妻の香世子と見定めるが、実は二宮家の小間使い梅であった。香世子が、自分に言い寄る相手への身代わりとしたのである。二宮が白川を香世子の浮気相手と取り違えたことと併せて、ここでは二重に取り違えが起きていることになるが、これも「霧」のためと説明される。

以上のように、作品冒頭に端を発した「霧」の描写は、その機能を変えつつ、反復される。なかでも、白川に以津子の遭難を想い起させ、さらに事件に纏わる人々と彼を再会させるまでの一連の流れにおいて、「霧」の描写が「②契機の〈霧〉」として果たしている役割は大きい。いわばここでは「霧」の描写が物語を駆動させているといえよう。この一連の流れは、「氷の園」において〈霧〉モチーフが最も効果的に用いられている箇所なのだが、このモチーフは他の箇所でも用いられている。以下、そのうちの幾例かを確認しておきたい。

・p第四章「嫌な奴」第十二回①④

月の光が薄れ、霧がかかって来た。ただやおろかな霧(マ マ)ではない。空も大地ももろともに蔽いつくし、露台の人の顔も見わけられないような、密々とした無気味な霧だった。／「おや、霧がかかってきた」／白川が大きな声をだした。／「霧なんか、かかっていませんよ……白川さん、どうしたんです、白川さん」／岩城が耳のそばでそんなことをいっている。べつにどうもしやしない、と口の中でブツブツいっているうちに、天地が混沌となった。

二宮の屋敷で、白川が酒を飲みながら岩城らと以津子の死に纏わる話をするうち酩酊し、幻覚状態に陥っていく場面である。ここで第四章「嫌な奴」が終わり、場面が転換して第五章「夢の中」へと移行するため、ここでの「霧」はまず「①指標の〈霧〉」として機能している。次章冒頭では以津子の遭難に纏わる白川の幻覚が描写されるが、上記引用はその直前にあるため、「④非日常の〈霧〉」としても機能していよう。

・q第十五章「万霊祭」第六回・第七回③

「まあ静かだこと」／香世子は蒲団椅子に身体を沈めて、霧がおりているのかとおもわれるほど、白く光る芝生を見ながら、気に食わないことがあるにしても、こんな静かな片隅で、白川と話が出来るなら、来ただけのことはあったと、愉しい気持になった。

我ともなく、一段高くなった広廊の闇だまりの方へ眼をやると、恐れというものを知らない香世子さえ、すくみ上らせるような、まざ〳〵しいものを見た。何年か前、パリで見た通りの姿で、以津子が闇の中でユラ〳〵揺れていた。

破産した二宮が身を隠し、白川は香世子を慰めようと「ハロオイン・イヴ（万霊祭前夜）の仮装舞踏会」へ誘う。二宮が破産に至った経緯を話すため、白川は香世子を部屋の隅へ連れて行くが、そこで香世子は霧がおりているかのような芝生を見る（前段第六回の引用）。白川の短い説明が終わった直後に、香世子は亡霊のような以津子の姿を目撃する（後段第七回の引用）。前段の「霧」の描写が、後段の「事件」の予兆となっており、「③暗示・予兆の〈霧〉」の型を確認できる。

・r同第十六回・第十七回①④

勢以子はぴたりと笑い止むと、身体ごと伸びあがる感じで顔をあげ、メドをはずしたおぼろげな声で／「香世子はん、うち誰や思うていやはんの」／と見おろすように香世子の顔を見た。勢以子ではない、別な顔だった。／「よう見とほしい。うち以津子ですねん。忘れていやはりましたん？」

チラと芝生のほうへ振返ると、いままですぐそばにあった山王の森も、議事堂の白い塔も、雲煙万里のむこうへ遠のいて、霧か、靄か、乳白色の溷濁したものが、月の光を漉しながら、模糊と漂っていた。

先の場面に引き続く箇所である。白川と香世子の前に勢以子が現れる。これまでは以津子が勢以子に為りすましているとばかり思い込んでいた香世子であったが、この時ついに、目の前の女が勢以子本人に他ならないと確信する。白川と香世子に向かって以津子の死の真相を語り出す勢以子に対し、どうしてそのようなことを知っているのかと香世子は詰問する。すると勢以子に以津子の霊が憑依し、自らの口で語り出す（前段第十六回の引用）。混乱する香世子がふと振り返ると、外には「霧か、靄か、乳白色の溷濁したもの」が漂っていた（後段第十七回の引用）。後段の引用は第十七回最終段落であるから、ここでの「霧」の描写はまず「①指標の〈霧〉」として機能している。同時にまた、死霊の憑依という非日常的な状況に「霧」の描写が付随していることから、「④非日常の〈霧〉」の型を認められる。

既に指摘されているように[6]、「氷の園」からは、「姦（かしまし）」（『別冊文芸春秋』昭26・3）、「雲の小径」（前掲）、「雪間」（前掲）など、いくつかの派生作品が生じている。この点、〈霧〉モチーフに関しても同様であり、先述の『十字街』に加え、たとえば「雪間」では、「氷の園」第一章第二〜七回の、霧の中で主人公が道に迷い間男と取り違えられるまでの場面が転用され、「雲の小径」では、雲に覆われた風景を契機として主人公が過去の出来事を思い出す場面に、「氷の園」第一章第一回（前掲ｏ）からの転用がなされている。

ここでひとつ付記しておきたいのは、久生十蘭作品群の〈二重性〉モチーフについてである。すでに見たように、「氷の園」冒頭で、白川幸次郎は霧に覆われた風景を通じ、現在と十年前のアルプスとを二重写しにする。また、先に触れた人物の取り違えも、「霧」を契機とした人物の二重化であると考えられる。このような〈二重性〉のモチーフについては本書第二章で考察する。

3 〈霧〉モチーフ成立の背景

ここまでの考察を通じ、久生十蘭作品群における〈霧〉モチーフの概要を明らかにし、これが初期から後期まで、作品のジャンルを問わず一貫して用いられた重要な技法であることを確認した。以下、このモチーフの成立背景について考察したい。

3・1 日本における「霧」の表現

「春霞」や「秋霧」、あるいは「雲路」や「雲の梯」といった言葉、また恋情の「火」の縁語としての「煙」、あるいは死を表象する火葬の「煙」など、雲霧や煙は、日本文学における伝統的修辞として、とりわけ歌ことばの中に大きな位置を占めている。十蘭作品にも、「秋霧」と題された戯曲や、歌ことば「雲路」と響きあう「雲の小径」と題された作品があり、一定の影響が看取される。こうした修辞体系が近代でも受け継がれていることは、たとえば、志賀重昂『日本風景論』（政教社、明27・10）や、芳賀矢一・杉谷虎蔵（代水）編『作文講話及文範』（上・下巻、冨山房、明45・3）などに窺うことができる。

日本の風景の「洵美」を称揚する『日本風景論』は、日清戦争により昂揚するナショナリズムを背景に、「初版を発刊するや、倏ち読書界を風靡して版又版を重ね、殆ど止まる処を知らなかつたもの」であり、「文字通りのベストセラーになり、八十を超える書評が書かれ[8]」た。その第三章は「日本には水蒸気の多量なる事」と題されて[9]、日本の風景における雲、霧、霞、雪など水蒸気にまつわる風物が称えられ、これらを詠んだ詩歌が豊富に引用、「若し夫れ吾が日本にして水蒸気の多量ならざらんか、吾が天の文、地の章、焉んぞ此の洵美あらんや[10]」云々と結ばれている。大室幹雄が「志賀の著書の新しさは、ただ一点、煙霞癖の煙霞や雲霧、雲烟といった古びた詩語を水蒸気と呼びなおした一点にだけあったのだといってさしつかえない[11]」と評するように、『日本風景論』は伝統的修辞体系である「霧」の表現を更新し、再生させたものといえるだろう。

一方、『作文講話及文範』は作文指導書であり、「明治四十五年（一九一二）三月一八日初版発行以来版を重ね（中略）大正五年（一九一六）九月二十七日には一層の普及を図るため廉価な増訂縮刷版に改訂された。（中略）発行以来、このように重版を続けた本書は、昭和戦前期第二次大戦まで需要があった。（中略）明治期から大正期にかけて「文範」「作文」に関し数多く出された類書の中で（中略）圧倒的に支持を受けた」[12]とされる。編者「例言」によれば、「講話篇に於ては作文の原理と実技とを細説し、文範篇に於ては記叙論説以下各種文章の軌範たるべきものを列挙し、便覧篇に於ては文法、仮名遣（中略）すべて文を綴るの素たるべきものを網羅す[13]」るものである。

ここで注目したいのは、文字通り作文の模範となる文例が収録されている「文範編」である。「記事文」「叙事文」等、文のジャンルごとに文例が収録されているが、これらのひとつに「叙景文」があり、「夕雲」（島崎藤村「破戒」の一節）、「高山の霧の声」（小島烏水「白峰山脈縦断記」の一節）、「沼の朝もや」（中村春雨「藻の花」の一節）、「靄の這ふ里川」（泉鏡花「草迷宮」の一節）など、雲、霧、靄を標題に含む文章が全22例中4例含まれている。[14]さらに本文中に雲、霧、霞、靄、煙の描写が含まれた文例は全22例中16例に及ぶ。模範とすべき叙景文において、「霧」の描写が重視されていたことが読み取れよう。

取り上げた書は二点のみだが、伝統的修辞体系としての「霧」の表現が、近代に入っても日本の風景描写における主要モチーフであったことを確認できる。上記の両書が広範な影響力を持っていた時期と、久生十蘭の青少年期は時期として重なり、十蘭が一定の影響を受けたことは十分に考えられる。しかし、このような事情が十蘭の美意識形成に寄与したとしても、それは同時代に普遍的であったともいえる。したがって、より深く〈霧〉モチーフの背景を探るためには、普遍に対する特殊として、作家の個人的な体験へと考察を進める必要があろう。

3・2 作家の個人的体験

太平洋戦争中、海軍従軍記者として南方に従軍した際の日記「従軍日記」（『定本 久生十蘭全集10』平23・12）の昭和十八年「四月廿二日（木）時々曇。サランガン。」には次のような記述がある。「おれは湖畔が好きだ。小供のとき、ぢいに連れられて泊つた大沼の湖畔の夜、それから明方の靄など云ひ知れぬ強い印象をうけ、それが湖といふものにたいする特別な憧憬になつてゐる」。函館に隣接する大沼・小沼・蓴菜沼（じゅんさい）を中心とした一帯は、明治三十八年に道立自然公園に、昭和三十三年に国定公園に指定されたが、この一節には、江口雄輔が「水の物語」（『早稲田文学』昭62・3）で指摘した水のテーマへの執着の端緒が覗われる。と同時に、本稿の観点からすれば、「明方の靄」に強い印象を受けた点も見落とせない[15]。

また、十蘭自身のフランス留学（昭和四年〜八年）を素材とした「ノンシヤラン道中記[16]」第二話「合乗り乳母車」（『新青年』昭9・2）には、「今年の冬は是非とも巴里の冷たい霧から逃れ」というように、パリの霧への言及が見られる。同時期の昭和五年一月から昭和六年初頭にかけパリに滞在した詩人金子光晴の回想録『ねむれ巴里』（中央公論社、昭48・10）にも「極寒の季節の霧ふかいパリの街などに出て、ほっつきあるく気になど、とてもならなかった」とあるように、フランスに滞在した日本人にとってパリの霧は記憶に深く留められるものであった。大正十一年から昭和十六年にかけフランスに滞在し、日本文化を紹介して読売新聞パリ支局長も務めた松尾邦之助も「森が裸になり、烏が芝地に集り、女達の首に毛の襟巻が飾られると、霧の冬が遠慮なく巴里を訪れる」（『巴里』新時代社、昭4・5）と書いている。

このような、幼少期や、留学先のパリでの霧の記憶もまた、十蘭の美意識の形成に影響を与えていよう。

3・3　先行作品の影響

〈霧〉モチーフは、作家の美意識の反映に留まらず、作品における有機的な技巧へと昇華されている。そこで、この昇華の過程を先行作品の影響という観点から考察したいのだが、予め率直に述べるならば、この作業を確実に行うことは困難であると言わざるを得ない。たとえば、「暗雲」や「黒雲」が不吉な将来を予兆することは、「暗雲が漂う」等、慣用されており、亡霊と霧の結びつきも、霧の中から現れる船幽霊[17]や、さまよえるオランダ船Flying Dutchmanの例[18]があるように、洋の東西を問わず普遍的な現象である。[19]十蘭が愛読していた作家にも、泉鏡花「二世の契」（『新小説』明36・1）[20]、芥川龍之介「河童」（『改造』昭和2・3）[21]、エドガー・アラン・ポー「ナンタケット島出身のアーサー・ゴードン・ピムの物語」*The Narrative of Arthur Gordon Pym of Nantucket*（1837-1838）[22]、「アッシャー家の崩壊」*The Fall of the House of Usher*（1839）[23]、「鋸山奇談」*A Tale of the Ragged Mountains*

なものではなく、むしろその作例の多さ、作家の執着の強さこそが銘記されるべきであろう。モチーフと同様の技巧を用いた作品がある。つまり、十蘭の〈霧〉モチーフ自体は、必ずしも独創的(1844)[24]、アンリ・ルネ・ルノルマン「時は夢なり」*Le Temps est un songe*（1919）[25]等、十蘭の〈霧〉

ただ、エドモン・ロスタンの戯曲「シラノ・ド・ベルジュラック」*Cyrano de Bergerac*（一八九七年十二月初演、以下「シラノ」と略記）と十蘭の「義勇花白蘭野（ぎにいさむはなのしらの）」（『新青年』昭11・1）の関係についてはやや詳しく述べておきたい。「義勇花白蘭野」は、「シラノ」をその第三幕「ロクサーヌ接吻の場」を中心に抄出して語り直したものである。十蘭は「典雅なる自殺者」（『函館新聞』昭2・3・7）で「シラノ」へ言及しており、同作を早くから愛読していた可能性が指摘されている。[26]日本では早く森鷗外によって「シラノ」の梗概が詳細に紹介され（「観潮楼一夕話」『歌舞伎』明40・2～7）、大正期には楠山正雄訳『近代劇選集　第二巻』（新潮社、大9・9）所収「シラノ・ド・ベルジュラック」、辰野隆・鈴木信太郎訳『シラノ・ド・ベルジュラック』（白水社、大11・10）が刊行、大正十五年一月には新国劇の沢田正二郎によって額田六福翻案の『白野弁十郎』が初演された。

以上を踏まえ、ここで指摘したいのは、「シラノ」が〈霧〉モチーフの「②契機の〈霧〉」の発想源のひとつである可能性が高いということである。「義勇花白蘭野」の素材となった第三幕「ロクサーヌ接吻の場」で、シラノはロクサーヌに華麗な言辞で求愛する。しかしそれは美男のクリスチャンの身代わりとしてであった。当初、クリスチャンは自らの言葉でロクサーヌに求愛するが、シラノのような才能を持たない彼は惨めに失敗する。そこでシラノは、自分がロクサーヌの部屋の露台の下に隠れ、クリスチャンに台詞を教える役を引き受ける。しかし途切れがちなクリスチャンの言葉にロクサーヌが不審を抱く。結局、シラノは露台の下から出てクリスチャンを押しのけ、自らロクサーヌに語り掛けることとなる。注目したいのは、このような入れ替わりが成立したのが夜の暗さゆえだった、ということである。クリスチャンがシラノに加勢を頼む際の、「シラノ　今夜は暗い……／クリスチャン　うん。それで。／シラノ　だからどうにかなりさうだ。」（楠山正雄訳）[27]という遣り取りが示すように、暗闇ゆえに入れ替わりが成立するのである。演劇人でもあった十蘭は、この箇所の重要性を見落としていない。それどころか、「義勇花白蘭野」では「さてその夜は二十日闇。空は一面に鱗雲に蔽はれましたことゝて空には星の光さへない」と強調して語り直しているのである。十蘭作品で初めて「②契機の〈霧〉」が用いられた本作だが、それは原作で有効に機能している夜の暗闇を、月の出の遅さと、雲という要素を用いることで、より説得的に提示しようとした結果ではないだろうか。

このように「②契機の〈霧〉」における「シラノ」の影響を指摘しておきたい。

むすび

本稿での検討を通じ、十蘭作品群に頻出する「霧」の描写が、多くの場合単なる描写に留まらず、〈霧〉モチーフとして分析しうる重要な技巧として機能していることを示してきた。十蘭の小説作法の特徴としてまず指摘できるのは、その風景描写の力点があくまで作品構成や物語内容などとの関連性にある点、つまりはモチーフとしての機能性にあるという点である。次章ではもう一方の主要モチーフである〈二重性〉モチーフへと考察を進め、十蘭の小説作法の全体像を浮き彫りにしたい。

〈注〉

（1）文中に「雲」、「霧」、「靄」、「霞」、「煙」、「曇る」、「靄る」、「霞む」、「煙る」（それぞれ異体字・仮名書き含む）のうち少なくとも一語が含まれ、かつ広義での風景について言及しているもの。「蘆の葉先が雲のようにもやひ」（「西林図」『オール読物』昭22・7）のように、風景描写における比喩として用いられているものは用例に含むが、「霞にでも包まれてゐるやうに底知れないところがあり」（「英雄」『満州良男』昭17・7）のように、性格描写等の比喩で用いられている用例は除外した。「雲の影ひとつなく」（「南極記」『別冊文芸春秋』昭26・9）のように、非在のものとして言及されている用例も除外した。

（2）典型的には「覆う」、「包む」、「閉ざす」、「降る」、「降りる」、「垂れる」、「立つ」、「棚引く」、「〜の中」等の表現を伴うもの。

（3）主たる資料体としては、筆者生前最後の稿を原則として底本とした『定本　久生十蘭全集』全十二巻（国書刊行会、平20・10〜平25・2）を用いた。『函館新聞』時代の新聞雑報、日記・アフォリズム・考証・翻訳・随筆・インタヴューは調査対象としなかった。ただし「をがむ」（『東京新聞』昭20・5・23〜同・7・6）については、沢田安史「久生十蘭「をがむ（7）」――『定本　久生十蘭全集』未収録断片」（『新青年趣味』平26・10）も参照した。加えて同全集未収録の三澄半造名義の六作品（「シモーヌ・シモン会見記」『新青年』昭12・1、「蚊とんぼヘップバーン会見記」『新青年』昭12・2、「ゑくぼのゲーブル会見記」『新青年』昭12・3、「マルクス兄弟見参記」『新青年』昭12・4、「コルベール会見記」『新青年』昭12・5、「星と花束」『新青年』昭15・4）も同様に資料体として用いた。これらが十蘭作品であることについては本書〈補論〉参照。なお「星と花束」を除いた五編はハリウッドスターへのインタヴューという体裁であるが、水谷準「ジュランとボク」（『宝石』昭29・3）はこれらが「架空会見記」であることを明かしている。したがって十蘭の創作とみなし、資料体とした。全集収録作の作品名・本文はすべて同全集により、その他については初出誌によった。ルビは適宜省略した。出典名・発行時期は初出を示した。

（4）ここでいう「冒頭」とは、作品または各章の第一段落から第三段落までを指し、「末尾」とは、作品または各章の第一段落から第三段落までを指す。なお、会話文は段落として数えなかった。

（5）曲亭馬琴『南総里見八犬伝』第三輯巻之四第二十八回の浜路の言葉「恋しきは犬塚ぬし。わが魂はこの山の、裾野の沼の水鳥と、なりつゝ、許我へ東の間に、いゆきて良人に告まほし。」（小池藤五郎校訂『南総里見八犬伝 二』岩波文庫、平2・7より引用）を十蘭流に膨らませたものか。

（6）『定本 久生十蘭全集7』「解題」平22・7。

（7）『志賀重昂全集 第四巻』「凡例」志賀重昂全集刊行会、昭3・5。

（8）山本教彦・上田誉志美『風景の成立――志賀重昂と『日本風景論』』海風社、平9・6。

（9）第三章第六節は「北海道の水蒸気（冬）」と題されていることを付記しておく。

（10）志賀重昂『日本風景論』政教社、明27・10。

（11）大室幹雄『志賀重昂『日本風景論』精読』岩波現代文庫、平15・1。

（12）芳賀矢一・杉谷代水編、益地憲一校訂『作文講話及び文範』「解説」講談社学術文庫、平5・2。

（13）芳賀矢一・杉谷虎蔵（代水）合編『作文講話及文範　上巻』冨山房、明45・3。

（14）増訂縮刷版では前出の「沼の朝もや」が削られた代わりに「倫敦の霧」（夏目漱石「永日小品」の一節）が加えられた。

（15）ただし、函館そのものは霧の多い土地柄とはいいがたい。国立天文台編『理科年表プレミアム』（丸善）により、試みに函館の昭和元年から同三年までの年間霧日数を挙げると、いずれの年も12日である。同期間の根室は85〜86日、東京は16〜19日、京都は31〜37日であった。

（16）『定本　久生十蘭全集1』「解題」（平20・10）によれば、タヌとコン吉を主人公とする連作「ノンシヤラン道中記」（『新青年』昭9・1〜8）は初出時、各回読み切り形式。掲載順に「8人の小悪魔」、「合乗り乳母車――仏蘭西縦断の巻」、「謝肉祭の支那服――地中海避寒地の巻」、「南風吹かば――モンテ・カルロの巻」、「タラノ音頭――コルシカ島の巻」、「乱視の奈翁――アルル牛角力の巻」、「アルプスの潜水夫――モンブラン登山の巻」、「燕尾服の自殺」の各題で連載された。「ノンシヤラン道中記」の総題は、十蘭没後に刊行された『久生十蘭全集Ⅵ』（三一書房、昭45・4）所収時に採用されたもの。

（17）『日本伝奇伝説大事典』（角川書店、昭61・9）参照。

（18）ローズマリ・エレン・グィリー『妖怪と精霊の事典』（松田幸雄訳、青土社、平7・8）参照。

（19）ちなみに日本の事例について述べれば、国際日本文化研究センター「怪異・妖怪伝承データベース」nichibun.ac.jp/YoukaiDB/ によって「霧」「雲」「霞」「靄」「煙」の語をそれぞれ入力して検索すると、「霧」82件、「雲」599件、「霞」68件、「靄」6件、「煙」313件がヒットする（二〇二三年一月二十二日確認）。

（20）十蘭が鏡花を愛読していたことは、すでに須田千里の指摘（『定本 久生十蘭全集7』月報「久生十蘭と泉鏡花」平22・7）がある。加えて十蘭阿部正雄の記事「東京還元」（『函館新聞』大12・9・21）に鏡花『湯島詣』（春陽堂、明32・11）への言及が見られる。「二世の契」には霧が頻出し、主人公の少年は「霧の衣を纏うたる、いづれも抜群の巨人」（『鏡花全集 巻七』岩波書店、昭17・7より引用）と遭遇するなど、怪異を体験する。

（21）十蘭は芥川について、「悪魔」（『函館新聞』大12・12・14）、「タバコの話」（『函館新聞』大13・6・22）で触れている。この二作は、すでに指摘があるように（『定本 久生十蘭全集10』「解題」平23・12）、芥川の「煙草と悪魔」（『新思潮』大5・11）を念頭に置いており、早くからその作品に親しんでいたことを窺わせる。「朝霧下りた梓川の谷を――しかしその霧はいつまでたつても晴れる気色は見えません。」（『芥川龍之介全集 第十四巻』岩波書店、平8・12より引用）等の「河童」第一章に頻出する霧については、「主人公を現実界から異世界へ導き入れるための装置」（羽鳥徹哉・布川純子監修、成蹊大学大学院近代文学研究会編『現代のバイブル――芥川龍之介『河童』注解』勉誠出版、平19・6）、「霧は現実世界から白日夢の世界への橋渡しの役割を果たしている」（関口安義「『河童』を読む――龍之介の生存への問いかけ」『都留文科大学研究紀要』平21・10）等の指摘がある。

（22）十蘭は、「探偵作家四方山座談会」（『新青年』特別増刊号、昭14・5）で、「早い頃に読んだ」もので「影響されたといふよりも、印象に残つてゐるもの」として「ポオの「黄金虫」」を挙げるなど、ポー作品を早くから読んでいた。なお以下の邦訳初出については、宮永孝『ポーと日本――その受容の歴史』（彩流社、平12・5）による。*The Narrative of Arthur Gordon Pym of Nantucket*（以下

「ゴードン・ピム」と表記）の邦訳初出は、花山生訳「奇談南洋漂流記」（『新古文林』明39・5〜7、未完）。完訳初出は岩田寿訳『ゴルドン・ピム物語』（春陽堂、昭8・3）。十蘭は「南極記」（前掲）で、「ゴードン・ピム」を詳細に紹介し、ピムたちが南極圏へと入り込んで行く場面を引用しながら「ここでは極といふ未知の地域にたいする不安と恐怖を、冥茫たる、霧のやうな混沌とした色と調子のニュアンスで、身に迫るほど凄涼と描きあげてゐる」と述べている。ポーへの関心が、霧と非日常性に関わる点が注目される。なお「南極記」が刊行された時点での「ゴードン・ピム」の邦語完訳は、前述の岩田訳と谷崎精二訳「ゴオドン・ピムの物語」（『エドガア・ポオ小説全集　第四巻』春陽堂、昭17・4。のち同書は『ポオ小説全集　第四巻』春陽堂、昭23・5として再刊。当該箇所に異同なし）のみ。この両書と比較した上で、十蘭のポーからの引用は岩田訳に酷似しており、同書を参照した可能性が高い。引照すると、

「三月五日。風はぱつたりとやんでしまつたが、強い潮流のお蔭で、われわれはなほも南へ流されてゐる。／三月九日。灰のやうなものがたえずわれわれのまはりに降りそそいでゐる。南の水平線に見える霧の峯は、昨日よりいつそうはつきりした形をとりはじめた。それは無限の彼方にある城塁から、海にむかつて転ろび落ちて行く永劫の瀑布、とでも名づけるほかはなかつた。この巨大な布は、南の水平線にいつぱいに拡がつてゐる。しかも、音ひとつ立てない」（「南極記」）

に対し、

「三月五日。風はぱつたり止まつてしまつたが、強い潮流の御蔭で吾々はなほ南へ急いで流されてゐる。（中略）三月九日。なほ灰のやうなものが、絶えず吾々の周囲に沢山降り注いでゐた。

　南の方の霧の峯は、地平線一杯に拡がつて、前より一層分明りした形を採り始めた。それは遥か無限に遠い城塁から海へ向つて音もなく転び落ちてゆく永劫の瀑布とでも名づける他はなかつた。この巨きな布は、南の地平線一杯に拡がつてゐた。それは、音一つ立てないのだ」（岩田訳）

となっており、多くの一致点が見られる（傍線は稿者）。

（23）*The Fall of the House of Usher* の邦訳初出は、谷崎精二訳「アッシヤー館の滅落」（『赤き死の仮面』泰平館書店、大2・7）。同作の冒頭には「雲が押しか〻る様に低く空に掛つた、物憂い、暗い、而して静まり返つた秋の日の終日、私は馬に乗つて唯一人不思議な程うら淋しい地方を通り過ぎて行つた。而して到頭夕暮の影が迫つて来た頃、陰鬱なアツシヤー館の見える処迄やつて来た。」（谷崎精二訳）とある。この描写は、「私」がこの館で体験する恐怖の予兆となっている。

（24）*A Tale of the Ragged Mountains* の邦訳初出は、横山有策訳「鋸連山物語」（『新青年』大9・9、未完）。完訳初出は戸川秋骨訳『鋸山奇談』（アルス、大11・7）。戸川訳は普及版（アルス、昭3・6）、文庫版（山本文庫、昭11・8）として版を重ねている。同作では、登場人物が霧の立ち込めた中を通り、超自然的体験をする。先述の「探偵作家四方山座談会」で十蘭は、「このあひだ「鋸山奇譚」といふものを読んだが、あゝいふ現実と夢幻の混ぜ方は面白いね」と発言している。訳題の一致度から十蘭が読んだのは戸川訳である可能性が高い。

（25）十蘭のルノルマンからの影響については江口雄輔の指摘（『久生十蘭』白水社、平6・1）がある。周知のように十蘭は函館時代、次のようにルノルマンに言及している（阿部正雄「歳晩祈念――佐藤春夫の『新年の祈禱』に媚ひて」『函館新聞』昭2・12・19）。

わが文芸週欄の、かのナポリなる長春樹のごとく育ち、愛する寄稿家のうちより、ルミ・ド・グウルモンの如き詩人の、ルネ・ルノルマンの如き劇作家の、鱒のはらら子の、その数ほどに産れいで来れ。

Le Temps est un songe の邦訳初出は、岸田國士訳『時は夢なり』（春陽堂、大14・5）。*Le Temps est un songe* の舞台は霧が立ち込めるオランダのユトレヒト地方。登場人物の一人が婚約者の自殺を幻視するが、それには次のように霧が関わっている。「霧のやうなものが池の上に覆ひかぶさつたと思ふと、左手の水面に、突然、男の顔が見えたぢやありませんか……。岸からそんなに遠くない処よ、顔つきなんかよく判つたわ……」（岸田國士訳）。

（26）江口雄輔『久生十蘭』（前掲）、および『定本　久生十蘭全集1』「解題」（前掲）参照。

（27）原文は「CYRANO. La nuit est noire. . . CHRISTIAN. Eh ! bien ? CYRANO. C'est réparable.」（*Cyrano de Bergerac*, Charpentier et Fasquelle, Paris, 1904 より引用）。

別表 1

作品番号	発表年	月	作品名	「霧」の描写	〈霧〉	主要参照箇所
1	1923	10	電車居住者	○	○	vol.10, p.268 ①
2	1923	12	悪魔			
3	1924	4	南京玉の指輪			
4	1926	4	生社第一回　短歌会詠草	○		
5	1926	5	蠶	○	○	vol.10, pp.310-311 ③④
6	1926	9	九郎兵衛の最後			
7	1927	2	アヴオグルの夢			
8	1927	3	典雅なる自殺者	○		
9	1927	3	喜劇は終つたよ			
10	1927	4	さいかちの実	○	○	vol.10, p.349 ①
11	1927	5	へんな島流し			
12	1927	5	胃下垂症と鯨	○		
13	1927	5	彼を殺したが……	○	○	vol.10, p.362 ①
14	1927	5	喧嘩無常			
15	1927	5	鈴蘭の花			
16	1927	6	な泣きそ春の鳥	○	○	vol.10, p.368 ①③, p.369 ①③
17	1927	6	壁に耳あり			
18	1927	6	ぷらとにっく			
19	1927	7	オペラ大難脈			
20	1928	10	亡霊はTAXIに乗つて			
21	1929	3	骨牌遊びドミノ			
22	1929	3	秋霧	○	○	vol.10, p.434 ①
23	1934	1	八人の小悪魔（ノンシヤラン道中記）	○	○	vol.1, p.14 ①③
24	1934	2	合乗り乳母車（ノンシヤラン道中記）	○	○	vol.1,p.21 ①
25	1934	3	謝肉祭の支那服（ノンシヤラン道中記）	○	○	vol.1,p.39 ①③
26	1934	4	南風吹かば（ノンシヤラン道中記）	○		
27	1934	5	タラノ音頭（ノンシヤラン道中記）	○		

28	1934	6	乱視の奈翁 (ノンシヤラン道中記)			
29	1934	7	アルプスの潜水夫 (ノンシヤラン道中記)	○	○	vol.1, p.81 ③
30	1934	8	燕尾服の自殺 (ノンシヤラン道中記)	○	○	vol.1, p.88 ①
31	1934	8	野砲のワルツ	○	○	vol.10, p.10 ①, p.11 ④
32	1934	9	つめる			
33	1934	11	名犬			
34	1935	7	黄金遁走曲	○	○	vol.1, p.121 ①
35	1936	1	義勇花白蘭野	○	○	vol.1, p.168 ②
36	1936	7	金狼	○	○	vol.1, p.214 ①③, p.249 ③
37	1936	8	天国地獄両面鏡	○	○	vol.1, p.257 ③④
38	1937	1	黒い手帳			
39	1937	1	シモーヌ・シモン会見記			
40	1937	2	蚊とんぼヘツプバーン会見記			
41	1937	3	ゑくぼのゲーブル会見記			
42	1937	4	マルクス兄弟見参記			
43	1937	5	コルベール会見記			
44	1937	5	湖畔	○	○	vol.1, p.296 ②④
45	1937	10	魔都	○	○	vol.1, p.307 ④
46	1938	1	妖術	○	○	vol.1, p.585 ①③
47	1938	2	お酒に釣られて崖を登る話			
48	1938	3	戦場から来た男	○	○	vol.1, p.617 ①④
49	1938	3	花束町壱番地			
50	1938	4	新版八犬伝	○	○	vol.2, p.54 ①, pp.83-84 ④
51	1938	5	刺客	○	○	vol.2, p.94 ③④
52	1938	6	モンテ・カルロの下着			
53	1938	9	モンテカルロの爆弾男			
54	1939	1	社交室（キヤラコさん）	○	○	vol.2, p.148 ①
55	1939	1	稲荷の使（顎十郎捕物帳）	○		
56	1939	2	雪の山小屋 (キヤラコさん)	○		
57	1939	2	都鳥（顎十郎捕物帳）	○		
58	1939	2	海豹島	○	○	vol.3, p.8 ①③④, p.9 ④, p.16 ③④
59	1939	3	蘆と木笛（キヤラコさん）			

60	1939	3	鎌いたち（顎十郎捕物帳）	○		
61	1939	4	女の手（キヤラコさん）	○		
62	1939	4	咸臨丸受取 （顎十郎捕物帳）			
63	1939	4	教訓	○		
64	1939	5	鷗（キヤラコさん）	○	○	vol.2. p.227 ①
65	1939	5	ねずみ（顎十郎捕物帳）	○	○	vol.2, p.398 ①
66	1939	5	妖翳記			
67	1939	6	御代参の乗物 （顎十郎捕物帳）			
68	1939	6	だいこん			
69	1939	7	月光曲（キヤラコさん）			
70	1939	7	三人目（顎十郎捕物帳）	○		
71	1939	7	墓地展望亭	○	○	vol.3, p.77 ①③④, p.96 ①③
72	1939	8	ぬすびと（キヤラコさん）			
73	1939	8	計画・Я	○	○	vol.3, p.114 ①③④, p.125 ①③④, p.132 ①, p.136 ①③④
74	1939	8	丹頂の鶴（顎十郎捕物帳）	○		
75	1939	8	昆虫図			
76	1939	9	海の刷画（キヤラコさん）			
77	1939	9	日高川（顎十郎捕物帳）			
78	1939	9	贖罪	○		
79	1939	9	「女傑」号	○		
80	1939	10	雁来紅の家 （キヤラコさん）	○		
81	1939	10	野伏大名（顎十郎捕物帳）			
82	1939	10	女性の力	○	○	vol.4, p.9 ③, p.13 ①③, p.42 ①③
83	1939	11	馬と老人（キヤラコさん）	○	○	vol.2, p.314 ①
84	1939	11	蕃拉布（顎十郎捕物帳）			
85	1939	12	新しき出発	○		
86	1939	12	菊香水（顎十郎捕物帳）			
87	1939	12	犂氏の友情			
88	1939	12	カイゼルの白書	○		
89	1939	12	赤ちゃん			
90	1940	1	初春狸合戦 （顎十郎捕物帳）	○		

91	1940	1	萩寺の女（平賀源内捕物帳）	○	○	vol.3, p.278 ①
92	1940	1	娘ばかりの村の娘達			
93	1940	1	白鯱模様印度更紗	○	○	vol.3, p.221 ③④
94	1940	1	心理の谷	○	○	vol.3, p.229 ①③
95	1940	1	月光と硫酸	○		
96	1940	1	暢気オペラ			
97	1940	1	酒の害悪を繞つて			
98	1940	2	猫眼の男（顎十郎捕物帳）	○	○	vol.2, p.634 ②
99	1940	2	牡丹亭還魂記（平賀源内捕物帳）			
100	1940	3	永代経（顎十郎捕物帳）			
101	1940	3	稲妻草紙（平賀源内捕物帳）			
102	1940	3	お嬢さんの頭			
103	1940	4	星と花束			
104	1940	4	かごやの客（顎十郎捕物帳）			
105	1940	4	山王祭の大象（平賀源内捕物帳）	○		
106	1940	5	両国の大鯨（顎十郎捕物帳）			
107	1940	5	長崎ものがたり（平賀源内捕物帳）			
108	1940	5	酒祝ひ	○	○	vol.3, p.416 ①
109	1940	6	金鳳釵（顎十郎捕物帳）			
110	1940	6	尼寺の風見鶏（平賀源内捕物帳）	○	○	vol.3, p.370 ①③
111	1940	6	葡萄蔓の束	○	○	vol.3, p.427 ①
112	1940	6	遠島船（顎十郎捕物帳）			
113	1940	6	ところてん	○		
114	1940	6	レカミエー夫人	○	○	vol.3, p.461 ①
115	1940	7	小鰭の鮨（顎十郎捕物帳）			
116	1940	7	蔵宿の姉妹（平賀源内捕物帳）			
117	1940	8	爆弾侍（平賀源内捕物帳）			
118	1940	8	捨公方（顎十郎捕物帳）	○	○	vol.2, p.343 ①
119	1940	8	浜木綿	○		

120	1940	8	大龍巻	○	○	vol.3, p.485 ②④, p.487 ②④
121	1940	9	白豹			
122	1941	3	魚雷に跨りて	○	○	vol.4, p.193 ①③, p.219 ③④
123	1941	4	蠑螈（顎十郎捕物帳）	○	○	vol.2, p.640 ①, p.645 ①④
124	1941	5	蜘蛛			
125	1941	6	フランス感れたり			
126	1941	6	北海の水夫	○		
127	1941	8	生霊	○	○	vol.4, p.282 ①④
128	1941	8	紙凧（顎十郎捕物帳）	○		
129	1941	8	氷献上（顎十郎捕物帳）			
130	1941	9	手紙			
131	1941	10	ヒコスケと艦長	○		
132	1942	1	地の霊	○		
133	1942	2	支那饅頭			
134	1942	3	雲井の春	○	○	vol.4, p.324 ①④
135	1942	4	花賊魚	○	○	vol.4, p.340 ③④
136	1942	5	三笠の月	○	○	vol.4, p.365 ④
137	1942	6	海軍要記	○	○	vol.4, p.381 ①④
138	1942	7	巴奈馬（紀ノ上一族）	○	○	vol.4, p.421 ①③④
139	1942	7	英雄			
140	1942	8	消えた五十万人	○	○	vol.4, p.473 ②
141	1942	10	カリブ海（紀ノ上一族）	○	○	vol.4, pp.450-451 ④, p.452 ①, pp.468-471 ④, p.471 ①
142	1942	11	加州（紀ノ上一族）	○	○	vol.4, p.419 ②④
143	1942	12	国風	○	○	vol.4, p.478 ①
144	1942	12	遣米日記	○		
145	1942	12	豊年			
146	1943	1	亜墨利加討	○	○	vol.4, p.533 ①, p.545 ①④
147	1943	3	公用方秘録二件	○	○	vol.4, p.568 ①④
148	1943	3	村の飛行兵			
149	1943	4	隣聟			
150	1944	4	爆風	○	○	vol.5, p.7 ②④
151	1944	6	第○特務隊	○	○	vol.5, p.15 ③, p.18 ①④, p.26 ①, p.29 ④
152	1944	7	海図	○	○	vol.5, p.57 ②
153	1944	7	給養	○		

154	1944	7	内地へよろしく	○	○	vol.5, p.67 ④, p.98 ②, p.99 ①, p.142 ①④
155	1944	8	白妙	○	○	vol.5, p.236 ①
156	1944	8	効用			
157	1944	9	最後の一人	○	○	vol.5, p.250a④, p.250b②④, p.251 ①④
158	1944	10	要務飛行	○	○	vol.5, p.307 ①, p.315 ①④
159	1944	11	少年	○		
160	1944	11	新残酷物語	○	○	vol.5, p.350 ④
161	1944	12	猟人日記			
162	1945	1	弔辞			
163	1945	3	雪			
164	1945	4	祖父っちゃん	○	○	vol.5, p.386 ①
165	1945	5	母の手紙			
166	1945	5	をがむ	○	○	別巻, p.538 ①
167	1945	6	花	○		
168	1945	7	月			
169	1945	10	橋の上			
170	1946	1	その後	○		
171	1946	2	南部の鼻曲り	○	○	vol.5, p.516 ①④
172	1946	2	皇帝修次郎三世	○	○	vol.5, p.550 ①④
173	1946	4	村芝居			
174	1946	5	幸福物語	○	○	vol.5, p.593 ①③④
175	1946	5	花合せ	○	○	vol.5, p.601 ①
176	1946	7	狸がくれた牛酪			
177	1946	9	半未亡人			
178	1946	10	ハムレット	○	○	vol.6, p.22 ①③, pp.23-24 ③, p.24 ③, p.47 ①
179	1946	10	蛙料理			
180	1946	12	黄泉から			
181	1947	1	だいこん	○	○	vol.6, p.79 ③
182	1947	1	水草			
183	1947	2	おふくろ	○		
184	1947	3	ブゥレ＝シャノアヌ事件			
185	1947	6	風流			
186	1947	7	すたいる	○	○	vol.6, p.282 ①③, p.298 ②, p.325 ①②
187	1947	7	西林図	○	○	vol.6, p.272 ①③④
188	1947	8	予言	○	○	vol.6, p.348 ③④

189	1948	1	皇帝修次郎	○	○	vol.6, pp.398-399 ④
190	1948	1	フランス伯N・B	○		
191	1948	1	おふくろ	○	○	vol.6, p.419 ①③
192	1948	2	骨仏			
193	1948	3	野萩	○		
194	1948	4	田舎だより			
195	1948	4	ココニ泉アリ	○	○	vol.6, p.518 ①③
196	1948	5	貴族			
197	1949	1	黄昏日記	○	○	vol.7, p.37a①, pp.37b-38 ②, p.82 ③④
198	1949	1	春雪			
199	1949	1	手紙			
200	1949	2	カストリ侯実録	○	○	vol.7, p.115 ④
201	1949	5	復活祭	○		
202	1949	5	巴里の雨	○	○	vol.7, p.149 ①, p.154 ①③
203	1949	6	風祭り	○		
204	1949	7	三界万霊塔	○		
205	1949	7	淪落の皇女の覚書			
206	1949	7	巫術	○	○	vol.7, p.215 ①④
207	1949	9	蝶の絵			
208	1949	10	氷の園	○	○	vol.7, p.240a①, p.240b②④, p.241a①, p.241b④, pp.242-247 ②, pp.280-281 ①④, p.423 ③, p.435 ①④
209	1950	2	みんな愛したら	○	○	vol.7, p.458 ①, p.463 ②, p.504 ④
210	1950	4	勝負	○		
211	1950	6	妖婦アリス芸談			
212	1950	7	あめりか物語	○		
213	1950	8	女の四季	○		
214	1950	8	風流旅情記	○	○	vol.7, p.634 ④, p.641 ②
215	1950	10	無月物語			
216	1950	12	新西遊記	○	○	vol.8, p.41 ②④
217	1951	1	十字街	○	○	vol.8, p.134 ④, p.137 ④, p.166 ①
218	1951	2	信乃と浜路	○	○	vol.8, p.202 ②, p.215 ①
219	1951	3	姦			
220	1951	7	白雪姫	○	○	vol.8, p.228 ①③④
221	1951	9	南極記	○	○	vol.8, p.242 ④, p.243 ④

222	1951	9	プランス事件			
223	1951	10	玉取物語			
224	1951	11	鈴木主水			
225	1951	12	泡沫の記	○		
226	1952	1	ゴロン刑事部長の回想録			
227	1952	1	うすゆき抄	○	○	vol.8, p.334 ④
228	1952	1	重吉漂流紀聞	○	○	vol.8, p.365 ②④
229	1952	5	死亡通知	○	○	vol.8, p.367 ③
230	1952	6	海難記	○	○	vol.8, p.398 ④, p.406 ④
231	1952	9	藤九郎の島	○	○	vol.8, p.416 ①③④
232	1952	9	美国横断鉄路	○	○	vol.8, p.432 ④
233	1952	10	雪原敗走記	○		
234	1952	11	幻の軍艦未だ応答なし！	○	○	vol.8, p.466 ①, p.469 ④, p.473 ③
235	1953	1	愛情会議	○	○	vol.8, p.541 ③
236	1953	6	再会	○		
237	1953	7	影の人	○	○	vol.8, p.584 ④
238	1953	8	青髯二百八十三人の妻	○		
239	1953	10	或る兵卒の手帳	○	○	vol.8, p.601 ④
240	1953	11	天国の登り口	○	○	vol.8, p.623 ③, p.624 ①④
241	1953	12	大赦請願	○		
242	1954	1	真説・鉄仮面	○	○	vol.9, p.78 ④
243	1954	1	かぼちゃ			
244	1954	1	皇帝の御鹵簿	○	○	vol.8, pp.639-641 ④
245	1954	3	母子像			
246	1954	5	人魚	○	○	vol.9, p.310 ③
247	1954	10	ボニン島物語	○		
248	1954	10	あなたも私も	○	○	vol.9, p.225 ①③, p.271 ①
249	1954	12	海と人間の戦ひ			
250	1955	7	ひどい煙	○	○	vol.9, p.328 ④, p.330 ①
251	1955	10	われらの仲間	○	○	vol.9, p.345 ①③, pp.486-492 ②, p.495 ①
252	1956	1	雲の小径	○	○	vol.9, p.563a①, p.563b②, pp.570-572 ④, p.578 ①④
253	1956	2	無惨やな			
254	1956	4	春の山	○		
255	1956	4	奥の海	○		
256	1956	4	川波			

257	1956	6	夜の鶯	○	○	vol.10, p.181 ①③④, p.182 ③④
258	1956	8	虹の橋			
259	1956	8	一の倉沢	○	○	vol.9, p.634 ③④
260	1956	8	不滅の花	○	○	vol.9, p.639 ④
261	1956	11	冬山	○	○	別巻, p.554 ④
262	1957	1	蜂雀			
263	1957	2	雪間	○	○	vol.9, pp.647-648 ①②
264	1957	3	呂宋の壺	○	○	vol.9, p.666 ①
265	1957	3	下北の漁夫	○	○	vol.10, p.254 ③
266	1957	4	肌色の月	○	○	vol.9, p.685 ②, p.698 ③
267	1957	7	喪服			
268	1957	9	いつ　また　あう			

凡例

○資料体については本書第一章注（3）参照。

○作品名は『定本 久生十蘭全集』により、副題を省略した。「（ ）」内は連作総題を示す。同全集未収録作品については初出誌によった。

○「発表年」・「月」（ラジオドラマは放送年・月）は初出によった。連載作品については連載開始の年・月（ラジオドラマは放送開始の年・月）のみを示した。

○「主要参照箇所」の巻数・頁数は『定本 久生十蘭全集』の各巻・各頁と対応している。同全集未収録作品については初出誌の頁数に対応している。

○「主要参照箇所」に示した頁数末尾の数字（①～④）は、〈霧〉モチーフの分類に対応し、当該頁にどの型の〈霧〉モチーフが現れているかを示す。また同末尾のアルファベットは同一頁内の二つ以上の箇所にそれぞれ〈霧〉モチーフが現れていることを示す。

○「○」は当該項目が作中に一例以上存在することを示す。

第二章　久生十蘭作品群における〈二重性〉モチーフ

はじめに

久生十蘭の作品群には、作中人物同士の入れ替わりや取り違え、あるいは変装や憑依、または夢と現実の混淆など、何らかの意味で対象が二重化する／されるモチーフが頻出する。本稿では、これらのモチーフを〈二重性〉モチーフとして概括し、〈霧〉モチーフと並ぶ十蘭作品群の主要モチーフ[1]として検討する。

まず本稿と関連する先行研究について、主なものを見ておきたい。芳川泰久「ゲームとしての物語」（『早稲田文学』昭58・11）は、「「一」を「二」にする」こと、つまりある対象を二重化することの十蘭作品における重要性を指摘し、さらにこの二重化を成立させている契機（「似ること」、「演ずること」、「変ること」）について、作品分析を通じ具体的に踏み込んでいる点、本稿の先蹤となるものである。江中直紀「物語ものがたり」（同前）も芳川論文と同様、十蘭作品に演技、変身等のモチーフを認めているが、さらに憑依のモチーフを指摘し、これらを「十蘭の物語の指針」である「ゆれる二重性」として概括している。十蘭作品の二重性の特徴としてその動性を認める指摘は、それが「ダイナミックな運動としてある」とする上野昂志「雁擬き――あるいは雁と豆腐のあいだ」（『早稲田文学』昭58・12）にも見られる。また江口雄輔『久生十蘭』（白水社、平6・1）は「十蘭には、国籍の異なる両親を持つ人物や日系人が登場する作品が少なくない」と指摘し、「南部の鼻曲り」（『新青年』昭21・2）等の作例を挙げつつ、「いずれも国籍が二重化されて国境が揺れ動き、動きに翻弄される人物が登場し、またその震源に肉親の姿が見えている」とする。江口の指摘は作中人物の所属における〈二重性〉モチーフと捉えうるものである。

以上のように、久生十蘭の作品群に〈二重性〉モチーフを見出す指摘は少なくないが、同モチーフに関し網羅的に検討を加えた論考は未だない。〈霧〉モチーフと同様、〈二重性〉モチーフは十蘭作品群に頻出する技法であり、その全体像を明らかにすることは十蘭の創作における根源的な要素のひとつを解き明かすことに繋がるだろう。本稿では、まず〈二重性〉モチーフの作例を調査・分類した上で、その特徴や意義、成立背景について考察し、さらに同モチーフが個々の作品において具体的にどのように現れているのか分析を試みたい。

1 〈二重性〉モチーフの輪郭と分類法

先行研究を踏まえつつ、まず本稿における〈二重性〉モチーフの輪郭を示しておく。ある対象がAでありながら、何らかの意味においてBでもあるとき、その対象は二重性を帯びていると考えうる。[2]

このような視座が本稿の基本的な立脚点である。

しかし、ある対象がAかつBであるというとき、そこには当然視点の問題が含まれている。ある作中人物にとっては二重性を帯びた対象でなくとも、別の作中人物や語り手、読者にはその二重性が認識される場合がある。たとえば、ある作中人物があるものを別のものと取り違えたまま物語が終わるといった場合が想定されよう。またAかつBであるというときの「かつ」に時間的ずれが生じている場合も考えられる。たとえば、ある作中人物が別人を装っていた事実が物語の最後まで読者に伏せられている場合、その作中人物の二重性は最後に明かされた事実から遡及的に物語の中に見出されることになる。このような諸点は考慮する必要があるが、これらも作品全体から見ればやはり〈二重性〉モチーフとして考えうるものであり、本稿ではそのようなものとして取り扱いたい。

なおシニフィエ／シニフィアンとして図式化されるような言語それ自体の本質的な二重性は措くとしても、小説に欠かせぬ比喩は異なる二つのものを結びつける二重化の言語作用である。また物語論的観点からいえば、小説一般にはプロット／ストーリーや物語言説／物語内容といった二重性が存在しよう。しかし、これらを本稿の視野に繰り入れる場合、徒らに対象が拡大し、十蘭作品における〈二重性〉の特質を捉え損ねかねないため、ここではより具体的な諸例の検討に留めたい。

本稿で資料体とした十蘭作品群全268作品(3)のうち、何らかの〈二重性〉モチーフを一例以上含むものは169作品である（別表2参照、81頁以下）。〈二重性〉モチーフは〈霧〉モチーフ（114作品）同様に初期から後期にいたるまで一貫して用いられており、頻度においては〈霧〉モチーフをも上回る。いずれも十蘭作品群において頻度の高い重要なモチーフであるといえる。以下では〈二重性〉モチーフの分類を行い、その内実を明らかにしたい。分類においては〈二重性〉の作中における作用因（何によって生じるか）を軸とする。具体的には、各作例をまずは、Ⅰ「作為による〈二重性〉」、Ⅱ「無作為・偶然による〈二重性〉」、Ⅲ「夢・狂気・超自然力による〈二重性〉」、Ⅳ「所属・空間構造による〈二重性〉」の四範疇に振り分ける。その上で〈二重性〉が生じる対象（「人」、「人ではないもの」、「時空」）を要として各範疇内に細目を設け、作例に触れつつ分類を行いたい。入れ替わりや取り違えといった例からも容易に推測できるように、〈二重性〉モチーフは多くの場合、作品のプロットに深く関わっている。作用因を分類の軸とすることは、十蘭作品のプロットが如何なる発想に基づいて組み立てられているか、その傾向を分析することにも繋がるだろう。

なお分類における作品解釈の問題として、「湖畔」（『文芸』昭12・5）について予め一言しておきたい。「湖畔」の解釈を巡っては議論が積み重ねられているが、その大きな争点のひとつとして、主人公奥平のもとに死んだはずの妻陶が現れる場面がある。問題となっているのは、この場面の陶を生者と解するか、死者（幽霊）と解するか、あるいはこの場面の一切を錯乱した奥平の妄想の産物と解するか、という点である。深澤仁智「「湖畔」のたくらみ――久生十蘭「湖畔」論」（『日本文芸論叢』平25・3）が詳細に検討しているように、各論にはそれぞれ妥当な点があり一概に誤りであるとは言えないが、いずれも正答としての決め手に欠ける。「湖畔」は「読みの多様性を確保する試み」がなされた作品であるという深澤の指摘は適切と思われる。本稿では以上を踏まえ、前記三種の解釈それぞれから生じる〈二重性〉モチーフを同列に取り扱いたい。

2 範疇Ⅰ——作為による〈二重性〉

作中人物による何らかの作為により生じる〈二重性〉モチーフ（なお以下の分類項目に付した作例数は当該の〈二重性〉モチーフを少なくとも一例以上含む作品の数を示す。また範疇Ⅰに属する①を「Ⅰ-①」、範疇Ⅱに属する①を「Ⅱ-①」のように表記する）。

①入れ替わり・入れ替え（26例）

ある作中人物が作中に実在する別人になりすます、あるいは第三者によって作中人物同士が入れ替えられる（いわゆる替玉）事例。「妖婦アリス芸談」（『文芸春秋』昭25・6）では、語り手百丁目（アナラン）アリスが、古旅券を使いアリス・ヘブンスという実在の別人になりすまして悪事を働くものの、ついにはヘブンスの経歴のために十年間監獄に入れられた顚末を物語る。「野伏大名」（『奇譚』昭14・10）では、下総古河の大名土井大炊頭の世嗣源次郎が急死したため、通りすがりの乞食の子供が替玉に仕立てられる。特異な例として、「鈴木主水」（『オール読物』昭26・11）の主水は、主君の名を偽って遊里を徘徊したという、事実とは異なる書置きを残し、遊女と心中する。

②変装・偽装（57例）

作中人物が自分もしくは他者の属性（名前・職業・身分・国籍・性別等）を偽装する事例。ただし、名前に関しては偽名を用いて架空の人物になりすます事例に限る。[4] またⅠ-①「入れ替わり・入れ替え」は属性の偽装を含みうるが、その場合はⅠ-①として分類し、属性のみを偽装する事例をこの項に分類した。「金狼」（『新青年』昭11・7～11）の岩船重吉は久我千秋という偽名を用い、架空の別人になりすましている。「社交室」（『新青年』昭14・1）には、みすぼらしい老人を装った「亜米利加で成功した千万長者」が登場する。「巴奈馬」（『新青年』昭17・7）では、日本人の子供たちがアメリカ人の陰謀によって黒人の少年に偽装されて処刑されるさまが描かれる。「白豹」（『新青年』昭15・9）では、殺人容疑をかけられて逃亡中の男が実は男装の女であったという性別の偽装が見られる。

③人ではないものへの変装・偽装（11例）

作中人物が自分もしくは他者を人ではないものに偽装する事例。絶海の孤島海豹島で、決闘のすえ同僚たちを殺害し愛する少女を手に入れた剥皮夫狭山良吉は、事件後訪れた水産技師の目を欺いて少女と駆け落ちしようと、彼女をオットセイに偽装する（「海豹島」『大陸』昭14・2）。なお「氷の園」（『夕刊新大阪』昭24・10・13～昭25・5・9）および「姦」（『別冊文芸春秋』昭26・3）では、作中人物が自分に死者の霊が憑依したかのように装う事例が見られる。このような事例はあくまで偽装によるものと解し、後述のⅢ-④「憑依」とは区別してこの項に含めた。

④演技（8例）

作中人物が演劇などで架空の人物を演じる事例。Ⅰ-②「変装・偽装」とは、欺く・騙すといった意図がないため区別する。「豊年」（『サンデー毎日』昭17・12・20）では、北津軽を訪れた画家松久三十郎が村人に請われ、豊作を祝う村芝居で碁太平記白石噺の志賀台七を演じる。

⑤人ではないものを演じる（4例）

作中人物が人以外のものを演じる事例。Ⅰ-③「人ではないものへの変装・偽装」とは、欺く・騙すといった意図がないため区別する。「八人の小悪魔」（『新青年』昭9・1）では、八人の悪童それぞれの鼻がオルガンの鍵盤に見立てられ、鼻を押されると銘々が割り当てられた音を出すことでオルガンを演じる。

⑥死を装う（11例）

作中人物が自他の死を装う事例。十蘭作品において生と死の交錯はひとつの特異な主題群をなしており、Ⅰ-②「変装・偽装」とは別に立項した。「湖畔」（前掲）では、主人公奥平が自死を装うため、他人の死体を身代わりにする場面が描かれる。この作例のように、替玉を用いるというⅠ-①「入れ替わり・入れ替え」との境界例が3例（「湖畔」前掲、「尼寺の風見鶏」『講談倶楽部』昭15・6、「われらの仲間」『新潟日報』昭30・10・1～昭31・4・20）あるが、この項に分類した。

⑦狂気を装う（4例）

作中人物による佯狂の事例。作中人物による佯狂もまた十蘭にとって特異な主題群のひとつであり、Ⅰ-②「変装・偽装」とは別に立項した。「刺客」（『モダン日本』昭13・5～6）および、その改稿版である「ハムレット」（『新青年』昭21・10）では、シェイクスピア劇中のハムレットを演じている際の事故により狂気に陥った小松顕正が、自分をハムレットだと思い込んだまま、自邸でエリザベス朝そのままの生活をしていると語られる。しかし実は小松は正気に戻っており、事故に見せ掛けて自分を殺そうとした敵の目を欺くため狂気を装っていた。

⑧すり替え・偽装（35例）

あるものを別のものに見せ掛けたり、すり替えたりする事例。「弔辞」（『大洋』昭20・1）で、太平洋戦時下、海軍通訳大木はアンボン人の下男を連れて刳舟で海を渡り、インドネシアからオーストラリアへと潜入を試みる。航海中、肺病の大木は血を吐くが、下男を心配させないため、それをマングローブの木の汁だと偽る。

⑨見立て（4例）

見立ては、浮世絵・戯作・歌舞伎・俳諧など、主に江戸文化を通じて広く見られる表現技法である。あるものを他のもの「として」見ることを鑑賞者に要請する見立ての趣向は、比喩と機能において重複する領域を持つ。しかし、大石昌史が示唆するように（「見立ての詩学——擬えと転用の弁証法」『哲学』平27・3）、見立ては「として」見ることの要請の強さにおいて、比喩とは位相を異にしており、特異なものとして立項した。

「西林図」（『オール読物』昭22・7）は随所に俳諧的要素が取り入れられた作品であるが、そのひとつとしてこの「見立て」が用いられている。文子は、恋仲の美学者土井、俳号冬亭との婚約を祖父鹿島老が許さないため、空襲にまぎれ失踪する。冬亭は、老人と孫娘の関係を修復するため、俳友の冬木とともに鹿島老の屋敷を訪れる。鹿島老と冬亭の会話の中で、屋敷の庭に居着いている鶴は失踪し

た文子に見立てられる。(5)

⑩時空の意図的な取り違え（6例）

追憶や連想などにより作中人物が現在と過去など異なる二つの時空を重ね合わせる事例。「氷の園」（前掲）では、作中人物たちが、霧が立込めた眼前の風景をきっかけに過去を追憶し、かつて彼らが過ごした戦前のスイス・アルプスと戦後現在の東京を重ね合わせる。

⑪催眠術による時空の取り違え（2例）

作中人物が催眠術を掛けられ現実と幻覚を取り違える事例。「妖術」（『令女界』昭13・1〜9）、「予言」（『苦楽』昭22・8）では、主人公が催眠術を掛けられ幻覚の世界を現実の世界として生きることになる。後述のⅢ-⑧「超自然の顕現」に分類しうるが、催眠術という意図の介在を重視しこの項に分類した。

3　範疇Ⅱ——無作為・偶然による〈二重性〉

作中人物による作為によらず偶然に生じる〈二重性〉モチーフ。

①取り違え（19例）

ある作中人物が別の作中人物と取り違えられる事例。「魔都」（『新青年』昭12・10〜昭13・10）に登場する雑報記者古市加十は、偶然が重なった結果、殺人容疑をかけられた安南皇帝宗龍王と取り違えられる。古市はこの偶然を利用し、皇帝による殺人事件という特種をものにしようと宗龍王と入れ替わって行動を開始する。(6)「黄昏日記」(『物語』昭24・1〜8)では、前科を持つ山内由紀子が、太平洋戦時下の引き揚げ船で乗り合わせた沼間シヅの投身自殺に遭遇する。船員にシヅと取り違えられた由紀子はこの偶然を利用し、シヅになり替わる。ここで挙げた作例のように取り違えを契機として意図的に入れ替わる境界例も存在するが、これらは最初の契機を重視しこの項に分類した。

②属性の取り違え(17例)

作中人物の属性(職業・身分・国籍等)(7)が取り違えられる事例。Ⅱ-①「取り違え」は属性の取り違えを含みうるが、その場合はⅡ-①として分類し、属性のみが取り違えられる事例をこの項に分類した。「戦場から来た男」(『新青年』昭13・3)の新聞記者須藤は悪党面が災いし殺人鬼の手先と取り違えられる。

③人ではないものとの取り違え(4例)

作中人物が人以外のものと取り違えられる事例。「生霊」(『新青年』昭16・8)では、飛騨の山奥を訪れた画家松久三十郎が月夜の畑で盆踊りを踊る女と出会う。はじめ松久と女は互いを化け狐と取り違えていた。

④生死の取り違え(10例)

作中人物の生死が取り違えられる事例。「贖罪」(『オール読物』昭14・9)の主人公風見は、モンテ・カルロのカジノで日本人の若い娘が掏摸を働いたのを見咎める。程なく娘が自殺したと聞き、風見は自責の念に駆られるが、五年後、自殺したと思い込んでいた娘と東京のレストランですれ違う。

⑤ものの取り違え（11例）

あるものと別のものが取り違えられる事例。「かぼちゃ」（『朝日新聞』昭29・1・1）では、太平洋戦中戦後の食糧難の記憶と結びついた自家の庭の農園を疎ましく思う語り手が、野菜以外のものを植えようとへちまの苗を植えるが、その苗はいざ実をつけてみるとかぼちゃの苗だったという一齣が描かれる。

⑥時空の取り違え（4例）

作中のある時空間が別の時空間と取り違えられる事例。シベリアから海の下を横断して樺太へと抜けると推測される熔岩隧道。昭和十三年、軍事目的の調査のため、ソヴィエトの秘密調査隊員と日本人流刑囚たちがこの地底道へと入っていく。一行はジュラ紀・白亜紀の恐竜が闊歩する「地底獣国」を通り抜け、地底の海の孤島へ辿り着くも進路を海に阻まれる。一行は次々と死んでいくが、最後まで生き残ったモローゾフ教授らは一艘の汽船の出現により、そこが阿頼度島という千島列島の北端の島であり、地底の海はオホーツク海であったと悟る（「計画・Я」『新青年』昭14・8～9）。

4　範疇Ⅲ――夢・狂気・超自然力による〈二重性〉

作中人物の作為の有無に関わりなく、夢や狂気もしくは超自然的力の作用により生じる〈二重性〉

モチーフ。

①狂気による人の取り違え（3例）

狂気の作中人物が自分や他人を別人と取り違える事例。Ⅰ-⑦「狂気を装う」で触れたように、「刺客」（前掲）、「ハムレット」（前掲）では、狂気した小松顕正が自分をハムレットと取り違えていた。

②狂気による属性の取り違え（1例）

狂気によって作中人物の身分が取り違えられる事例。「謝肉祭の支那服」（『新青年』昭9・3）で、留学生コン吉は、「少しく精神に異状を呈した」モンド公爵のでたらめな紹介が災いし、「キヤンヌの社交界」で小説家、ゴルフ選手、賭博場の経営者等々として職業を取り違えられ遇されることになる。

③変身（3例）

作中人物が人ではないものに変身する事例。「新版八犬伝」（『新青年』昭13・4）では、犬塚信乃の夢に死んだ許婚浜路が白鷺となって現れる。浜路はしばし人間の姿となって信乃に今生の別れを告げ、再び白鷺となって空へ飛び去る。

④憑依（5例）

作中人物に他者の霊が憑依する事例。「つめる」（『新青年』昭9・9）で、「私」は昔の恋人千代の姉を訪ねる。姉が妹の死を伝えると、「私」は千代と交わした「死んだら必ず幽霊になつて逢」うという約束を明かす。姉は妹の霊が憑依したように声音が変わって面変わりし、「私」はそこに千代を認め語り合う。

⑤狂気によるものの取り違え（2例）

狂気に陥った作中人物があるものと別のものを取り違える事例。文化八年、「露艦デアーナ号の艦長ウヱ・エム・ガローウニン中佐以下七名」は国後島で幕府役人に捕縛され、箱館へと護送される。その途次、一行の一員が錯乱し一片の雲をデアーナ号と取り違えて絶叫する（「ヒコスケと艦長」『オール讀物』昭16・10）。

⑥狂気による時空の取り違え（9例）

狂気の作中人物が、現実と幻覚を取り違えるなど、作中の時空を取り違える事例。「月光と硫酸」（『ユーモアクラブ』昭15・1）では、フランス留学中の語り手[8]が進級試験のため連日徹夜の猛勉強をしたあげく、「猿が来る。梟が来る。薔薇の花が来る。天使がくる」といった具合の幻覚を見ることとなる。

⑦夢と現実の取り違え（3例）

作中人物が夢の中の体験を現実の体験と取り違える事例。「大龍巻」（『ユーモアクラブ』昭15・8）では、操縦士である「私」が、飛行中に巨大な龍巻の中へ吸い込まれ死の恐怖を味わうが、結局それは夢の中の出来事であった。

⑧超自然の顕現（8例）

作中の現実空間に幽界など超自然的な時空が顕現し、時空が二重化する事例。曖昧さの残る、顕現したかのような事例を含める。「新残酷物語」（『文芸春秋』昭19・11）は、十九世紀半ば、大陸横断鉄道敷設工事に従事する中国人労働者への「亜米利加人の虐逆」を、主にそこに巻き込まれた日本人漂流民茂十郎、九助、喜作の視点から描いている。茂十郎たちも過酷な労働に従事させられ、ついに他の労働者たちと共に逃亡するが、追っ手に見つかり観念する。茂十郎と九助は自殺、労働者たちは虐殺されるが、喜作だけが生き残る。喜作が歩き出すと「茂十郎や九助の話声と大勢の支那人の足音」が聞こえだし、立ち止まると「音も話声も止んだが、歩きだすと、またぼそぼそと話しながら一緒についてきた」。

5 範疇Ⅳ――所属・空間構造による〈二重性〉

①所属の〈二重性〉（3例）

冒頭で触れた江口雄輔の指摘を踏まえ、所属の〈二重性〉についても〈二重性〉モチーフのひとつとして考えてみたい。ただし「国籍の異なる両親を持つ人物や日系人が登場する作品」であっても、「オペラ大難脈」（『函館新聞』昭2・7・4）のようにそのことが暗示にとどまっている作例、あるいは日系移民が登場しても、「最後の一人」（『青年読売』昭19・9〜昭20・1）に顕著なように、彼らがあくまで日本人としてのアイデンティティーを固持しているような作例については留保が必要である。本稿では所属の〈二重性〉をアイデンティティーの揺らぎにまつわるものとして捉えるため、以上の点からすると、所属の〈二重性〉モチーフの作例は限られたものとなる。すなわち、「計画・Я」（前掲）、「鷗」（『新青年』昭14・5〜6）、「南部の鼻曲り」（前掲）の三作である。「南部の鼻曲り」で、日系アメリカ人二世モオリー下戸米秀吉は日米の二重国籍保持者であったため、徴兵適齢期を前にどちらを選ぶか悩み、コカイン中毒となる。モオリーはアメリカ国籍を選んだものの、苦悩の余り終に自殺を図る。

②空間構造の〈二重性〉（2例）

十蘭作品には「魔都」（前掲）、「計画・Я」（前掲）のように地上と地下の二つの舞台に跨がって展開される作品が存在する。これを空間構造上の〈二重性〉モチーフとして指摘しておきたい。「魔都」では、舞台となる東京に、江戸期に作られた「神田、玉川二上水の大伏樋」が地下迷宮として導入され、作品において大きな役割を果たしている（後述）。

6　分類の総括

以上の分類を通して改めて明瞭になることは、人格や事物などの同一性ならびに一貫性を攪乱するようなモチーフへの十蘭の執着である。〈二重性〉モチーフが不定形さや流動性といったイメージにおいて、一方の頻出モチーフである〈霧〉モチーフと共通する点は興味深い。〈霧〉モチーフ（全268作品中114作品）と〈二重性〉モチーフ（全268作品中169作品）への執着は、十蘭の創作における根源的なものとして、不定形な流動性のイメージが存在していたことを窺わせる。

入れ替わりや取り違え、偽装、変装、空間の二重化といったモチーフに即して考えるならば、ここには自己が自己であること、今ここがまさに今ここであることといった同一性や一貫性への不信および違和を見て取れる。このような心性は現実世界からの脱出願望や変身願望などと類縁性を持とうし、それが作品として全面的に具現化された場合、それは幻想小説となろう。しかし、後述のように十蘭作品の〈二重性〉モチーフにおいて幻想性はむしろ副次的であり、全体として見れば十蘭は現実の論理の枠内に留まりつつ、それを内側から揺るがす道を選んでいる。これは十蘭作品の立ち位置を独特なものとしている要素のひとつであろう。

個々の作品において、多くの場合、〈二重性〉モチーフは謎や事件を構成するものとして導入される。典型的には探偵小説のトリックあるいはそれに類したものであり、たとえば、「両国の大鯨」(『奇譚』昭15・5)では、十分ほどの間に見世物の鯨が消えてしまう謎が現れるが、これは鯨を描いた幕を月明かりに乗じて本物の鯨と見せかけ、その幕の背後で鯨を解体して持ち去るトリックによるものだった。

〈二重性〉モチーフが読者へもたらす効果は様々であろうが、謎や事件を構成するという前述の観点からいえば、読者の興味を引きつけるという点がまずは重要である。さらに〈二重性〉モチーフは個々の作品に即し、喜劇的でも悲劇的でもありうる。「八人の小悪魔」(前掲、Ⅰ-⑤参照)での子供たちのオルガンごっこ、「かぼちゃ」(前掲、Ⅱ-⑤参照)での苗の取り違え等、ユーモアや滑稽味をともなう作例がある一方で、オットセイとして偽装されたことが死因となる「海豹島」(前掲、Ⅰ-③参照)

の少女や、安南皇帝に取り違えられたことが終には自らの死を招く「魔都」（前掲、Ⅱ-①参照）の古市加十のように悲劇性をともなう作例があり、同モチーフは個々の作品に応じて異なる効果をもたらす。

分布的に見ると、枚挙した272作例のうち、おおむね近代科学的合理性の枠内で解釈できるⅠ作為による〈二重性〉、Ⅱ無作為・偶然による〈二重性〉、Ⅳ所属・空間構造による〈二重性〉の系列（238例）と超自然的要素を含むⅢ夢・狂気・超自然力による〈二重性〉の系列（34例）の比率は、十蘭作品の理知的傾向を示すものといえる。これはジャンルからいえば、純然たる幻想小説が十蘭作品全体に占める比率は意外なほど低いことを意味する。

またⅠの系列（168例）とⅡ（65例）の系列の比率は、物語を駆動させるものとして、偶然的要素よりもあくまで人為による因果的に説明可能な要素が多く用いられる傾向を示している。とりわけ目を引くのは、272作例のうち144例と全体の半数を越え、Ⅰの系列168例のほとんどを占める入れ替わり・変装・偽装（Ⅰ-①②③⑥⑦⑧）の多さである。この種のものは探偵小説のトリックとして頻繁に用いられるものであり、[9] 先述の144例のうちに「金狼」（前掲）、『顎十郎捕物帳』全二十四話、[10]『平賀源内捕物帳』全八話（『講談倶楽部』昭15・1〜8）などの探偵小説が含まれていることを考え合わせると、前述の比率は当然でもあろう。この点、〈二重性〉モチーフにおける探偵小説の影響の大きさを窺わせる（後述）。しかし、入れ替わり・変装・偽装モチーフは、十蘭の作品群において必ずしも探偵小説にのみ現れているのではない。たとえば「社交室」（前掲）等の少女小説、「氷の園」（前掲）等の現代小説、「フランス伯N・B」（『文芸春秋』昭23・1）等の歴史小説にそれぞれ現れるといった具合に、ジャンルを横断・越境して用いられている。十蘭は探偵小説作家として語られることもあるが、セシル・サカイ『日本の大衆文学』（朝比奈弘治訳、平凡社、平9・2）が指摘するように、戦後日本における中間小説の隆盛を先取りした存在であり、その作品群は多ジャンルに広く跨がっている。サカイは探偵小説的要素をはじめとしたさまざまなジャンルの要素の結合を十蘭作品の典型的スタイルと見ているが、この指摘は探偵小説的な入れ替わり・変装・偽装モチーフが前述のように諸ジャンルを越境している実態によっても裏付けられる[11]。

7 〈二重性〉モチーフの背景

〈二重性〉モチーフは洋の東西やジャンルを問わず文芸作品において普遍的に用いられており、十蘭作品における同モチーフの成立に寄与した先行作品は多岐に亘ると考えられる。〈二重性〉モチーフ全ての型について検討することは難しいため、ここでは主にその過半を占める入れ替わり・変装・偽装モチーフの成立背景について見ていきたい。

入れ替わり・変装・偽装、これらの言葉からまず連想されるのは映画『ジゴマ』である。周知のように、明治四十四年に仏エクレール社が制作し、同年十一月に日本で公開された映画『ジゴマ』は、社会現象になるほどの一大ブームとなった。映画『ジゴマ』は、後年十蘭が翻訳するレオン・サヂイの原作小説とは大きく異なるが、怪人ジゴマとジゴマを追う探偵ポーランがいずれも変装の達人であり、双方が矢継ぎ早に変装を繰り返す展開はいずれにおいても共通している。加熱するブームの悪影響を懸念した警視庁は、大正元年十月に『ジゴマ』を上映禁止処分とするが、このわずか一年ほどの期間に日本各地で『ジゴマ』は上映された。その中には十蘭の故郷函館も含まれている。大正元年八月二十二日から九月二日にかけて函館の博品館で上映された『ジゴマ』は大当たりを取り、後に十蘭が入社することになる函館新聞の記事（大正元年八月二十二日・二十八日）はその盛況を伝えている。当時十歳だった十蘭もこの時『ジゴマ』を観たのではないだろうか。ジゴマブームの主な担い手は小中学生であり、ジゴマごっこという遊びがはやるほどであった。ちなみに、映画『ジゴマ』には石像に化けるポーラン探偵という場面があるが、これは「ハムレット」（前掲）でオフィーリヤの像に化ける鮎子を連想させる。江戸川乱歩らに影響を与えた映画『ジゴマ』は、映画をノベライズした桑野桃華『探偵小説ジゴマ』（有倫堂、明45・7）など多数のジゴマ小説の氾濫によって、上映禁止後も影響力を持続させている。[12] ドイルやポーをはじめとした探偵小説を早くから読んでいた十蘭（「探偵作家四方山座談会」『新青年』昭14・5）が、それら探偵小説の濫読を通じて入れ替わり・変装・偽装というモチーフを自然に摂取したであろうことはいうまでもないにせよ、映画という新しいメディアから拡大したジゴマブームの影響は看過しえない。

このような経験を母胎としつつ、より意識的な摂取の契機になったと考えられるのは、作家活動の最初期に発表された翻案・翻訳である。江口雄輔が指摘するように（『定本　久生十蘭全集1』「解題」

および「Pierre Mac Orlan *La Tradition de Minuit*と久生十蘭「金狼」」『学苑』平26・5）、久生十蘭の筆名がはじめて用いられた探偵小説「金狼」（前掲）はピエール・マッコルラン「La Tradition de Minuit」（1930）の翻案であったが、原作に見られた変装・偽装は「金狼」にも反映されている。さらに十蘭は昭和十二年に前述のレオン・サヂイ「ジゴマ」（『新青年』昭12・4）、ピエール・スーヴェストル、マルセル・アラン「ファントマ第一」（『新青年』昭12・6）、ガストン・ルルウ「ルレタビーユ第一」（『新青年』昭12・7）、「ファントマ第二」（『新青年』昭12・8）、「ルレタビーユ第二」（『新青年』昭12・9）と立て続けに翻訳を発表している。[13] これらはいずれも入れ替わり・変装・偽装が頻出する作品であり、一連の訳業は小説技巧の摂取において重要な契機であっただろう。[14] ここまで列挙した翻訳作品に加え、十蘭はフォルチュネ・デュ・ボアゴベイ『鉄仮面』（博文館、昭15・11。三部構成で第一部のみ『名作』昭14・10に初出）を翻訳しているが、これらはフランスのロマン・フィユトン（新聞連載小説）の系譜に属している。[15] 十九世紀から二十世紀初頭にかけて大衆の熱狂的な支持を得たロマン・フィユトンは、日本では黒岩涙香によるガボリオやボアゴベの翻案を通じて早くから受容され、乱歩らに影響を与えた。十蘭もこの流れに属しているといえ、十蘭を「新しい黒岩涙香」（「オールサロン」『オール読物』昭25・5）とした坂口安吾の指摘は的を射ているというべきであろう。

以上のように十蘭が多用する入れ替わり・変装・偽装モチーフは、主として探偵小説とりわけフランスのロマン・フィユトンを源泉とした可能性が高い。ただしいくつか例を挙げるだけでも、十蘭が早くから愛読していた芥川龍之介には「奉教人の死」（『三田文学』大7・9）の例があり、[16] 親しんでいた歌舞伎には河竹黙阿弥「青砥稿花紅彩画（あおとぞうしはなのにしきえ）（白浪五人男）」（文久二年三月初演）の例がある。[17] さらにエドモン・ロスタンの戯曲「シラノ・ド・ベルジュラック」（一八九七年十二月初演）では人物の入れ替わりが重要な役割を果たすが、十蘭にはこの入れ替わりの場面を中心に据え「シラノ」を講談調に抄訳した「義勇花白蘭野（ぎにいさむはなのしらの）」（『新青年』昭11・1）があるなど、同様のモチーフの作例は枚挙にいとまがない。このように探偵小説以外の源泉にも留意する必要はあろう。

その他の〈二重性〉モチーフの源泉についてもいくつか簡単に触れておきたい。入れ替わり／取り違えによる混乱はシェイクスピア「十二夜」をはじめ、喜劇の常道である。演劇人であり、昭和八年十月には「ハムレット」の舞台監督を務め、翌九年四月には「オセロ」の演出を担当するなど（江口雄輔編「久生十蘭年譜」『定本　久生十蘭全集　別巻』）シェイクスピアの諸作と深く関わっていた十蘭は、当然「十二夜」のような例を知悉していただろう。Ⅰ-⑦「狂気を装う」が現れる「刺客」（前掲）、「ハムレット」（前掲）は周知のように、同様の佯狂モチーフが現れるシェイクスピア「ハムレット」とルイジ・ピランデルロの戯曲「エンリコ四世」（一九二二年二月初演）を下敷きにしているが、[18]「エンリコ四世」からはⅢ-①「狂気による人の取り違え」・Ⅲ-⑥「狂気による時空の取り違え」も摂取されている。

十蘭は「新版八犬伝」（前掲）、「信乃と浜路」（『オール読物』昭26・2）の二作で曲亭馬琴「南総里見八犬伝」（文化十一年～天保十三年）の現代語による語り直しを試みているように、同作に深く親しんでいた。その馬琴「八犬伝」第七輯巻之四第六十八回では、信乃の前に浜路の亡霊が浜路姫に憑依して現れる。憑依状態の浜路姫は生前の浜路と酷似しているとされ、憑依する者とされる者の容貌が憑依の結果似る（「つめる」前掲）、あるいは元来似ている（「生霊」前掲）など、Ⅲ-④「憑依」の作例と類似点がある。このようにⅢ-④「憑依」の源泉のひとつとして「八犬伝」を考えてよいだろう。「新残酷物語」（前掲）あるいは「黄泉から」（『オール読物』昭21・12）等で描かれる、此岸と彼岸が無媒介に重なりあう様は、夢幻能において「「あの世」と「この世」とがかけ隔っていなくて、密着し重なり合っている」（田代慶一郎「夢幻能一面——『忠度』を中心として」中西進編『日本文学における「私」』河出書房新社、平5・12）点と一脈通じている。実際「黄泉から」では夢幻能「松虫」への言及が見られ[19]、Ⅲ-⑧「超自然の顕現」へ夢幻能が及ぼしている影響がうかがえる。

8 〈二重性〉モチーフの諸相

ここまで、十蘭作品群における〈二重性〉モチーフについて、網羅的に全体像を俯瞰してきた。しかし、このような概観から零れ落ちるのは、同モチーフが個々の作品においてこ具体的にどのような表情を見せているのか、という点である。以下では、〈二重性〉モチーフ間の関係、および同モチーフと〈霧〉モチーフの関係に着目し、〈二重性〉モチーフの諸相について作品を通じた把握を試みる。

まず「魔都」（前掲）における〈二重性〉モチーフ間の関係について考えてみたい。安南皇室の秘宝を巡り、昭和九年大晦日の夜から翌年二日の払暁にかけて東京で繰り広げられる一連の事件を描いた「魔都」は、様々な〈二重性〉モチーフが互いに結びつけられつつ構築された作品である。物語は安南皇帝宗龍王の愛人殺人事件と皇帝の失踪を発端とし、特ダネを追う雑報記者古市加十、殺人事件の犯人を追う真名古警部、皇帝の殺人疑惑に狼狽する日本政府高官、そして秘宝を巡って暗躍する怪人物等々、様々な人物・事件が入り乱れつつ展開していく。

本作は探偵小説の体裁を取りつつ、関東大震災から復興した帝都東京を描く都市小説という側面を併せ持つ。この二側面は作中における〈二重性〉モチーフにも反映しており、一方では、いかにも探偵小説的な〈二重性〉の氾濫（古市と皇帝の取り違え、安南国諜報部長宋秀陳と皇帝の取り違え、岩井伯爵の警視総監への変装、シャンパンの瓶の「ロゼット型の切子の上底」を秘宝たる大金剛石「帝王（ラジヤー）」と偽ること、など）として現れ、また一方では、神田・玉川上水の地下水路である「大伏樋」により大枠として地上と地下に二重化された都市「魔都「東京」」として現れる。

ここで重要なのは、本作が探偵小説的〈二重性〉の氾濫する小説であり、それを支えるように作中の東京もまた空間的〈二重性〉を帯びているという構造的観点である。「この秘密の暗道（ポテルン）こそは、魔都「東京」を形成するあらゆる都市機構のうち最も魅惑に富む部分でなければならぬ」と作中で語られるように、「大伏樋」の存在を俟ってはじめて、作中の東京は「魔都」となるといえる。ネオン煌びやかな地上と「大伏樋」が張り巡らされた地下という東京の〈二重性〉は、繁栄の象徴であると同時に犯罪の温床でもあるという近代的大都市の明暗二面の暗喩でもあろう。この暗喩の働きにおいて作中の東京はまさしく「魔都」となり、探偵小説的〈二重性〉を包摂し、かつそれを産み出す恰好の舞台へと変貌する。いわばここでは大きな〈二重性〉が小さな無数の〈二重性〉を呼び込んでいるのである。

「「魔都」東京」の空間的〈二重性〉は地上／地下だけには限られていない。地下もまた二重化され、さらなる探偵小説的〈二重性〉を産み出す。〈二重性〉モチーフ間のこのような結合を端的に示しているのは、たとえば次のような場面である。

古市は姿を消した皇帝が日比谷公園の地下にいると目星を付け、「大伏樋」に入り込む。地下道で酩酊状態の皇帝を発見した古市だが、そこへどこからともなく皇帝へ呼びかける、古市を装った何者かの声が響いてくる。

> 王様、そこで独語を言つてゐられるのは王様でせう。私の声が聞えますか。……私はね、昨夕あなたと一緒に飲み歩いた夕陽新聞の古市加十です。（中略）……私はね、いま日比谷公会堂の地下室にゐるんですが、ある事情があつてそこへ入つて行けないのですが、あなたをそこから出してあげる事は出来ます。（中略）」／何とも意想外なことになつた。そつくりそのまゝ加十の抑揚まで似せてやつてゐる。何者とも知れぬやつが加十の声色を使つて王様を自分の方へおびき寄せようとしてゐるのである。

対する古市は「よし、ひとつこの俺が王様の声色を使つてこいつと一問一答してやらう」と腹を決め、ついに自ら殺人犯であることを明かして秘宝の在処を問い詰める相手と渡り合う。犯人は古市を装い、古市は皇帝を装う。この混乱は以後も、総監と犯人の取り違えなどさらなる〈二重性〉を派生させる。古市と犯人が二重化された地下（「地下室」と「大伏樋」）に隔てられていることによってのみ、この事態が成立しえている点が重要であろう。かくして「魔都「東京」」の空間構造の〈二重性〉は、入れ替わり・取り違え・偽装・変装といった幾重もの探偵小説的〈二重性〉を産み出すのである。

次に、「雲の小径」（『別冊小説新潮』昭31・1）における〈霧〉モチーフと〈二重性〉モチーフの関係について考えてみたい。本書第一章で述べたように、〈霧〉モチーフとは、十蘭作品群に現れる雲・霧・靄・霞・煙等の描写のうち、作品内で特徴的な機能を担わされているものをいう。ここで注意すべきは、雲・霧・靄・霞が本来的に水と空気の中間的状態である点、また煙が物質と空気の中間的状態である点である。つまり雲・霧・靄・霞・煙はそれ自体が中間的なもの、さらに踏み込んで述べれば〈二重性〉のイメージを帯びたものであり、もう一方の主要モチーフである〈二重性〉と通底している。前述のように両モチーフともに不定形な流動性を帯びていることにも留意したい。

興味深いのは、両モチーフの共通性がしばしば十蘭作品において有機的なイメージの重ね合わせとして現れることである。[20]このような〈霧〉モチーフと〈二重性〉モチーフが融合した作例は40作品に見出せる。ここではその典型的な作例として「雲の小径」を取りあげる。考察の必要上、梗概を述べておく。

旅客機に搭乗中の白川幸次郎は、霊媒茨木を通じて恋人香世子の霊と交遊した過去を回想する。気が付くと香世子の継娘柚子が現れ白川の隣に座る。急に周囲の様子が変わり、死んだはずの桜間一郎も現れる。柚子は自分も霊媒だと告げると「あたし香世子よ」と白川に訴える。柚子に香世子の霊が現れていた。白川は再び霊媒茨木のもとへ赴く。道中、石楠の葉を弄びながら思い悩む白川の危惧したとおり、香世子の霊は死後の世界でともに暮らそうと誘う。ためらう白川に香世子は手助けを申し出る。宿まで案内されるうち周囲は雲霧に覆われ、茨木はこの雲の道をつたって宿まで行くようにと白川に告げる。これが香世子のいう手助けだと悟った白川が助けてくれと叫ぶと、現実の旅客機の中に立ち返る。夢だったとは思えない白川が上着のポケットに手を入れると「指先にツルリとした石楠の葉がさわった」。

以上に示したように、本作は夢と現実が混淆する物語であり、Ⅲ-⑧「超自然の顕現」に該当する〈二重性〉モチーフが現れる。白川の上着に残された「石楠の葉」は二つの世界が重なり合った証左であろう。

一方、「時間からいうと、伊勢湾の上あたりを飛んでいるはずだが、窓という窓が密度の高いすわり雲に眼隠しされているので、所在の感じが曖昧である」と冒頭語り始められるように、本作には終始一貫して雲の描写が現れる。引用箇所以降も引き続き窓外の雲の様子が語られ、回想を挟み、柚子と白川、桜間と白川の会話でもそれぞれ雲が話題となる。夢から現実へと立ち戻る作品末尾の一連の場面でも、夢の中では「深い谷底から、たえ間もなく雲が噴きあがってきて、大旆のように吹きなびいては、空に消えてゆく」し、現実に立ち返ると「旅客機はまだ雲の中にいて、脇窓の外には、乳白色の溷濁したものが、薄い陽の光を漉しながら模糊と漂ってい」る。

これらの描写はそれぞれに機能(指標・契機・非日常)を担った〈霧〉モチーフであるが[21]、夢と現実の混淆という〈二重性〉モチーフの進展に、絶えず〈霧〉モチーフが伴うという本作の構成は、両者のイメージの共通性を巧みに活かしたものであり、作品をより緊密で生彩に富んだものとしている。[22]とりわけ作品末尾の、雲の描写の連続性が夢と現実の連続性に重ねられている箇所は白眉といえよう。「雲の小径」という表題にもあるように、雲が夢と現に掛け渡された通い路となるとき、雲に覆われた旅客機の中には夢と重なり合った現実が残されるのである。

むすび

久生十蘭の作品群に頻出する〈二重性〉モチーフについて考察してきた。冒頭で述べたように、十蘭作品群に〈二重性〉の要素が頻出することは従来から指摘されていたが、これまでの検討を通じ、それが如何なるものであるか、網羅的かつ具体的に明らかにし得たと考える。

〈霧〉モチーフについてもいえることだが、〈二重性〉モチーフは文芸作品において普遍的に用いられるものであり、クリシェ、紋切り型といってよい。そしてクリシェの多用は作家の創造性の欠如として否定的に扱われることが多い。だが否定的に捉えられるべきはクリシェの多用それ自体ではなく、それが作品を凡庸にし、生気を失わせている場合ではないだろうか。確かに十蘭作品において〈二重性〉ならびに〈霧〉モチーフが常に成功しているとは言い難く、単なる小道具として用いられているに過ぎないような作例も散見される。しかし、さきに検討した「魔都」や「雲の小径」にその一端をうかがえるように、十蘭作品にはクリシェの巧みな組み合わせが大きな効果をもたらし、いわばクリシェの凡庸さが内側から乗り越えられているような作例が存在する。「先代は型を壊したり型を無視したりすることが改革だと思ひこんでゐたが、後裔は、型のなかで絶えず創意をだすことが、真の改革だと悟つた」（「歌舞伎教室」前掲）。クリシェの多用は裏返せば十蘭のこのような型の意識と響き合っているだろう。型にはまりながらも型を磨き上げ、終には型を内側から食い破ること。〈二重性〉モチーフおよび〈霧〉モチーフの検討を通じて浮かび上がってくるのは、そのような十蘭の小説作法である。

〈注〉

（1）本書第一章参照。

（2）当然、三重性、四重性といったことも考えられるが、本稿ではこれらも〈二重性〉として概括する。

（3）資料体については本書第一章に準じる。本書第一章注（3）参照。

（4）偽名と幾分類似するものとしてあだ名の類がある。また、ある事象の原因を偽装する作例（死因の偽装など）も見られる。前者については一般的に過ぎ、後者については抽象度が高いと判断し、本稿では考察の対象としなかった。

（5）失踪した文子は、鹿島老に「文滋大姉」と呼ばれるように、作中において死者として扱われている。つまり、ここでの鶴→文子の見立ては、より仔細に見るならば、鶴→文子→死者（死者への見立て）というように三重の構造となっている。

（6）「魔都」に様々な二重構造や多重構造を見て取る指摘に川崎賢子「「魔都」――「大都会の時間外」のエネルギー」（『早稲田文学』昭58・11）がある。また大石雅彦『『新青年』の共和国』（水声社、平4・11）も参照。

（7）心情の取り違えも属性の取り違えとして考え得なくはないが、他者理解に普遍的な事柄であって本稿で扱うには具体性に欠けると判断した。また、ある事象の原因を取り違える作例（死因の取り違えなど）も見られるが、原因の偽装同様に抽象度が高いと判断し、考察の対象としなかった。

（8）この語り手は作中で「十蘭さん」と呼びかけられる場面があり、作者の分身となっている。十蘭阿部正雄は昭和四年から同八年までフランスに留学している。

（9）江戸川乱歩『続・幻影城』（早川書房、昭29・6）によれば、主に人間の入れ替わりや変装を用いたトリックである「「一人二役」型のトリック」が探偵小説のトリックにおいて「最高の頻度を示している」という。

（10）『顎十郎捕物帳』全二十四話（ただし原型を含む）が出揃ったのは、谷川早名義の『顎十郎評判捕物帳』（春陽堂、昭16・4）、『顎十郎評判捕物帳 二巻』（春陽堂、昭16・8）が刊行された時点とされる。『顎十郎捕物帳』の成立過程については沢田安史による『定本 久生十蘭全集2』「解題」参照。

（11）これには、演劇畑出身であった十蘭のそもそもの志向がまず与っていよう。また昭和十二年度の探偵小説に関するアンケート回答（『シユピオ』昭13・1）で、「英雄や怪物の死と共に探偵小説は今や息をひきとらうとしてゐる」と述べるように、十蘭には探偵小説というジャンルへの醒めた目もうかがえる。さらに日中戦争勃発以降の時局における探偵小説の禁圧と探偵小説作家の他ジャンルへの進出（江戸川乱歩『探偵小説四十年』桃源社、昭36・7）はこの志向を加速させたと考えられる。なお昭和二十二年六月に江戸川乱歩を会長として日本探偵作家クラブ（現日本推理作家協会）が発足する際、十蘭について次のような挿話が伝えられている（渡辺剣次「あやふや書記長」中島河太郎・山川正夫編『日本推理作家協会三十年史』推理小説研究第15号、日本推理作家協会、昭55・6）。

氏は、「新青年」出身の作家でありながら、探偵小説という狭いジャンルにとじこめられることを極度にきらったらしい。そのためであろうか、昭和二十二年に、クラブが設立されたとき乱歩先生自からも、また、久生氏の育ての親であった「新青年」編集長の水谷準氏を通じても、再三にわたってクラブに参加するようによびかけた。／それに対してある日、久生氏から墨痕あざやかな昔ふうの巻紙の封書がとどいた。その要旨は「わたしは文学上の主張としてどんな党派にも属したくない。あしからず諒承してほしい」というものであった。

(12) 映画「ジゴマ」については主に永嶺重敏『怪盗ジゴマと活動写真の時代』（新潮社、平18・6）を参照した。

(13) ただしいずれも抄訳であり、プロットや人物もしばしば原作から変更されている。また「ジゴマ」初出誌「編輯だより」に「久生氏の涙香ハダシといふ名訳」とあるように美文調の古風な文体で訳出されるなど、十蘭による創作的要素も強い。これらの翻訳事情については『定本 久生十蘭全集11』「解題」参照。

(14) 「ジゴマ」同様、「ファントマ」ものの怪人ファントマ、ジュウヴ探偵はいずれも変装の達人であり、変幻自在の活躍をする。「ルレタビーユ」ものでも探偵の正体が悪漢であった、など変装モチーフが随所に見られる。

(15) ロマン・フィユトンについては松村喜雄『怪盗対名探偵――フランス・ミステリーの歴史』(晶文社、昭60・6) を参照した。同書の「「ジゴマ」は変装小説といっていい」、「フィユトンの基本パターンである変装」等の評言も参考になる。

(16) 本書第一章注(21)参照。

(17) 十蘭には、歌舞伎に関する評論「歌舞伎教室」(『文芸春秋』昭27・5) があり、「しらなみ」を観た古い記憶について触れている。

(18) 都筑道夫「久生十蘭――『刺客』を通じての試論」(『推理界』昭44・1) 参照。なお前掲「探偵作家四方山座談会」で十蘭は、創作において「ピランデルロのものなどからヒントを得る」とも語っている。

(19) 「黄泉から」では、作品末尾での霊の顕現を予兆するように、夢幻能「松虫」への言及がなされる。

(20) このようなイメージの重ね合わせに十蘭が意識的であったことの証左を「蝶の絵」(『週刊朝日別冊』昭24・9) に見ることができる。太平洋戦時下のフィリピンで諜報活動を行っていた山川という男の末路を描いた本作で、山川の人生は蝶の絵と重ね合わされて次のように語られる。

この画面の模糊とした灰白の部分は、空なのか、水なのか。この蝶は、飛んでゐるのか、流れてゐるのか。血の赤と、骨の白の配色の翅(ママ)につけた一匹の蝶は、落寞とした空間に、見るもあやふげにかかつてゐる。（中略）この絵の蝶は、あたかも山川の生涯を諷刺してゐるやうでもあつた。

特殊将校として、身分を偽り情報収集していた山川は〈二重性〉を帯びた存在であり、その生涯は蝶の絵の「空なのか、水なのか」と二重化された「灰白の部分」に重ねられる。これを〈霧〉モチーフと〈二重性〉モチーフの融合と類比することは可能だろう。

(21) 本書第一章参照。

(22) 付言すると、作品末尾で茨木が告げるように「雲の道」は此岸と彼岸の通路でもあり、本作では夢と現実の往還に此岸と彼岸のテーマが重ねられてもいる。

別表 2

作品番号	発表年	月	作品名	〈二重性〉	〈霧〉と〈二重性〉	分類	主要参照箇所
1	1923	10	電車居住者				
2	1923	12	悪魔				
3	1924	4	南京玉の指輪				
4	1926	4	生社第一回 短歌会詠草				
5	1926	5	蠶	○	○	Ⅲ-⑥	vol.10, pp.*310-311*
6	1926	9	九郎兵衛の最後	○		Ⅰ-②	vol.10, p.325
7	1927	2	アヴオグルの夢				
8	1927	3	典雅なる自殺者				
9	1927	3	喜劇は終つたよ				
10	1927	4	さいかちの実				
11	1927	5	へんな島流し				
12	1927	5	胃下垂症と鯨				
13	1927	5	彼を殺したが……				
14	1927	5	喧嘩無常				
15	1927	5	鈴蘭の花				
16	1927	6	な泣きそ春の鳥				
17	1927	6	壁に耳あり				
18	1927	6	ぷらとにっく				
19	1927	7	オペラ大難脈	○		Ⅰ-②	vol.10, p.377
20	1928	10	亡霊はTAXIに乗つて	○		Ⅲ-⑧	vol.10, pp.416-417
21	1929	3	骨牌遊びドミノ	○		Ⅰ-④／Ⅰ-⑤	vol.10, pp.421-424, p.423
22	1929	3	秋霧				
23	1934	1	八人の小悪魔（ノンシヤラン道中記）	○		Ⅰ-⑤／Ⅱ-②	vol.1, pp.15-16, p.8
24	1934	2	合乗り乳母車（ノンシヤラン道中記）	○		Ⅱ-⑤	vol.1, p.29
25	1934	3	謝肉祭の支那服（ノンシヤラン道中記）	○		Ⅰ-④／Ⅱ-②／Ⅲ-②	vol.1, p.41, p.39, pp.36-37
26	1934	4	南風吹かば（ノンシヤラン道中記）	○		Ⅰ-⑤／Ⅱ-②	vol.1, p.42, p.46
27	1934	5	タラノ音頭（ノンシヤラン道中記）	○		Ⅰ-③／Ⅰ-⑥	vol.1, p.58, p.60
28	1934	6	乱視の奈翁（ノンシヤラン道中記）	○		Ⅰ-②／Ⅰ-⑧	vol.1, pp.66-67, pp.63-64

29	1934	7	アルプスの潜水夫(ノンシヤラン道中記)	○		Ⅱ-②	vol.1, p.75
30	1934	8	燕尾服の自殺(ノンシヤラン道中記)	○		Ⅰ-③	vol.1, p.91
31	1934	8	野砲のワルツ	○		Ⅰ-④/Ⅰ-⑤	vol.10, pp.10-11
32	1934	9	つめる	○		Ⅲ-④	vol.1, p.94
33	1934	11	名犬				
34	1935	7	黄金遁走曲	○		Ⅰ-②	vol.1, p.162
35	1936	1	義勇花白蘭野	○	○	Ⅰ-①	vol.1, pp.*168-169*
36	1936	7	金狼	○	○	Ⅰ-①/Ⅰ-②	vol.1, pp.*249-253*, p.230
37	1936	8	天国地獄両面鏡	○	○	Ⅰ-②/Ⅰ-③/Ⅱ-④	vol.1, pp.*257-259*
38	1937	1	黒い手帳				
39	1937	1	シモーヌ・シモン会見記	○		Ⅰ-②	『新青年』p.336
40	1937	2	蚊とんぼヘツプバーン会見記	○		Ⅰ-②	『新青年』p.284
41	1937	3	ゑくぼのゲーブル会見記	○		Ⅰ-②	『新青年』p.213
42	1937	4	マルクス兄弟見参記	○		Ⅰ-②	『新青年』p.362
43	1937	5	コルベール会見記	○		Ⅰ-②/Ⅰ-④	『新青年』p.347, p.346
44	1937	5	湖畔	○	○	Ⅰ-⑥/Ⅱ-④/Ⅲ-⑥/Ⅲ-⑧	vol.1, pp.*294-300*
45	1937	10	魔都	○		Ⅰ-①/Ⅰ-⑧/Ⅱ-①/Ⅱ-⑤/Ⅳ-②	vol.1, p.502, pp.475-476, pp.349-351, p.526, pp.469-470
46	1938	1	妖術	○		Ⅰ-⑪	vol.1, p.612
47	1938	2	お酒に釣られて崖を登る話				
48	1938	3	戦場から来た男	○		Ⅰ-②/Ⅰ-⑧/Ⅱ-②	vol.1, pp.639-641, p.646, p.647
49	1938	3	花束町壱番地				
50	1938	4	新版八犬伝	○	○	Ⅰ-⑥/Ⅰ-⑧/Ⅲ-③/Ⅲ-⑧	vol.2, p.48, p.75, pp.34-35, pp.*83-84*
51	1938	5	刺客	○	○	Ⅰ-③/Ⅰ-④/Ⅰ-⑦/Ⅲ-①/Ⅲ-⑥	vol.2, pp.*94-106*
52	1938	6	モンテ・カルロの下着				

53	1938	9	モンテカルロの爆弾男				
54	1939	1	社交室（キャラコさん）	○	○	Ⅰ-②	vol.2, pp.*148-153*
55	1939	1	稲荷の使（顎十郎捕物帳）	○		Ⅰ-②	vol.2, p.365
56	1939	2	雪の山小屋（キャラコさん）	○		Ⅰ-②	vol.2, p.173
57	1939	2	都鳥（顎十郎捕物帳）	○		Ⅰ-②	vol.2, pp.378-379
58	1939	2	海豹島	○	○	Ⅰ-③／Ⅰ-⑧／Ⅱ-③／Ⅲ-③	vol.3, pp.*8-26*
59	1939	3	蘆と木笛（キャラコさん）	○		Ⅰ-②	vol.2, p.199
60	1939	3	鎌いたち（顎十郎捕物帳）	○		Ⅰ-②	vol.2, p.386
61	1939	4	女の手（キャラコさん）				
62	1939	4	咸臨丸受取（顎十郎捕物帳）	○		Ⅰ-②	vol.2, p.499
63	1939	4	教訓				
64	1939	5	鷗（キャラコさん）	○		Ⅳ-①	vol.2, pp.257-258
65	1939	5	ねずみ（顎十郎捕物帳）				
66	1939	5	妖翳記				
67	1939	6	御代参の乗物（顎十郎捕物帳）	○		Ⅰ-②	vol.2, pp.487-488
68	1939	6	だいこん				
69	1939	7	月光曲（キャラコさん）	○		Ⅰ-⑩	vol.2, pp.300-301
70	1939	7	三人目（顎十郎捕物帳）				
71	1939	7	墓地展望亭	○		Ⅰ-②	vol.3, pp.69-70
72	1939	8	ぬすびと（キャラコさん）				
73	1939	8	計画・Я	○	○	Ⅱ-⑤／Ⅱ-⑥／Ⅳ-①／Ⅳ-②	vol.3, pp.*136-138*, p.119
74	1939	8	丹頂の鶴（顎十郎捕物帳）				
75	1939	8	昆虫図				
76	1939	9	海の刷画（キャラコさん）				
77	1939	9	日高川（顎十郎捕物帳）	○		Ⅰ-⑧	vol.2, p.539
78	1939	9	贖罪	○		Ⅱ-④	vol.3, pp.143-147
79	1939	9	「女傑」号				
80	1939	10	雁来紅の家（キャラコさん）				
81	1939	10	野伏大名（顎十郎捕物帳）	○		Ⅰ-①／Ⅰ-②	vol.2, p.478, p.467
82	1939	10	女性の力				
83	1939	11	馬と老人（キャラコさん）				
84	1939	11	蕃拉布（顎十郎捕物帳）				
85	1939	12	新しき出発				

86	1939	12	菊香水（顎十郎捕物帳）	○		Ⅰ-②	vol.2, pp.547-549
87	1939	12	犂氏の友情	○		Ⅰ-②／Ⅰ-⑧	vol.3, pp.164-168
88	1939	12	カイゼルの白書	○		Ⅲ-③	vol.3, p.173
89	1939	12	赤ちゃん	○		Ⅱ-②	vol.3, p.190
90	1940	1	初春狸合戦（顎十郎捕物帳）	○		Ⅰ-③／Ⅰ-⑧	vol.2, pp.562-565
91	1940	1	萩寺の女（平賀源内捕物帳）				
92	1940	1	娘ばかりの村の娘達				
93	1940	1	白鯱模様印度更紗	○		Ⅰ-⑧	vol.3, p.219
94	1940	1	心理の谷	○		Ⅱ-⑥	vol.3, pp.239-242
95	1940	1	月光と硫酸	○		Ⅲ-⑥	vol.3, p.255
96	1940	1	暢気オペラ	○		Ⅰ-④	vol.3, p.271
97	1940	1	酒の害悪を繞つて				
98	1940	2	猫眼の男（顎十郎捕物帳）				
99	1940	2	牡丹亭還魂記（平賀源内捕物帳）	○		Ⅰ-⑥	vol.3, pp.309-312
100	1940	3	永代経（顎十郎捕物帳）	○		Ⅰ-⑧	vol.2, p.578
101	1940	3	稲妻草紙（平賀源内捕物帳）	○		Ⅰ-①	vol.3, pp.327-328
102	1940	3	お嬢さんの頭				
103	1940	4	星と花束				
104	1940	4	かごやの客（顎十郎捕物帳）				
105	1940	4	山王祭の大象（平賀源内捕物帳）	○		Ⅰ-①	vol.3, pp.344-345
106	1940	5	両国の大鯨（顎十郎捕物帳）	○		Ⅰ-⑧	vol.2, pp.588-589
107	1940	5	長崎ものがたり（平賀源内捕物帳）	○		Ⅰ-①／Ⅰ-⑧	vol.3, pp.360-361
108	1940	5	酒祝ひ				
109	1940	6	金鳳釵（顎十郎捕物帳）	○		Ⅰ-①／Ⅰ-②／Ⅰ-③	vol.2, pp.600-603, pp.592-595
110	1940	6	尼寺の風見鶏（平賀源内捕物帳）	○		Ⅰ-⑥	vol.3, pp.377-378
111	1940	6	葡萄蔓の束				
112	1940	6	遠島船（顎十郎捕物帳）	○		Ⅰ-②／Ⅰ-⑧	vol.2, pp.512-514
113	1940	6	ところてん	○		Ⅰ-⑨／Ⅱ-②	vol.3, pp.440-441, p.438
114	1940	6	レカミエー夫人	○		Ⅰ-⑧	vol.3, pp.467-468

115	1940	7	小鰭の鮨（顎十郎捕物帳）	○		Ⅰ-①	vol.2, pp.627-628
116	1940	7	蔵宿の姉妹 （平賀源内捕物帳）	○		Ⅰ-①	vol.3, pp.395-396
117	1940	8	爆弾侍（平賀源内捕物帳）	○		Ⅰ-②	vol.3, p.410
118	1940	8	捨公方（顎十郎捕物帳）	○	○	Ⅰ-②	vol.2, p.*341*
119	1940	8	浜木綿	○		Ⅱ-②	vol.3, p.472
120	1940	8	大龍巻	○	○	Ⅲ-⑦	vol.3, pp.*485-492*
121	1940	9	白豹	○		Ⅰ-②	vol.3, pp.503-504
122	1941	3	魚雷に跨りて	○	○	Ⅰ-①	vol.4, pp.*192-196*
123	1941	4	蠑螈（顎十郎捕物帳）	○	○	Ⅱ-⑤	vol.2, p.*646*
124	1941	5	蜘蛛				
125	1941	6	フランス感れたり				
126	1941	6	北海の水夫	○		Ⅰ-⑧	vol.4, pp.258-259
127	1941	8	生霊	○	○	Ⅱ-①／Ⅱ-③／Ⅲ-④	vol.4, p.275, pp.277-279, pp.*282-284*
128	1941	8	紙凧（顎十郎捕物帳）	○		Ⅰ-⑧	vol.2, p.417
129	1941	8	氷献上（顎十郎捕物帳）	○		Ⅱ-①	vol.2, p.452
130	1941	9	手紙				
131	1941	10	ヒコスケと艦長	○		Ⅲ-⑤	vol.4, p.291
132	1942	1	地の霊				
133	1942	2	支那饅頭	○		Ⅰ-①	vol.4, p.317
134	1942	3	雲井の春				
135	1942	4	花賊魚	○		Ⅰ-②	vol.4, p.330
136	1942	5	三笠の月				
137	1942	6	海軍要記				
138	1942	7	巴奈馬（紀ノ上一族）	○		Ⅰ-②	vol.4, pp.433-437
139	1942	7	英雄	○		Ⅰ-⑧	vol.4, p.395
140	1942	8	消えた五十万人	○		Ⅱ-④	vol.4, p.477
141	1942	10	カリブ海（紀ノ上一族）	○	○	Ⅰ-⑧	vol.4, pp.*468-471*
142	1942	11	加州（紀ノ上一族）	○	○	Ⅰ-②	vol.4, p.*419*
143	1942	12	国風				
144	1942	12	遣米日記	○		Ⅱ-⑤	vol.4, p.496
145	1942	12	豊年	○		Ⅰ-②／Ⅰ-④	vol.4, pp.514-515
146	1943	1	亜墨利加討				
147	1943	3	公用方秘録二件	○		Ⅰ-⑧	vol.4, pp.580-583
148	1943	3	村の飛行兵				
149	1943	4	隣聟				
150	1944	4	爆風				
151	1944	6	第○特務隊				

152	1944	7	海図	○	○	Ⅱ-②	vol.5, p.*57*
153	1944	7	給養	○		Ⅰ-⑧	別巻, p.530
154	1944	7	内地へよろしく	○	○	Ⅱ-②／Ⅲ-⑦	vol.5, p.*98*, p.*142*
155	1944	8	白妙				
156	1944	8	効用				
157	1944	9	最後の一人	○		Ⅰ-②	vol.5, p.253
158	1944	10	要務飛行	○	○	Ⅱ-④／Ⅱ-⑤	vol.5, p.*308*, p.305
159	1944	11	少年				
160	1944	11	新残酷物語	○		Ⅲ-⑧	vol.5, p.359
161	1944	12	猟人日記				
162	1945	1	弔辞	○		Ⅰ-⑧	vol.5, p.382
163	1945	3	雪				
164	1945	4	祖父っちゃん	○		Ⅰ-⑥	vol.5, p.445
165	1945	5	母の手紙	○		Ⅰ-②	vol.5, pp.482-490
166	1945	5	をがむ				
167	1945	6	花				
168	1945	7	月				
169	1945	10	橋の上				
170	1946	1	その後	○		Ⅰ-⑦	vol.5, pp.512-513
171	1946	2	南部の鼻曲り	○		Ⅳ-①	vol.5, pp.514-518, pp.522-523
172	1946	2	皇帝修次郎三世	○		Ⅰ-②	vol.5, p.577
173	1946	4	村芝居				
174	1946	5	幸福物語	○	○	Ⅰ-⑩	vol.5, p.*596*
175	1946	5	花合せ	○		Ⅱ-⑤	vol.5, p.609
176	1946	7	狸がくれた牛酪	○		Ⅰ-⑧	vol.5, p.612
177	1946	9	半未亡人	○		Ⅱ-①	vol.6, pp.15-16
178	1946	10	ハムレット	○	○	Ⅰ-③／Ⅰ-④／Ⅰ-⑦／Ⅲ-①／Ⅲ-④／Ⅲ-⑥	vol.6, pp.*23-47*
179	1946	10	蛙料理	○		Ⅰ-⑧	vol.6, p.48
180	1946	12	黄泉から	○		Ⅰ-⑨／Ⅲ-⑧	vol.6, pp.55-58
181	1947	1	だいこん	○		Ⅱ-②	vol.6, p.84
182	1947	1	水草				
183	1947	2	おふくろ				
184	1947	3	ブゥレ＝シャノアヌ事件	○		Ⅰ-②	vol.6, p.229-230
185	1947	6	風流	○		Ⅰ-⑧／Ⅱ-⑤	vol.6, p.238, p.235
186	1947	7	すたいる	○	○	Ⅰ-⑧／Ⅰ-⑩	vol.6, p.280, p.*298*
187	1947	7	西林図	○	○	Ⅰ-⑥／Ⅰ-⑨	vol.6, pp.*269-272*

188	1947	8	予言	○	○	Ⅰ-⑪	vol.6, pp.*348-355*
189	1948	1	皇帝修次郎	○		Ⅰ-②	vol.6, pp.413-414
190	1948	1	フランス伯N・B	○		Ⅰ-①	vol.6, pp.363-366
191	1948	1	おふくろ				
192	1948	2	骨仏				
193	1948	3	野萩	○		Ⅲ-⑧	vol.6, pp.466-468
194	1948	4	田舎だより	○		Ⅰ-⑨	vol.6, pp.471-472
195	1948	4	ココニ泉アリ	○	○	Ⅰ-②／Ⅱ-①／Ⅲ-⑥	vol.6, p.569, pp.*525-526*
196	1948	5	貴族	○		Ⅱ-②／Ⅱ-⑥	vol.6, pp.614-615
197	1949	1	黄昏日記	○	○	Ⅱ-①	vol.7, pp.*37-40*
198	1949	1	春雪				
199	1949	1	手紙	○		Ⅰ-⑧	vol.7, pp.28-29
200	1949	2	カストリ侯実録	○		Ⅰ-①／Ⅰ-②	vol.7, pp.121-125
201	1949	5	復活祭	○		Ⅰ-②	vol.7, pp.135-136
202	1949	5	巴里の雨	○	○	Ⅰ-②／Ⅰ-⑥	vol.7, pp.*153-154*, p.142
203	1949	6	風祭り	○		Ⅰ-⑧	vol.7, p.157
204	1949	7	三界万霊塔	○		Ⅱ-①	vol.7, pp.181-183
205	1949	7	淪落の皇女の覚書	○		Ⅰ-②	vol.7, p.200
206	1949	7	巫術	○	○	Ⅱ-①／Ⅱ-③／Ⅲ-④	vol.7, p.208, pp.210-212, pp.*215-216*
207	1949	9	蝶の絵	○		Ⅰ-②／Ⅲ-⑤	vol.7, pp.235-237
208	1949	10	氷の園	○	○	Ⅰ-①／Ⅰ-③／Ⅰ-⑩／Ⅱ-①	vol.7, p.*421*, pp.*434-443*, p.*240*, pp.*245-248*
209	1950	2	みんな愛したら	○		Ⅰ-⑧	vol.7, p.513
210	1950	4	勝負				
211	1950	6	妖婦アリス芸談	○		Ⅰ-①／Ⅰ-②／Ⅱ-①	vol.7, pp.576-583, pp.572-573, p.568
212	1950	7	あめりか物語				
213	1950	8	女の四季				
214	1950	8	風流旅情記	○	○	Ⅰ-⑧／Ⅱ-②	vol.7, p.630, p.*641*
215	1950	10	無月物語	○		Ⅰ-①／Ⅰ-③	vol.8, pp.11-12
216	1950	12	新西遊記	○		Ⅱ-②	vol.8, p.35
217	1951	1	十字街	○	○	Ⅰ-⑩／Ⅱ-①	vol.8, pp.*132-134*
218	1951	2	信乃と浜路	○	○	Ⅰ-⑥／Ⅰ-⑧	vol.8, pp.206-213, pp.*201-202*

219	1951	3	姦	○		Ⅰ-①／Ⅰ-③／Ⅰ-⑥／Ⅱ-③	vol.8, pp.222-224, pp.218-219
220	1951	7	白雪姫				
221	1951	9	南極記				
222	1951	9	プランス事件	○		Ⅰ-①	vol.8, p.260
223	1951	10	玉取物語				
224	1951	11	鈴木主水	○		Ⅰ-①	vol.8, p.284
225	1951	12	泡沫の記				
226	1952	1	ゴロン刑事部長の回想録	○		Ⅰ-①／Ⅰ-②	vol.8, pp.302-303, pp.316-317
227	1952	1	うすゆき抄	○		Ⅱ-①／Ⅱ-④	vol.8, pp.339-340
228	1952	1	重吉漂流紀聞				
229	1952	5	死亡通知	○	○	Ⅱ-④	vol.8, pp.*367-369*
230	1952	6	海難記	○		Ⅰ-⑦／Ⅲ-⑥	vol.8, p.395, p.393
231	1952	9	藤九郎の島				
232	1952	9	美国横断鉄路				
233	1952	10	雪原敗走記				
234	1952	11	幻の軍艦未だ応答なし！	○	○	Ⅰ-②／Ⅱ-⑤	vol.8, p.471, p.*469*
235	1953	1	愛情会議	○		Ⅰ-①／Ⅰ-②／Ⅰ-⑧／Ⅱ-②／Ⅱ-⑥／Ⅲ-⑦	vol.8, p.557, p.500, p.557, pp.477-478, p.516
236	1953	6	再会	○		Ⅰ-②／Ⅱ-①	vol.8, pp.562-564
237	1953	7	影の人	○		Ⅰ-②	vol.8, p.572
238	1953	8	青髯二百八十三人の妻	○		Ⅰ-②	vol.8, pp.586-587
239	1953	10	或る兵卒の手帳	○	○	Ⅲ-⑥	vol.8, p.*601*
240	1953	11	天国の登り口				
241	1953	12	大赦請願				
242	1954	1	真説・鉄仮面	○		Ⅰ-①／Ⅰ-②／Ⅲ-①	vol.9, pp.122-123, pp.44-46, p.60
243	1954	1	かぼちゃ	○		Ⅰ-⑧／Ⅱ-⑤	vol.8, pp.637-638
244	1954	1	皇帝の御鹵簿				
245	1954	3	母子像	○		Ⅰ-②／Ⅰ-⑩／Ⅱ-④	vol.9, pp.146-150
246	1954	5	人魚				
247	1954	10	ボニン島物語	○		Ⅰ-②／Ⅰ-⑧	vol.9, pp.159-160, pp.154-155
248	1954	10	あなたも私も	○		Ⅰ-⑧／Ⅱ-②	vol.9, p.295, p.235
249	1954	12	海と人間の戦ひ	○		Ⅲ-⑥	vol.9, p.319
250	1955	7	ひどい煙	○	○	Ⅲ-⑧	vol.9, pp.*328-329*

251	1955	10	われらの仲間	○	○	Ⅰ-①／Ⅰ-②／Ⅰ-⑥／Ⅰ-⑧／Ⅱ-①／Ⅱ-②	vol.9, p.510, pp.*495-496*, p.539, p.*353*, p.*347*, p.343
252	1956	1	雲の小径	○	○	Ⅲ-④／Ⅲ-⑧	vol.9, pp.*563-578*
253	1956	2	無惨やな				
254	1956	4	春の山				
255	1956	4	奥の海	○		Ⅱ-①	vol.9, p.605
256	1956	4	川波				
257	1956	6	夜の鶯	○		Ⅱ-①	vol.10, p.219
258	1956	8	虹の橋	○		Ⅰ-①／Ⅱ-①	vol.9, pp.622-623, pp.624-626
259	1956	8	一の倉沢				
260	1956	8	不滅の花	○		Ⅰ-②	vol.9, p.638
261	1956	11	冬山				
262	1957	1	蜂雀	○		Ⅱ-④	vol.10, p.242
263	1957	2	雪間	○	○	Ⅱ-①	vol.9, pp.*647-648*
264	1957	3	呂宋の壺				
265	1957	3	下北の漁夫				
266	1957	4	肌色の月	○		Ⅰ-①／Ⅰ-②／Ⅱ-①／Ⅱ-⑤	vol.9, p.719, p.684, pp.693-695, p.726
267	1957	7	喪服	○		Ⅱ-④	vol.9, p.743
268	1957	9	いつ　また　あう				

凡例

○資料体については本書第一章注（3）参照。

○作品名は『定本 久生十蘭全集』により、副題を省略した。「（ ）」内は連作総題を示す。同全集未収録作品については初出誌によった。

○「発表年」・「月」（ラジオドラマは放送年・月）は初出によった。連載作品については連載開始の年・月（ラジオドラマは放送開始の年・月）のみを示した。

○「主要参照箇所」の巻数・頁数は『定本 久生十蘭全集』の各巻・各頁と対応している。同全集未収録作品については初出誌の頁数に対応している。

○「分類」に示した分類記号（Ⅰ-①～Ⅳ-②）は、当該作品にどの型の〈二重性〉モチーフが現れているかを示す。

○斜体で示した頁数は当該箇所に〈霧〉モチーフと〈二重性〉モチーフが融合した作例が含まれていることを示す。

○「○」は当該項目が作中に一例以上存在することを示す。

○「分類」に示した分類記号の並び順と「主要参照箇所」に示した頁数の並び

順は原則的に対応している。たとえば、作品番号 23「八人の小悪魔（ノンシヤラン道中記）」では、「分類」に「Ⅰ-⑤／Ⅱ-②」、「主要参照箇所」に「vol.1, pp.15-16, p.8」とあるが、これは「Ⅰ-⑤」が『定本 久生十蘭全集』第 1 巻の 15-16 頁に現れ、「Ⅱ-②」が同 8 頁に現れることを示している。ただし、同一箇所に複数の型の〈二重性〉モチーフが現れる場合等により、双方の並び順が完全には対応していない場合もある。

第三章　久生十蘭「鶴鍋」（「西林図」）論

——敗戦と見立て

はじめに

「鶴鍋」（『オール読物』昭22・7。のち「西林図」と改題のうえ、単行本『母子像』新潮社、昭30・10所収）は、久生十蘭の代表作のひとつに数えられる。[1] 雑誌『新青年』によって小説家として出発した十蘭は、「鶴鍋」発表のこの時期、中野好夫「戦後文学・一九四七」（『新文学』昭22・12）が「久生十蘭の如き稀に見る才能」と評するように、ひろくその才能を認められていた。管見のかぎり「鶴鍋」に関する個別の同時代評はみあたらないが、中野の評価の一端をなしたものとして本作を考えることはできよう。

主要な先行研究としては、十蘭作品に一貫するモチーフとして「不如意のいのちの嘆き」を見て取り、「鶴鍋」の恋人たちにもそれを見出すもの（亀井勝一郎「解説」『母子像・鈴木主水』角川文庫、昭34・5）、「春雪」（『オール読物』昭24・1）に代表される「純愛物」のヴァリエーションを見るもの（澁澤龍彦「解説」『久生十蘭全集Ⅱ』三一書房、昭45・1）、あるいは「雲の小径」（『別冊小説新潮』昭31・1）等の「心霊物」（前掲澁澤論）の系譜に位置づけようとするもの（塚本邦雄「蒼鉛嬉遊曲（ビスマス・メヌエット）」久生十蘭『黄金遁走曲（フューグ・ドレエ）』出帆社、昭49・12、草森紳一「心理の谷間――久生十蘭『西林図』」『ユリイカ』平1・6）がある。それぞれに汲むべき点はあるが、草森論をのぞきいずれも断片的批評にとどまっている憾みがある。本作を包括的に論じている草森論でも、失踪した作中人物をあくまで死亡したものとするのには無理があろう。近年、本作に関し重要な指摘を行ったのは、須田千里「幸田露伴「雪たたき」の構想――久生十蘭「鶴鍋」への影響に及ぶ」（『京都大学国文学論叢』平28・9）である。須田論は、まず幸田露伴「雪たたき」（『日本評論』昭14・3〜4）の十蘭「鈴木主水」（『オール読物』昭26・11）への部分的摂取、および「雪たたき」と同じく単行本『幻談』（日本評論社、昭16・8）におさめられた「連環記」の十蘭「予言」（『苦楽』昭22・8）への部分的摂取を指摘する。そのうえで「雪たたき」と本作の類似・対応関係を次の三点にわたって指摘し、本作の構想が「雪たたき」にもとづくものとする。①作中人物間で懇願と拒否が執拗にくりかえされる展開、②富裕な老人が娘（孫娘）の異性関係をめぐって若い男に懇願する点や公的な規範と個人的な情の対立という全体の枠組など作中人物の設定およびプロット、③娘（孫娘）が「死」をまぬがれる結末。踏まえるべき考察であるが、本稿では同時代的現実の摂取という側面や、作中人物間の執拗なやりとりが作中の時間軸において帯びている意味、また本作のもうひとつの重要な側面である見立ての構想について掘り下げたい。

本稿では、作中における敗戦と、俳諧的見立てという互いに異なる二つの側面に着目する。まず前者について述べれば、「鶴鍋」発表の昭和二十二年はアジア太平洋戦争の記憶もまだ生々しい一方で、占領下日本においてＧＨＱ／ＳＣＡＰ（連合国軍最高司令官総司令部。以下ＧＨＱ）による諸改革が急速度で進められていた時期にあたる。本作には戦争の記憶や戦後間もない日本社会の現状が反映されており、その実態をテクストに即しつつ詳らかにしたい。また後者については、すでに本書第二章で、十蘭作品に頻出する〈二重性〉モチーフのひとつ「見立て」の作例として簡略に指摘したところだが、これを補足しつつテクスト全体を通じたその構造と素材について考察したい。

考察に入る前に、改稿および検閲に関する諸点について述べておく。川崎賢子「解題」（『定本 久生十蘭全集6』国書刊行会、平22・3）で指摘されているように、「鶴鍋」は「西林図」と改題された際、作中人物名がそれぞれ「冬木郎」→「冬木」、「参亭」→「冬亭」、「滋子」「冬女」「妙滋大姉」→「文子」「文女」「文滋大姉」と改められ、参亭という俳名の由来に関する挿話が削除された。そのほかにも「赤葵色（モーヴ）」→「葵色」や「冬薔薇」→「室（むろ）の薔薇」等の細かな語句の入れ替え・加筆・削除、叙述の順序の入れ替え等の改稿点が多く見られる。大筋に異同はないが本稿では改稿後のテクストも参照し、論旨に関わる異同については適宜言及する。本稿での作中人物名の表記および作品本文からの引用は初出による。また昭和二十年から二十四年にかけては占領政策を円滑に進めるためGHQによるメディア検閲が行われていた（鈴木登美・十重田裕一・堀ひかり・宗像和重編『検閲・メディア・文学——江戸から戦後まで』新曜社、平24・3）。しかし『20世紀メディア情報データベース』（http://20thdb.jp/detail/、二〇一五年十一月二十九日確認）によれば、本作初出に関し検閲の痕跡は認められない。[2]

1　戦争の記憶——横浜大空襲と失踪

①冬女氏は横浜の親戚へ見舞ひに行つて昼のあの大空襲にあひ、その後いまだに消息が知れない。参亭はそのころ毎日横浜の焼跡へ出かけて日ねもす冬女氏を探しまはり、秀麗な趣きのある顔が見るかげもなく悴れてしまつた。（傍線稿者。便宜上「鶴鍋」からの引用に丸数字を付す。以下同）

美学者の土井、俳名参亭の恋人であった滋子、俳名冬女は、空襲に遭い行方不明となる。後に明らかになるようにこれは空襲にまぎれた失踪で、滋子は二人の結婚を承知しない祖父鹿島与兵衛を捨てて「無籍準死の人間」となり、参亭の元へ赴こうとしたのであった。しかし参亭は滋子を受け入れず、行き場を失った滋子は新潟の乳母のもとへ身を寄せる。

このように「鶴鍋」は、生死不明の滋子にまつわる真相が作品を通じて次第に浮かび上がってくるさまをひとつの読みどころとしている。読者に与えられる情報は、ほぼ一貫して参亭の俳友冬木郎（ふきお）に焦点化した語りを通じたものである。冬木郎は、滋子を巡り「参亭と鹿島家との間にはむづかしい加減の入訳」があることを承知はしていても、「冬女氏は横浜の空襲で死んでしまつたものと、そちらへばかり考へがかたむいてゐた」と述懐するように、事態をいまだ十分に把握しておらず、読者はいわば冬木郎と伴走しながら次第に真相を知ることとなる。空襲が本作の重要な要素であるのは、それが滋子を巡る不明瞭な事態の起点だからであるが、これは現実の空襲を素材としている。(3) 横浜はたびたび空襲を受けているが、規模および「数少ない昼間の焼夷弾爆撃」（今井清一『新版大空襲5月29日——第二次大戦と横浜』有隣堂、平7・9）であったことを踏まえると、作中の空襲は明らかに昭和二十年五月二十九日の横浜大空襲を指している。

アジア太平洋戦時下、米軍の日本空襲は昭和十七年四月十八日のドゥリットル隊による空襲に始まるが、日本の敗色が濃厚となった昭和十九年に入るとB29による本格的な日本本土爆撃が始まる。さらに翌二十年三月十日の東京大空襲をはじめとして、名古屋、大阪、神戸など大都市市街地への焼夷弾爆撃が行われ、八月六日には広島、九日には長崎に原子爆弾が投下された。これらの空襲による戦災者数は現在でも明らかではないが、「さまざまな資料から推計して、日本全国で「死者約五〇万人、負傷者一〇二万人程度」」（『日本の空襲——一　北海道・東北』三省堂、昭55・6）といわれる。横浜大空襲もまたこのような大都市への焼夷弾爆撃の一環をなし、P51一〇一機に護衛されたB29五一七機によって、午前九時二十二分から午前十時三十分まで人口密集地域への徹底的な焼夷弾爆撃が行われた。市街地は壊滅、死者数は八千人に近いとされ、東京大空襲および広島・長崎への原爆投下をのぞくと「一回の空襲としては極めて多くの戦争死者を出した」（前掲『新版大空襲5月29日』）とされる。

江口雄輔編「久生十蘭年譜」（『定本　久生十蘭全集　別巻』国書刊行会、平25・2）によれば、十蘭自身、海軍報道班員として南方に派遣された際（昭和十八年〜十九年）、前線基地であったクーパン（チモール島）ほかで空襲を体験し、帰還後も昭和十九年十一月、東京の青山高樹町（当時の自宅所在地）で空襲に遭っている。近年、発見・刊行された「従軍日記」(『定本 久生十蘭全集10』平23・12)には戦地での空襲の恐怖が生々しく記述されており、本土での戦災体験は「幸福物語」(『新青年』昭21・5)等での空襲描写に活かされていると思しい。したがって十蘭が空襲の実際を知らなかったわけではない。しかし本作では、前述のように大きな被害を出した空襲でありながら、さきの引用箇所および参亭と鹿島の会話中「ああいふひどい空襲」といった程度に触れられる程度で、あくまで暗示的に用いられている。

前述のように滋子は空襲にまぎれて失踪するが、本作発表当時、空襲は容易に失踪という言葉と結びつくものであった。たとえば『読売新聞』(昭23・3・17)の「読者法律相談」には、「失踪の父と孤児」と題された次のような質疑応答が掲載されている。

> ボクは引揚孤児です、母を満州で失い、父とは空襲のとき別れたまゝです、まだ父の死亡届を出してありませんが、どうしたらよいですか(山梨・松田)/【答】お父さんの死亡のことですが、それをみた人があつて死亡したことがハツキリわかれば、その人の作つた死亡を証明する□面を添えて市町村長に死亡の届出をすればよいのです、みた人もなく、死亡したことを証明することができなければ、失踪宣告をうけたうえで戸籍からお父さんの名を消してもらうほかありません(中略)(民事局二課)
>
> (稿者注:「□」は判読不明)

空襲による失踪という本作の設定は、十蘭がこのような戦争の現実から着想を得たものであろう。

では、この質疑でも触れられている失踪の法的扱いとはいかなるものであり、またそれは作中でどのように反映されているのか。実際の法に即しつつ見てみたい。まず作品内の時間軸について触れておくと、滋子の失踪が昭和二十年五月二十九日（横浜大空襲）、ここから起算し、滋子に関する「この一年の間、越後の雪の中で謹んで居りまして」という鹿島の言葉、「秋色の池の汀」「秋草」「紅葉した白膠木」（寺崎留吉『日本植物図譜』春陽堂、昭8・6の「ぬるで」の項には「晩秋、美シク紅葉ス」とある）等の記述を踏まえると作中の時間は昭和二十一年秋頃と考えられる。次節で詳述するが、この時点ではいまだ日本国憲法が施行されてはいない。したがって滋子の失踪に関し適応されるのは、いわゆる明治民法（明31・7・16施行）第二五〜三二条となる（以下、明治民法の条文を「旧〜」と記す）。滋子の場合は戦地での失踪にあたるから「戦争ノ止ミタル後」三年（通常は七年）経っても生死不明の場合、失踪宣告の要件が構成され、裁判所は利害関係人（相続人・配偶者・債権者など）の請求により失踪宣告をなすことができる（旧三〇条）。「戦争ノ止ミタル後」とは戦役が終わった時と解される（大谷美隆『失踪法論』明治大学出版部、昭8・6）。失踪宣告を受けた者は「死亡シタル者ト看做」される（旧三一条）。なお、失踪宣告と類似した実務上の取り扱いとして認定死亡がある。これは戸籍法の規定（本作の時間軸に沿うと大正三年戸籍法〈大4・1・1施行〉の一一九条が該当）にもとづき、「危難その他により死亡確実なるに拘らず屍体が発見されぬ場合」「事変の取調をした官公署の報告は法律上死亡認定と同一の効果」を持つことを指す（末川博編『新法学辞典 下巻』日本評論社、昭12・11）。

認定死亡は失踪宣告と異なり、死亡確実であることが要件となる。真相を知らない参亭によっても「消息が知れない」(「死んでしまつたものと、そちらへばかり考へがかたむいてゐ」たにせよ)とされるにとどまる滋子の場合、前述のように失踪宣告を想定するのが妥当であろう。

さて、前述のように失踪宣告を受けると「死亡シタル者ト看做」される。したがって、「失踪いたしますと無籍準死の人間になつてしまふ」という鹿島の言葉は、法に照らし正確といえる。しかし、日本が、連合国による降伏勧告すなわちポツダム宣言を受諾したのは昭和二十年八月十四日、降伏文書に調印したのは同年九月二日であり、いずれにせよ作中の時点では失踪宣告の要件である「戦争ノ止ミタル後」三年を満たしていない。実際の法との齟齬という点でとりわけ重要なのは「東京と新潟に別れてつらい辛抱をして居りましたのは、あの方を〈そちらの籍へ〉お戻しねがひたいといふそれだけのためでした」(〈〉内は改稿後に挿入)という参亭の言葉である。これは失踪宣告の取り消しがひとえに鹿島の意向によるという印象を読者に与えるが、これもまた正確ではない。失踪宣告の取消請求は失踪した本人によってもなしうると定められているからである(旧三二条)。「湖畔」(『文芸』昭12・5)でも、同様の失踪すなわち「無籍準死」というモチーフを用いた十蘭が、失踪に関する法的背景にまったく無知であったとは考え難い。実際、失踪者が「準死」者であるという把握は、旧三一条と符合している。とするならば本作における失踪の法的扱いが意図的に改変されている可能性を考えてよい。

「冬女氏の両親は七年ほど前に亡くなつて、鹿島の家には祖父の与兵衛が坐りなほしてゐた」とあるから、鹿島家の当主すなわち戸主は鹿島与兵衛であろう。周知のように、明治民法下では「家」の原理にもとづき戸主に大きな権限が与えられていた。代表的なものが家族の婚姻・養子縁組への同意権(旧七五〇条)であり、戸主の同意を得ずそれらの行為を為した者への離籍権・復籍拒絶権が与えられていた[4]。滋子の失踪にこのような戸主権を背景にした鹿島の権威が影響したであろうことはむろんだが、加えて本作では、さきに見たように失踪者に関しても戸主権(復籍拒絶権)を行使しうるかのように描かれている。現実の法とのこのような相違は、明治民法下における戸主の権威の強大さを強調し、滋子にまつわる鹿島と参亭の対決といった本作における「家」のドラマの構図を明確化する意図を示唆していよう。ふたたび「湖畔」について触れれば、初出(前掲)および再録版(『モダン日本』読物シリーズ第一巻探偵スリル集、昭22・10)では「貴様はそれに依つて速かに家督の相続をすることが出来」(引用は再録版による。初出では「つ」が「ッ」であるほか、変体仮名が用いられている)とある箇所の傍線部が、改稿版(『オール読物』昭27・4)では「七年の失踪期間を待たずに」と改められた。これは前述の旧三〇条の規定を正確に反映している。つまり、少なくとも昭和三十年の改稿版「西林図」(前掲)の時点では、十蘭は失踪に関する明治民法の規定を十分に理解していたことになる。そのうえであえて戸主権の虚構的誇張を補強するような「そちらの籍へ」という加筆がなされたのは、「家」の主題が本作にとって不可欠な要のひとつであったことを雄弁に物語っていよう。滋子の失踪には、いまだ生々しい戦争の記憶とともに「家」の存在が濃密に関わっているのである。

なお、鹿島を戸主とする解釈には補足が必要であり、その点ここで述べておく。「坐りなほ」すという表現、また「倅の与一に家産を譲ってからも」という箇所があることから、滋子の両親が死亡した際、すでに鹿島は法的に隠居し家督（戸主権）を息子に譲っていたとも解しうる。通常の隠居の主な法的要件は、満六十歳以上かつ「完全ノ能力ヲ有スル家督相続人カ相続ノ単純承認ヲ為スコト」である（旧七五二条）。鹿島は「七十ばかりの老人」とあり、息子もいるのでこの条件は満たしていたであろう。滋子にとって鹿島が「ただ一人の肉親」であるから、彼女に兄弟姉妹はいない。そして家督相続の順位で第一位となるのは「被相続人ノ家族タル直系卑属」（旧九七〇条）である。つまり、鹿島が法的に隠居していた場合、滋子の両親の死亡にともない戸主となるのは滋子であり、鹿島はふたたび戸主たりえない。ただし、仮に滋子が、相続時点から作中の現在時まで未成年ならば、鹿島が後見人として戸主権を代行している（旧九〇〇・九三四条）可能性がある。しかし、滋子の年齢は不明で、後見の有無など滋子と鹿島の厳密な法的関係は確定できない。参亭と滋子の結婚について鹿島が「最後のぎりぎりのところで、それはいけないと一と言できまりをつけるのだらう」とされる以上、むしろ鹿島は法的に隠居しておらず、財産贈与した息子を実際上の当主として立てていたに過ぎないと考えた方が妥当であろう。この場合、むろん戸主は鹿島のままである。したがって、以下でも作中では鹿島すなわち戸主として論を進める(5)。

失踪者に関する戸主権（復籍拒絶権）の行使という設定同様に重要なことは、前述のように実際には失踪宣告の要件を満たしていない作中の時間軸である。これは「西林図」でも改められておらず、昭和二十一年秋頃という作中の時間軸の重要性を示唆している。まさにこの時期、「家」の解体が急速度で進められていた。次節では、敗戦後の「家」解体を巡る状況を概観しつつ、本作の時間軸がもつ意味について考えてみたい。

2　敗戦と民主化——家制度の解体と結婚

本作冒頭、参亭は「けふは鶴鍋をやります」と冬木郎のもとへやってくる。しかし肝心の鶴はというと「鹿島の邸の庭」にひねりに行くのだという。鹿島の邸の鶴が参亭の鯉を食べてしまったので、その仕返しというわけである。二人が鹿島邸に入り込むと鹿島老人が現れ、あの鶴は「死んだものとあきらめるほかはない」滋子の身代わりのように思えてならないから許してやって欲しいと頼み、さらに言葉を重ねる。

②鶴に罪はありません。かういふ不幸にたちいたりましたのは、みなわたしの我儘頑固から起りましたことで、それにつきましてはこのとほり手をついておわびいたします。鶴はこの冬、越後で雪にあつて長（マ）ながく患（マ）ひ、その後も心細く暮してゐるやうに聞いて居ります。おゆるしいただけましたら、さぞ鶴もよろこぶことだらうと思ひますが

この鹿島の言葉で、ようやく冬木郎ならびに読者にも、鹿島が言うところの鶴すなわち滋子を巡る

事情が把握され始める。ここで鹿島が、鶴＝滋子に罪はなく「わたしの我儘頑固」こそ現在の不幸な状況の原因であると明確に述べていることに注目しておきたい。これと対照的なのは、滋子を「まげてもとどほりにお戻しねがひたい」と懇請する参亭に答える鹿島の次の言葉である。

③老人は脊筋を立てると厳しい顔つきになつて、／「せつかくのお言葉ですが、滋はもうこの世には居りませんので、冥途に居るものをわたしがゆるすといつてみたところで、戻れるわけのものでもございますまい。わたしがあなたにおねがひいたしますのは、ああして肉親を捨て、そのうへまたあなたに見放されたのでは、さぞ辛からうと思つてそれでおねがひいたしますので、わたしのゆるすゆるさぬなどとは別なことにしていただきませうです」

ここに、滋子があくまで死者、別言すれば鹿島家から離籍した者であるという、鹿島の厳然たる意思をみることができる。「むかし欧羅巴で艶名を流した有名な粋人」だが「家柄や格式にこだはる頑冥なところもある老人」である鹿島にとっての「家」の重みがあらわれているともいえようか。付け加えれば「七十ばかりの老人」とあるように鹿島は生粋の明治人でもあった。

以上のように引用②および③で示される鹿島の態度は対照的である。滋子に罪はなく「かういふ不幸」はみずからの「我儘頑固」のため、つまりは自己中心的な思いによる過ちのためと表現し手をついてまで謝罪する（引用②）一方、みずから責を負ったはずの滋子の立場を救うことは頑として拒否する（引用③）というように、矛盾しているといっても過言ではない。川崎賢子が指摘するように、参亭と鹿島のやりとりは滋子をめぐる「ふたりの男の意地と義理の立て合い」（「解題」前掲『定本 久生十蘭全集6』）とも要約できる。鹿島の謝罪は、失踪した滋子と逢うことを「不分明なこと」と退けた参亭のふるまいに「お立派ななされかた」と感じ入った鹿島なりの譲歩とも解せよう。また須田千里は、鹿島に「滋子をあくまで死者として扱う」「厳しさ」とともに「死者であれば鹿島家の名に傷も付かぬからと、相愛の参亭に受け入れて欲しいという老人の孫娘を思う情」（「幸田露伴「雪たたき」の構想」前掲）をみてとっている。実際「おねがひいたしますのは、ああして肉親を捨て、そのうへまたあなたに見放されたのでは、さぞ辛からうと思つ」たからというように鹿島には滋子への愛情が残っている。須田の指摘を敷衍するならば、鹿島にとって「厳しさ」と「情」の許容可能な妥協点が死者としての滋子を参亭に引き取らせることであり、鹿島の謝罪はこの妥協点へ参亭を導くための演技であったとも解される。だが、このような鹿島の矛盾を帯びた狷介さの背後には、もうひとつ透かし見えるものがあるのではないか。ここで改めて、作品内の時間軸である昭和二十一年秋頃に沿いながら時代背景を確認したい。

敗戦直後から始まったGHQによる日本の民主化は、多くの日本人に熱狂的に迎え入れられた。ジョン・ダワー『増補版 敗北を抱きしめて――第二次世界大戦後の日本人』（上・下巻、三浦陽一・高杉忠明・田代泰子訳、岩波書店、平16・1）は、様々な要素が複雑に絡み合ったこの時期を見事に活写している。その一方で、河上徹太郎の「配給された自由」（『東京新聞』昭20・10・26～27）という言葉に端的に表われているように、それがあてがわれた表層的なものに過ぎないのではないかという懐疑もまた存在していた。日本の非軍事化を目標としたＧＨＱの民主化政策は、陸海軍の解体・戦犯の処罰・財閥解体・農地改革・選挙制度の改革など多岐にわたるが、この転換期にあたって焦点のひとつとなったのが家制度の廃止であった[6]。

前述のように、明治民法は家長すなわち戸籍上の長である戸主に強い権限を与えていた。また、家督相続順位において男性が優先される（旧九七〇条）等、男女間の不平等が顕著であった。このような家制度は、家族に関し「個人の尊厳と両性の本質的平等」（二四条）を明記した日本国憲法、および「日本国憲法の施行に伴う民法の応急的措置に関する法律」（ともに昭22・5・3施行）により法的に解体される。

本作発表時の昭和二十二年七月には、すでにこのような「家」の法的解体が現実のものとなっていた。しかし、ここで注目したいのは、前述のように作品内の時間軸があえて昭和二十一年秋頃という日本国憲法施行以前の時期に置かれていることである。この時期は家制度の解体が目睫に迫っており、メディアを通じてそのことが国民に広く予告されていた。たとえば『朝日新聞』（昭21・8・22）では「崩れる封建的〝家〟」、同日付『読売新聞』では「封建の〝家〟の制度廃止」の見出しのもとに、民法改正要綱案が大部にわたって掲載されている。しかしその一方で、法制度上はあくまで戦前から続く明治民法下にあるという混沌とした端境期であった。このような状況への世論の反応は、たとえば『毎日新聞』（昭22・3・25）に掲載された「家」の廃止・男女平等について賛否を問う世論調査にうかがうことができる。

民法改正を目前にして、全国五千人の成年男女を対象に行われたこの調査の結果（回答率九五・一％。調査方法として、調査票五千枚を内閣調査人口に応じて都道府県に割り当て、全国職能別調査を根拠に男女それぞれの職能割合に応じて分類、男女既婚未婚別にそれぞれ二分して配布）によれば、「家」の廃止に賛成が五七・九％、反対が三七・四％、「判らない」が四・七％となっている。「世論は廃止に賛成 伝統の重荷に叫ぶ〝解放〟」と見出しが付けられているように、世論の大勢は廃止の歓迎へ傾いている様子がうかがえる。一方で四割弱が反対という数字も軽視できないものであり、少なからず世論が葛藤している様子もうかがえよう。ここで興味深いのは男女の既婚未婚別に賛否を分析した結果であり、男性既婚が賛成五一・〇％、反対四六・三％、判らない二・七％、男性未婚が賛成六七・七％、反対三〇・五％、判らない一・八％、女性既婚が賛成五四・〇％、反対三七・八％、判らない八・二％、女性未婚が賛成六八・六％、反対二六・四％、判らない五・〇％となっている。もっとも賛否が拮抗しているのが既婚男性、賛成が反対を大きく上回っているのが未婚男女ということが明らかであるが、既婚男性の権威が「家」原理にもとづいており、その権威に左右されざるを得なかったのがとりわけ未婚者であったことを考えれば、この結果は当然というべきであろう。これを本作に援用すれば、既婚男性と未婚者というこの構図はまさしく鹿島と参亭・滋子の立場そのものである。つまり、「家」の廃止をめぐってもっとも葛藤の大きい立場に置かれているのが鹿島であり、それを歓迎してしかるべきなのが参亭と滋子ということになる。

鹿島の矛盾した態度から透かし見えるのが、以上のような民法改正を巡る世論の葛藤であるとすれば、滋子と参亭の立場は具体的にどのようなものであろうか。前述のように、明治民法下において婚姻を為すには戸主の意向が大きく関わっていた。ほかに代表的な婚姻の要件として在家父母の同意の必要（旧七七二条）があげられるが、滋子の場合両親ともに死亡しており、これは問題とならない。[7]問題となるのは、滋子にとって鹿島が「ただ一人の肉親」であること、すなわち滋子が鹿島家の唯一の家督相続人であることとである。明治民法下では、法定推定家督相続人（第一順位の家督相続人）である女子が他家に嫁すには相当な困難がともなった。[8]法定推定家督相続人は他家に入ることを禁止されているため（旧七四四条）、滋子のような場合、他家に嫁すには被相続人である鹿島の意思にもとづいて相続人の廃除を受けなければならない。廃除には訴訟手続きを踏み、裁判所の審査により法定の廃除原因があると認められる必要があった。[9]つまり滋子は、戸主の意向および家督相続の問題という二重の点で、「家」に縛られていたことになる。このような立場にある滋子にとって、鹿島の強硬な反対にあった以上、参亭と結婚するには確かに失踪し「無籍準死」の人間となるしか道がなかった。滋子は「家」を捨て参亭への愛を選んだわけで、前述のように「家」の廃止をもっとも歓迎すべき立場にあったといえる。だがことはそう単純ではない。次の参亭の言葉が示すようにそこにもやはり葛藤が存在している。

④先日、新潟からお手紙をいただきました。この長いあひだ辛抱してゐたが、もうどうしても我慢

が出来ないので、よそながらひと眼老台の顔を見に行くことにしたが、ああいふ不孝のあとなので、とても構内へ入りこむことが出来ない。池の汀の蘆の間にしやがんでゐるから、老台をそこまでひきだしてもらひたいと、まあ、こういふことでした。

参亭が鶴に事寄せて鹿島の家に入り込んだのは、滋子の依頼を受け彼女に祖父を一目見せるためであった。自ら捨てた「家」を体現する存在ではあっても、滋子に祖父への愛情を断ち切ることはできない。参亭が滋子を拒み続けているのも彼女の葛藤を十分に承知していたゆえであった。

⑤わたくしはあの方を愛してをりますので、そばにゐていただきたいと思はないこともございませんでした。しかし、それでは翳りのある暗い人生になりますので、それはいたしませんでした。東京と新潟に別れてつらい辛抱をして居りましたのは、あの方をお戻しねがひたいといふそれだけのためでしたが、どうしてもならぬとおつしやるのでしたらおゆるしの出るまでこのままでゐるほかはございません

戦後になり民主改革が進められ、あと少し待てば「家」から解放された個人同士の自由な結婚が法制度的には可能となるにも関わらず、参亭はあくまで滋子の「家」への復帰を願う。参亭の拒絶と懇請こそ、本作における人々の感情の縺れを「家」と個人の対立といった枠組のみにとどまらない、血

の通ったものとして描き出しえた要である。参亭があえて鹿島との対面を選ぶのは、滋子の「ああいふ不孝」という言葉に象徴されている「家」（「孝」）にもとづいた肉親の情愛の形が、戦前の明治民法下ではもちろんのこと、戦後の民主的法改革によっても一変するほど生半可なものではなく、したがって滋子の葛藤も止むことはないことを十分に理解していたためであろう。参亭が滋子を拒み続けたのは、愛する者に葛藤し続ける「翳りのある暗い人生」を送らせたくないという深い心遣りゆえだったのである。参亭の必死の懇請を受け、鹿島は「森閑と考へ沈んでゐたが、眼をあげると急に晴れやかな顔」になり、ついに滋子を迎え入れることを承諾する。本作が前述の「純愛物」の系譜に位置づけられていることからもわかるように、鹿島の「ゆるし」は「参亭と滋子の清らかな愛のありよう」（須田千里「幸田露伴「雪たたき」の構想」前掲）に心を動かされたためである。しかし「森閑と考へ沈」む鹿島を「ゆるし」へとついに踏み切らせたものは何だったのであろうか。おそらく「家」へのこだわりには明治の老人である鹿島なりの意地の通し方、滅びゆく前の世への義理立てという側面もあったであろう。最後に鹿島の琴線に触れたのは、そのような自分の意地に対し、「どうしてもならぬとおつしやるのでしたらおゆるしの出るまでこのままでゐるほかはございません」と、「家」の解体を目前にしながらもあくまで正面から向き合う参亭なりの誠意であった、とみるべきではないだろうか。

かくして本作は大団円を迎える。「左手に家紋入りの提灯を、右手に白扇」を持った鹿島に「ようこそ、お帰り」と迎え入れられる滋子は「いわば彼岸から帰還」（川崎賢子「解題」前掲『定本 久生十蘭全集6』）する。後述するように本作の場合、滋子はあくまで見立ての上での死者であるが、ここに「生霊」（『新青年』昭16・8）、「黄泉から」（『オール読物』昭和21・12）と通底する、戦争死者の肉親のもとへの帰還という主題を見て取ることも可能であろう。(10)

3　見立ての空間――鶴のイメージ構造と素材

ここまで、空襲と失踪、民法改正といった同時代的現実が本作において摂取・反映されているさまを中心に考察を進めてきた。本作におけるもうひとつの重要な側面は、いわば美学的側面とでもいうべき本作の「見立て」である。見立ては、歌舞伎や見立て絵など江戸文化を中心に日本文化に広く見られる現象であるが、「室町時代以降とりわけ江戸時代に高度な発展を遂げた見立ての背景には、美の否定的な現象性とも呼ぶべき風雅の道、あるいは俳諧的精神が存している」（大石昌史「見立ての詩学――擬えと転用の弁証法」『哲学』平27・3）とされるように、それは俳諧的な文脈と深く関わっている。

本作の作中人物たちは「参亭」「冬木郎」「冬女」と俳名で呼ばれる俳人たちであり、鹿島もまた「欧羅巴で一世の豪遊をした三大通の一人」であり、その「風流と豪奢をいまも語草」にされるような人物である。さらに、参亭の俳名に関する挿話（初出のみ）や参亭の句の挿入、鶴鍋を提案する参亭の突飛さを冬木郎がはじめ句作に関することゆえと解釈するなど、本作には俳諧のモチーフがふんだんに取り入れられている。このようなモチーフの結節点をなしているのが見立ての趣向なのである。

俳諧用語としての見立ては「あるものを他のものになぞらえる作り方」(『俳諧大辞典』明治書院、昭32・7)である。「横浜の空襲の後、間もなく庭へまゐりまして、そのままずつと居付いて居」るため「滋の身代りのやう」と鹿島がいうこの鶴は、引用②でも見たように滋子になぞらえられる。さらに、空襲による戦災死をよそおい失踪していたことが判明した滋子は、鹿島によって「故人」「妙滋大姉」とよばれ、生者でありながらあくまで死者になぞらえられる。ここでは鶴を発端とした鶴―滋子―死者という見立ての連鎖が生じており、その連鎖が「鶴鍋」という物語の動力のひとつとなっている。[11] なお滋子に見立てられる鶴は、後述するように「真鶴」である。この「真鶴」が横浜の空襲の後から居付いているという鹿島の言葉を信じるとすると、前述のように作中では空襲から一年ほど経過しているから、この鶴もまた一年の間、鹿島邸の庭にいることになる。本来マナヅルは冬の渡り鳥であり、日本で見られるのは「十月中旬カラ翌年ノ三月上旬」(内田清之助・下村兼二『原色鳥類図譜』三省堂、昭7・6)である。したがって「真鶴」が空襲の後から「ずつと居付いて居」るという鹿島の言葉は、この鶴を滋子に見立てるための方便と考えてよいだろう。

鶴―滋子―死者の見立てについては、すでに本書第二章で、十蘭作品に頻出する〈二重性〉モチーフ(人間の入れ替わりや取り違えなど、ある対象がAでもありBでもありうるようなもの)のひとつとして触れたところだが、本作における見立てはこれにとどまるものではない。

⑥落葉の道を行きつくすと、だしぬけにひろびろとした池がひらけた。汀石はほとんど見えないほど根入りが深く、水のきらめきがそれとかすかに暗示するだけで、遠い池の端はあいまいに草の中に消え、水と空がいつしよになつてはてしなく茫々とし、倪雲林の「西林図」の湖でも見てゐるやうな広漠とした感じを起させる。（中略）参亭は露もしとどな秋草の中へ分け入つて、あちらこちらと池の岸をながめてゐたが、そのうちに、／「ああ、あそこに鶴がゐる」／と、大きな声をだした。水門のはうへゆるく弧をひろげた池の隈の、ちやうどそこだけが夕陽で茜色に染まつた乱杭石の上に、へんに煤ぼけた真鶴が一羽、しよんぼりと尾羽を垂れて立つてゐるのが見えた。

右は参亭たちが鹿島邸の庭園で鶴に出会う場面だが、この鶴は「真鶴」である。マナヅルの体色は「全身青色ヲ帯ビタ灰黒色」（『原色鳥類図譜』前掲）とされ、本作ではこれを指して「へんに煤ぼけた」としている。鹿島と対面した参亭がいうように、これが参亭の鯉を食べた件の鶴なのだが、次に引くように参亭は当初この鶴を「丹頂の鶴」とよんでいた。

⑦ツル菜ぢやない、鶴。それも狩野派のりゆうとした丹頂の鶴です。鶴は千年にして黒、三千年にして白鶴といひますが、まだほんたうに白く抜けてゐないやうなところがありますから、二千六百年ぐらゐのやつでせう

つまり本作に登場する「へんに煤ぼけた真鶴」は、参亭によって、黒から白への変色過程にある「まだほんたうに白く抜けてゐない」「丹頂の鶴」(「白鶴」)に見立てられているのである。ただ厳密にいえば、タンチョウは「全身純白、頭上ノ皮膚裸出部ハ赤色ヲ呈スル。翼ノ風切ノ一部ハ黒色」(『原色鳥類図譜』前掲)とされるように、必ずしも体色すべてが白いわけではなく、羽の一部が黒い。しかし十蘭は後掲のように「捕物御前試合」(『奇譚』昭14・8。のち「丹頂の鶴」と改題のうえ『顎十郎評判捕物帳』春陽堂、昭16・4所収。「鶴は千年」と改題のうえ『顎十郎評判捕物帳(1)』春陽文庫、昭26・9所収。以下の引用は初出による)において、「「瑞陽」と申す丹頂の鶴」を「白鶴」と作中人物に呼ばせており、本作で参亭がいう「白鶴」もタンチョウを指していると解してよいだろう。

次に、参亭の「風よ惜しめ一つこもり居る薔薇の紅(あけ)」の句にも見立てがある。事情を把握した冬木郎が「籠り居るといふ以上、これは冬薔薇にちがひないので、すると薔薇の紅は冬女氏なのだとすぐ疎通しなかつたのがふしぎなくらゐだつた」と述べるように、参亭の句の「薔薇の紅」は新潟の乳母のもとへ身を寄せ「この冬、越後で雪にあつて長(マ)ながく患(マ)」っていた滋子を暗に詠んだものだった。付け加えるならば、滋子と「薔薇の紅」の見立ては、滋子を描写した「ひきつめにして薄紅い玉の簪をしてゐた」という箇所にも支えられていよう。

さらに鹿島邸の庭園も、その池の周囲の光景を通して「倪雲林の「西林図」の湖でも見てゐるやうな」と一幅の画に重ねられている。[12] この鹿島邸の庭園と二重写しになった「倪雲林の「西林図」」のイメージが本作で重要な位置を占めているのは、初出の「鶴鍋」が「西林図」へと改題されたことでも知られる。作品に横溢する見立てのイメージが包含され収斂する空間にふさわしく、この庭園もまた、それ自体ダブルイメージの空間として企まれているのである。[13] このような見立てモチーフの連関的構造は、本作に様式的美観を与えるものとまずはいえる。

では、このような一連の見立てはどのようにして創造されたのか。核である鶴―滋子―死者の見立てに軸足を置いて考えていきたい。最初の手がかりとなるのは「鶴鍋」の約二年後に発表された「氷の園」（『夕刊新大阪』昭24・10・13〜昭25・5・9）の次の一節である。

水門に近い池のすみの夕暮が澱んだ乱杭石に大きな鷺が一羽寂然と立っている。羽毛の白が、夕やみに融けこんで、いま降ったばかりの雪むらのような、ほのかな色をしていた。／「白地を着た女の人が立っているのだと思ったら、鷺でしたか。夕やみの中に鷺がいるのは、幽艶な感じがするものですね」／香世子はふくみ笑いをしながら、／「白川さん、ひょっとすると、以津子さんの霊かもしれなくってよ。勢以子さんなんかもいらっしゃるので、会いにきたのかもしれないわ。八犬伝で浜路が白鷺になって信乃に会いにゆくでしょう。あの話みたいに」

十蘭は改稿癖に加え自作引用癖でも知られているが、[14] この「氷の園」の一節もさきに引いた「鶴鍋」の一節からの自作引用といえる。夕暮れ、水門に近い池のすみの乱杭石の上に、水鳥が一羽立っているという情景、さらにその鳥が死者の霊に見立てられるという共通点からそれは明らかであろう。ここで注目したいのは「氷の園」で白鷺が白川のかつての恋人以津子の亡霊になぞらえられる際、曲亭馬琴『南総里見八犬伝』（文化十一〈一八一四〉～天保十三〈一八四二〉年刊）中の犬塚信乃とその許嫁浜路の挿話が引き合いに出されていることである。十蘭が曲亭馬琴『南総里見八犬伝』に親しんでいたことは、『八犬伝』の語り直しを試みた「新版八犬伝」（『新青年』昭13・4）、「信乃と浜路」（『オール読物』昭26・2）の二作から明らかであるが、『八犬伝』原作に「浜路が白鷺になって信乃に会いにゆく」という挿話は存在しない。(15) 実のところ、これは自作「新版八犬伝」で、信乃が白鷺に化身した浜路の亡霊と出会う次の場面の語り直しなのである。

すぐそばの汀でかすかな水音がした。振向いて見ると、水墨でかいたやうな芦のあひだに、一羽の白鷺が立つてゐる。はつかに肩をすぼめ、首を垂れてじつとしてゐる。信乃はそれを眺めながら、浜路の後姿によく似てゐると思ふ。さういへば、浜路の立ち姿もどこか白鷺に似てゐたやうに思ふ。白鷺は片足おろして、羽づくろひをするやうな身ぶりをする。／白鷺でなくて浜路だつた。夏草の裾模様のついた白い絽の長襦袢を着てゐる。夕風にそよぐ芦と見えたのは、浜路の襦袢の裾の模様だつたのである。

『八犬伝』第三輯巻之四第二十八回には「恋しきは犬塚ぬし。わが魂はこの山の、裾野の沼の水鳥と、なりつゝ許我へ東の間に、いゆきて良人に告まほし」という浜路の末期の言葉がみえ、十蘭はこれを触媒にしている。(16)『八犬伝』では「水鳥」とあったものを、「白鷺」（「新版八犬伝」）としたのは、歌舞伎の長唄所作事『柳雛諸鳥囀（やなぎにひなしよちょうのさえずり）』（宝暦十二〈一七六二〉年四月、江戸市村座初演）中の一曲「鷺娘」のイメージが与っていよう。十蘭が若い頃から歌舞伎に親しんでいたことは随筆「歌舞伎教室」（『文芸春秋』昭27・5）にうかがえるが、恋に悩む鷺娘が水辺に白無垢姿で現れ、ついには地獄の責めに苦しむ趣向の「鷺娘」と「新版八犬伝」は、白鷺＝娘、恋の苦しみという背景、鷺の白さ＝娘の白い着物、水辺という舞台など、共通点が多い。さらに「はつかに肩をすぼめ、首を垂れてじつとしてゐる」、「白鷺は片足おろして、羽づくろひをするやうな身ぶりをする」という「新版八犬伝」の記述は、「〽吹けども傘に」で、白無垢の娘姿の白鷺が、しょんぼり水の辺に立つ。（中略）〽濡れ鷺の」で鳥足をみせ、〽迷う心の」で鳥の羽ばたき」（群司正勝編『日本舞踊辞典』東京堂出版、昭52・7）という「鷺娘」冒頭の所作と符合している。(17)

以上を踏まえ本作に話をもどすと、「新版八犬伝」のさきの場面の結構は白鷺（水鳥）―浜路（女）―死者と図式化でき、これは本作の鶴（水鳥）―滋子（女）―死者の見立てと一致している。浜路と滋子は、家族によって恋人との結婚を妨げられる点、それぞれ事情は異なるとはいえ両者とも恋人に拒まれる点（浜路についてはいわゆる浜路くどきの場面）で共通していることにも留意したい。さらに、本作における「真鶴」の「しよんぼりと尾羽を垂れて立つてゐる」→「嘴を胸にうづめ、片脚だけで寂然と立つてゐた」→「首をあげてじろりとこちらへふりかへると、冷淡なやうすでちよつと羽づくろひ」という描写の順序は、前述した「新版八犬伝」の「鷺娘」から摂取したと思しい〈しょんぼりした様子〉→〈片足立ち〉→〈羽づくろい〉という描写の順序と符合しており、ここからも本作が「新版八犬伝」を踏まえていることが窺えよう。つまり、本作の鶴—滋子—死者の見立ての結構は、『八犬伝』と「鷺娘」を触媒として得られた「新版八犬伝」のさきの場面をさらなる触媒として創造されたと考えてよいだろう。

では「白鷺」をなぜ「鶴」に、就中「真鶴」に置き換えたのか。「鶴」への置き換えから考えてみたいが、まず前述のような大団円を迎える本作に、「鷺娘」の薄幸なイメージを受け継ぐ白鷺はふさわしくないと十蘭が考えたことは想像に難くない。しかし鶴であれば、白鷺（一般にダイサギ・チュウサギ・コサギを指す。新村出編『広辞苑』第五版、岩波書店、平10・11）と長い嘴・首・脚などの優美な姿形において共通しながらも、「鶴は千年」のごとく縁起のよい鳥とされるため、ふさわしいと判断したのであろう。本作冒頭での冬木郎の次の言葉は、このような鶴のイメージが意識されていることの証左である。

⑧いぜん、鶴の缶詰といふのがあつて、子供のときに食べたことがあつたよ。丹頂の鶴が短冊をくはへて飛んでゐる極彩色のレッテルが貼つてあつて、その短冊に「千年長命」と書いてあるんだ。こんなものを食つたおかげで千年も長生きをしてはたまらないと思つて、子供心ながらだいぶ気にした

次に考えられるのは、先行する自作との関連である。すでに指摘があるように（草森紳一「心理の谷間」前掲、川崎賢子「解題」前掲『定本 久生十蘭全集6』）、本作は同年に発表された掌篇「水草」（『宝石』昭22・1）と構想において重複する点がある。参亭の句にある前述の滋子―「薔薇の紅」の見立ても、状況こそ異なれ、恋人の現状を男が句に詠み込む点で「水草」を踏襲しているが、ここで重要なのは、男が俳友のもとを訪れ、隣家の水鳥をひねって食べようと提案する発端の踏襲である。この踏襲は必然的に登場する鳥が食用となりうることを要請する。「水草」で登場する鳥は「あひ鴨」（「あひる」）であるが、白鷺のような姿形の優美さには欠ける。そこで前述のように優美さにおいて白鷺と共通するうえ、食用となりうる鳥でもある鶴が想起されたのではないか。明治期に入っても鶴食が行われていたことは知られており[18]、十蘭はそれを見聞きしていた。たとえば、引用⑧にある「鶴の缶詰」は、すでに指摘されているように（江口雄輔「解題」前掲『定本 久生十蘭全集10』）かつて「ゐの・しか・てふ」（『函館新聞』昭2・3・28）でも言及されているが、そこで語られる「鶴の缶詰」を食べた記憶は十蘭の幼少時の実体験にもとづいたものと思しい。鶴の缶詰の実在は『東京朝日新聞』（明32・1・3）の「元山津片信」に「摩天嶺上の丹頂鶴の缶詰」への言及があることでも知られる[19]。歴史上の鶴食についても、「捕物御前試合」（前掲）で徳川将軍家鶴御成の儀式で供される「新年三ヶ日の朝供御の鶴のお吸物」として触れていた。

なお、鶴の料理法を鍋としたのも「水草」（前掲）冒頭を踏襲した名残と考えられる。「水草」では男が「葱とビール」を携えて来て「あひ鴨」をひねりに行く。「鴨葱」という俗言があるように、鴨と葱から連想されるのは鴨鍋である。本作でも冒頭、参亭は「ビールと葱」をさげて冬木郎のもとへやってくる点、「水草」を踏襲しているが、一方で「あひ鴨」については「鶴」に置き換えたので、鶴鍋としたものであろう。しかし、鶴鍋は必ずしも奇を衒った虚構の料理というわけではない。十蘭は昆布を考証した「昆布考」（『函館新聞』大15・6・21～24、26、27、30、同・7・3）で「寛永本料理物語」に言及しているが、その『料理物語』（寛永二十〈一六四三〉年）には鶴の料理法として「せんば」（引用は「料理物語　寛永二十年刊」『翻刻江戸時代料理本集成　第一巻』臨川書店、昭53・10による）があげられている。大槻文彦『大言海　第三巻』（冨山房、昭9・8）によれば「せんば」とは「鍋」の意であり、また石井治兵衛『日本料理法大全』（博文館、明31・6）は「煎羽（せんば）」を「鳥の胴がらなど入、せんし、煮酒仕込にて、さつと吹立候時、その儘上、又にんにく少し入、其儘あけ、後作身をいれ、出しさまに酢を少加ふるなり、又下汁だし豆油（しやうゆ）、酒にて仕込、魚鳥の作身を入れ、煮立出すもせんばといふ」と紹介しており、これは鍋料理といってよいだろう。[20]

以上のように「新版八犬伝」での「白鷺」を本作で「鶴」に置き換えた理由としては、大団円に適した鶴のイメージ、および「水草」を媒介したことで必要となった食用鳥という設定に鶴が適していたことが考えられる。しかしこれだけでは、その「鶴」がなぜ「真鶴」なのか、しかも「丹頂の鶴」に見立てるという仕掛けを用意してまで「真鶴」を登場させたのかが判然としない。大槻文彦『大言海　第四巻』（昭10・9）の「まなづる」の項に「肉、美ナレバ此名アリト云フ」とあるように、食用鶴の代表はマナヅルとされる[21]。食材としては「真鶴」がふさわしいという判断であろうか。しかし前述の「摩天嶺上の丹頂鶴の缶詰」の例にあるようにタンチョウもまた食されている。本作で言及されているのも、正体は「臭雉」であったにせよ、「丹頂の鶴」の「鶴の缶詰」である以上、食材としてのふさわしさが決定的な理由とは考えにくい。参亭と滋子が「東京と新潟に別れて」いるとあるように本作の舞台は東京である。東京に飛来する鶴という点ではどうか。マナヅルの渡来地は「鹿児島県荒崎」(内田清之助『新編日本鳥類図説』創元社、昭24・12)、一方、タンチョウは「北海道釧路市の北方に蕃殖地(天然記念物)がある外、鹿児島県鶴渡来地」に「稀に1、2羽渡来するだけ」(前掲『新編日本鳥類図説』)とされる。ただ、東京への渡来報告と思しき新聞記事をいずれについても確認でき、マナヅルについては『東京朝日新聞』(昭7・12・25)の記事「街にも鶴舞ひ下る」が「麻布区」に「真鶴」が舞い下りたことを伝え、タンチョウについては同紙(明23・9・19)の記事「丹頂警察に舞ふ」が「牛込警察署の庭」に鶴が舞い下りたことを伝えている。しかし、記事になること自体がこのような事例のまれであったことを物語っている。つまり、東京に飛来する鶴という設定は、それがマナヅルであれタンチョウであれ、不自然である点において同様である。したがって、この点にも理由を見出しがたい。さらに、逃げた飼鶴が飛来したと考えてみても、昭和に入り、上野動物園、有栖川宮記念公園、深川清澄庭園、小石川後楽園(いずれも東京)で飼養されているタンチョウの記事(『東京朝日新聞』昭10・3・22、同・6・24、昭12・5・12。『読売新聞』昭13・5・15、昭14・6・18、昭15・6・8)がしばしばみられるのに対し、マナヅルの記事は見当たらない。つまり、飼鶴の飛来と考えると、タンチョウがよりふさわしい。前述のように、瑞鳥としての鶴のイメージには明らかに「丹頂の鶴」が想定されている。ここまで検討してきたようにタンチョウであっても不都合がなかったとすれば、参亭がまさしく述べるように実際に「丹頂の鶴」を登場させてもよかったはずである。

「丹頂の鶴」―「真鶴」の見立ての素材から考えてみたい。引用⑦に「鶴は千年にして黒、三千年にして白鶴」とあるのは、西晋の崔豹が撰した「古今註」に「鶴千歳化為蒼又千歳変為黒所謂玄鶴是也」（引用は「古今註」『四部叢刊』商務印書館、中華民国二十五〈一九三六〉年六月による）とあるのをもじったものである。すでに触れた「捕物御前試合」（前掲）は連作『顎十郎捕物帳』の一挿話であるが、これは時の徳川将軍寵愛の「「瑞陽」と申す丹頂の鶴」が殺され、その下手人詮議を顎十郎こと仙波阿古十郎が御前試合というかたちでライバルと争うものである。詮議の場で顎十郎は次のように答える。

……「古今註」に、「鶴は千歳にして蒼となり、二千歳にして黒、即ち玄鶴なり」。白鶴もまた同じ。死期を知れば、深山幽谷にかくれて、自ら死す」とございます。見受けるところ、「瑞陽」の御鶴は、白鶴。すでに二千年の歳を経、上に齢を譲つて、自ら死したるものに相違ございません

「白鶴もまた同じ」以下は顎十郎が下手人をかばうための創作だが、十蘭が「古今註」の鶴に関する記述を知っていたことは明らかである。十蘭はこの知識をどこで得たのか。須田千里「『母子像』

の内と外――久生十蘭論Ⅱ」(『光華日本文学』平5・7)は、十蘭が創作上しばしば平凡社『大百科事典』を参照したことを指摘しているが、「捕物御前試合」においてもその記述の多くを『大百科事典』によっている。一例をあげれば、同事典第十七巻(昭8・4)の「鶴御成」の項目に、

捕へた鶴は、鷹匠が刀を執つて、将軍の前で左腹の脇を開いて臓腑を出して鷹に与へ、あとへ塩を詰めて縫ひ、昼夜兼行で京都へ奉つたもので、街道筋では之を「御鶴様のお通り」と称した。この鶴の肉は新年三箇日の朝供御の吸物になつた。当日鶴を捕つた鷹匠には金五両、鷹をおさへたものには三両の褒美を賜はり、鶴を捕へた鷹は、その功を賞して紫の総をつけて隠居を命ぜられる慣ひであつた。当日午餐の時に菰樽二挺の鏡を開いて鶴の血を絞つて入れた鶴酒を供の人々に賜はることも、後には例として行はれた。

とあり、一方「捕物御前試合」には、

最初に捕へた鶴は、将軍の御前で鷹匠が左の脇腹を切り、臓腑を出して鷹に与へ、あとに塩を詰めて創口を縫ひ合せ、その場から昼夜兼行で京都へ奉る。街道筋では、これを、『お鶴様のお通り』といつた。／その後に捕へた鶴の肉は塩蔵して、新年三ヶ日の朝供御の鶴のお吸物になるので、当日鶴を捕へた鷹匠には金五両。鷹をおさへたものには金三両のお褒美。鶴を捕へた鷹はそ

の功によつて、紫の総をつけて隠居させる規定。猶、当日午餐には菰樽二挺の鏡をひらき、日頃功労のあつた（ママ）。重臣に鶴の血を絞り込んだ「鶴酒」を賜はるのが例になつてゐた。

とある。対照すれば明らかなように、引用した「捕物御前試合」の記述は、語句・記述の順序等、ほぼ『大百科事典』を引き写したものである。これを踏まえ、同事典第十七巻（前掲）の「鶴」の項目を見ると、「『古今註』は「鶴千歳則変レ蒼、又二千歳則変黒、所謂玄鶴也」といつてゐる。これは即ち白鶴についていへるものである」とあり、「古今註」についても同事典の「鶴」の項目を参照したと考えてよい。[22]『大百科事典』によれば、「古今註」は「白鶴」について述べているとされるので、鶴は白→蒼→黒と変色の過程を辿ることとなる。本作で参亭はこの過程を逆転させ、鶴が黒→白の過程を辿るとしている（引用⑦）。前述のように、本作は滋子と鹿島の和解、見立て死者であった滋子の鹿島家への復帰という大団円を迎える。鈴木貞美「「西林図」迷走」（『定本 久生十蘭全集6』月報、国書刊行会、平22・3）が指摘するように、この大団円の先にあるのはおそらく参亭と滋子の「祝言」である。したがって、滋子に見立てられる当の鶴の変色過程が黒→白とされたのは、死者から花嫁へと到る滋子との対応によるものであろう。鶴―滋子は喪服を連想させる黒から、婚礼の白無垢姿を連想させる白へと変成しなくてはならないのである。

ここで興味深いのは「古今註」でいう「蒼」の鶴である。前掲のように、この「蒼」鶴に関する記述は「捕物御前試合」でも正確に引用されているが、この「蒼」鶴とはマナヅルであると考えられる。

前述のようにマナヅルの体色が「全身青色ヲ帯ビタ灰黒色」であることから「蒼」鶴がマナヅルを指すことはみやすいが、史料によっても、たとえば松前広長『松前志』(天明元〈一七八一〉年)に「蒼鶴は即ち鶬鶴にして、丹頂に並て其体大に、両頰赤し。倭俗真鶴と云ふ。和歌にマナツルとよめるも是なり」(引用は坂倉源次郎・松前広長・平秩東作『北海随筆・松前志・東遊記』北光書房、昭18・11による)とある。[23]函館出身の十蘭は昆布を考証した「昆布考」(前掲)で、『蝦夷拾遺』『蝦夷島奇観』『松前蝦夷記』『北海随筆』など北方関係史料に多く言及しており、「当時の松前蝦夷地および樺太・カムチャツカ・シベリアなどの北方地域に関する類書の中では他の追従を許さない最高の書」(『国史大辞典13』吉川弘文館、平4・4)とされる『松前志』に目を通していたとしても不思議ではない。おそらく十蘭は「古今註」にいう、白→蒼→黒の「蒼」鶴がマナヅルであることを知っていた。したがって引用⑦にあるように、「鶴は千年にして黒、三千年にして白鶴」という「古今註」のもじりを導入した以上、その変色過程に相当する「ほんたうに白く抜けてゐない」「二千六百年ぐらゐ」の鶴は、必然的に「蒼」鶴すなわちマナヅルであらねばならず、それゆえに本作では見立て「丹頂の鶴」として「真鶴」が登場するという脈絡になったと考えられる。

では、このように導入された「丹頂の鶴」――「真鶴」という見立ては、本作のイメージ構造においていかなる意義を持つのか。すでに瑞鳥としての「丹頂の鶴」という要素については触れたが、「真鶴」についても考えてみたい。まずは改めて作中での「真鶴」の描写に注目してみよう。引用⑥ですでに「へんに煤ぼけた真鶴が一羽、しよんぼりと尾羽を垂れて立つてゐる」と描かれるこの鶴は、さらに次のように描写されている。

⑨汀について水門のはうへ行くと、そうそうとはげしい水音がきこえ、築山の影が迫つて、ひときは濃くなつた暮れ色の中で、鶴が嘴を胸にうづめ、片脚だけで寂然と立つてゐた。近くで見ると、薄い黒いものがただもつさりとしてゐるだけで鳥のやうではなく、大きな煤のかたまりでも空から舞ひ落ちてきたやうな感じで、赤葵色（モーヴ）がかつた脚の赤さがへんに無気味だつた。

「薄い黒いものがただもつさりとしてゐるだけで」という箇所こそ改稿を経て削られたが、引用⑥に「煤ぼけた」とあり、引用⑨でも「大きな煤のかたまり」とあるように、本作での「真鶴」の描写はその灰色がかった体色を強調している。

ここで補助線として用いたいのは、本書第二章で指摘した、〈霧〉モチーフと〈二重性〉モチーフの融合である。〈霧〉モチーフとは、十蘭作品群に現れる雲・霧・靄・霞・煙（比喩上の言及も含む）の描写のうち、作品内で特徴的な機能を担っているものを指すが[24]、雲・霧・靄・霞は水と空気の中間的状態であり、また煙は物質と空気の中間的状態といってよい。つまり〈霧〉モチーフは本質的に二重性のイメージを帯びており、この点で〈二重性〉モチーフと照応する要素を持っている。十蘭作品にはこの両モチーフのイメージの相互照応を活かしたかのような場面を含む作品が40作品あるが、本作もそのひとつである。本作における〈霧〉と〈二重性〉両モチーフの照応は次のような箇所に見られる。

⑩「これはどうもご念の入つたことで、今日は、表門ではなく、裏のくぐりからお入れくださいまして池の乱杭石のあたりへおとめ置きねがひます」（中略）蘆の葉先が雲のやうにもやひ、茫々とした池の面が薄光りしながら鱗波をたて、差し水か、湧き水か、しつとりと濡れた乱杭石のそばの葎の中に、紋服に袴をつけた参亭と薄袷の冬女氏がしづかに立つてゐると、遠い向ふ岸に提灯の光が見え、それが池の縁について大きく廻りながらだんだんこちらへ近づいてきた。

これは引用⑤に続く箇所で、鹿島が参亭の懇請を受けいれたのち冬木郎に仲人を頼み、滋子が鹿島邸へ戻ってくる場面である。鹿島が「池の乱杭石のあたりへおとめ置きねが」っているのは滋子であるが、引用⑥にあるように元々「乱杭石の上」にいたのは「へんに煤ぼけた真鶴」であり、ここに到っても滋子が鶴に見立てられたままであることがわかる。また不浄門である「裏のくぐり」から滋子を入れるようにという指示も、いまだ彼女が死者に見立てられたままであることを示唆している。このように二重性を帯びたままの滋子が参亭と「乱杭石のそばの葎の中」に「しづかに立つてゐる」そばでは、まさしく「蘆の葉先が雲のやうにもや」っているのである。

さて先述の40作品中、それぞれの〈霧〉モチーフに含まれる雲等の描写がその色彩についての記述を含む作品は15作品あり、うち9作品においてはその色彩を「灰色」もしくは「薄墨」とする箇所がある。[25]また、これも第二章で指摘したところだが、「蝶の絵」（『週刊朝日別冊』昭24・9）では、戦時下の諜報活動、さらにはその報いとして裏表のある二重生活を送ることを余儀なくされた男の生涯が「画面の、模糊とした灰白の部分」、その「落寞とした空間に、見るもあやふげにかかつ」た蝶を描いた絵になぞらえられる。つまり十蘭作品において灰色は〈霧〉モチーフ同様、二重性のイメージと強く結びついているといってよい。

このように考えを辿るならば、本作の「煤ぼけた」体色をした「真鶴」の意義は明らかであろう。前述のように、この鶴は参亭によって変色過程にある「丹頂の鶴」に見立てられ、また鹿島によって行方の知れない滋子に見立てられる。このような見立ての媒材としてふさわしい鶴は、二重性のイメージと親和性が高い灰色すなわち「煤ぼけた」体色をした「真鶴」であろう。いわばこれは前述した本作の〈霧〉と〈二重性〉モチーフ照応の変奏なのである。

この「真鶴」の体色が二重性のイメージと通底していることは、「丹頂の鶴」への見立てそれ自体によっても示されている。この見立てを通じ「真鶴」の体色は黒から白への変色過程にあるものとされる。つまり「真鶴」の体色は黒と白の中間的なもの、言い換えるならば二重性を帯びた色であることを暗示されているのである。

以上のように、本作のイメージ構造における「丹頂の鶴」―「真鶴」の見立ての意義は、一方に吉兆としての鶴のイメージを強く打ち出しながら、また一方では見立てという〈二重性〉モチーフが頻出する作品様式にイメージにおいて通底する鶴を登場させるためであったと考えられる。

むすびにかえて　二つの文脈——俳句と滋子

本稿では、久生十蘭「鶴鍋」における同時代史的現実（空襲・失踪・「家」の解体）の摂取・反映の様相、ならびに見立てモチーフの構造と素材について明らかにしてきた。ここまで検討してきたように、本作は戦争・敗戦にまつわる出来事と俳諧的見立てを縦糸横糸にとって織られた一篇といえる。このような本作の枠組は、冬木郎の疑念として暗示的にテクスト冒頭に織り込まれている。最後にこの点を指摘してむすびにかえたい。

冬木郎ははじめ、日頃の参亭の言動や鹿島家との縺れた関係から推して「鶴鍋などといふのはたぶん冗談なのにちがひない」と思う。だが考えるうち「秋色の池の汀で白い鶴を摑まへるといふやうな秀句が先に出来てしまひ、かたちだけでも鶴を追ひまはすやうな真似をしなければならなくなつてゐるのではないかと思へば思へる」と俳句の文脈で「鶴鍋」を解釈するにいたる。しかし参亭が思わず「冬女氏も……」と滋子の名を漏らしたことで、冬木郎は「すると、けふの鶴鍋は句のことではなく、冬女氏に関係のあることなのだと思つて、はつと」するのである。「冬女氏に関係のあること」すなわち滋子の文脈とは、いうまでもなく空襲・失踪・「家」にまつわる文脈である。

このように俳句と滋子という二つの文脈の間を推移する冬木郎（ならびに読者）という構図は、見立てと同時代史的現実を二軸とした本作全体の構想を反映している。これはテクスト自体が自らの構想を開示し、それを際立たせると同時に、部分と全体の照応関係においてテクストに構造的調和をもたらすものといえる。見立てモチーフの連関的構造と併せ、本作は戦争・敗戦にまつわる出来事を様々な様式的照応関係のなかに巧みに溶かし込んだ一篇なのである。

〈注〉

（1）塚本邦雄「蒼鉛嬉遊曲（ビスマス・メヌエット）」（久生十蘭『黄金遁走曲（フューグ・ドレエ）』出帆社、昭49・12）、草森紳一「心理の谷間――久生十蘭『西林図』」（『ユリイカ』平1・6）、鈴木貞美「「西林図」迷走」（『定本 久生十蘭全集6』月報、国書刊行会、平22・3）、須永朝彦「十蘭復活の頃」（『定本 久生十蘭全集8』月報、国書刊行会、平22・11）等、参照。ただし人口に膾炙しているのは改題後の「西林図」であり、以上の評者も「西林図」として言及。以下、本稿では「西林図」として言及されている場合でも、便宜上「鶴鍋」評・論として記述する。

（2）占領期の十蘭作品への検閲の実態については川崎賢子「かいくぐることと自粛と――昭和モダニズム文学者・久生十蘭の検閲対応」（前掲『検閲・メディア・文学』）参照。

（3）鈴木貞美「「西林図」迷走」（前掲）はすでに本作の空襲という要素に注意を促している。

（4）ただし、戸主の同意がなくとも婚姻自体は可能であった。中川善之助「婚姻法概説」（穂積重遠・中川善之助編『家族制度全集法律篇Ⅰ婚姻』河出書房、昭12・10）には「戸主の同意は必要であるけれども（民七五〇條一項）、これを欠いても届出は受理せられ、従つて婚姻は有効に成立する（民七七六條但書）。たゞ戸主によつてかゝる家族は離籍せられもしくは復籍を拒絶されうるに止まる（民七五〇條二項）。」とある。

（5）以上に関しては中川善之助「家族法概説」（穂積重遠・中川善之助編『家族制度全集法律篇Ⅳ家』河出書房、昭13・1）を参照した。

（6）家制度およびその解体については、福島正夫『日本資本主義と家制度』（東京大学出版会、昭42・3）、福尾猛市郎『日本家族制度史概説』（吉川弘文館、昭47・2）等を参照した。

（7）男三十歳、女二十五歳に達するまで在家父母の同意が必要であった。両親ともにいない場合は未成年者のみ後見人および親族会の同意が必要であった（旧七七二条）。これについては問題となりうるが、前述のように滋子の年齢は不明であり、ここでは考慮しない。

（8）参亭が鹿島家へ婿入りすることも可能性として考えられるが、初出では「それはいけないと一と言できまりをつけるのだらう」という箇所が、改稿版では「そんな男のところへ嫁れないと、ひと言できまりつけるのだらう」と改められており、ここでは考慮しない。

（9）舟橋諄一「相続人の廃除」（穂積重遠・中川善之助編『家族制度全集法律篇Ⅴ相続』河出書房、昭13・2）を参照した。女子である法定推定家督相続人の他家入籍を理由とした廃除は、旧九七五条にあげられている「此他、正当ノ事由」による廃除に該当する。この場合、被相続人のみならず親族会の同意も必要であった（同条）。

（10）ただし「生霊」「黄泉から」では作中の時間軸が「お盆」として明示されており、戦争死者の魂が実際に肉親のもとへ戻ってきたかのような場面が描かれる。一方、本作の時間軸は前述のように秋であり、「七月十五日の新暦の盆、八月十五日の月遅れ盆、それに旧暦のいわゆる旧盆」（藤井正雄『盂蘭盆経』講談社、平14・7）のいずれとも対応していない（作中の時間軸である昭和二十一年の旧盆は新暦八月十一日前後にあたる）。また、この幕切れの場面に関しては、初出の「「ようこそ、お帰り」／と地謡の調子で宣りあげると」と改稿され「「ようこそ、お帰り」／と錆のある声でいつた」が「謡曲あるいは狂言歌舞伎に似た趣向」（鈴木貞美「「西林図」迷走」前掲）との指摘もある。同様に須田千里「幸田露伴「雪たたき」の構想」（前掲）はこの場面に関し、他界の死者がシテとして現世に現れる夢幻能との類似を指摘している。

（11）本書第二章では、見立てを比喩一般と区別するため、大石昌史「見立ての詩学」（前掲）が指摘する「として見る」ことの要請の強さを指標とした。本作についていえば、引用②の「鶴に罪はありません」、引用③の「滋はもうこの世には居りませんので、冥途に居るものをわたしがゆるすといってみたところで、戻れるわけのものでもございますまい」などといった鹿島の発言には、まさに〈鶴は滋子である〉・〈滋子は死者である〉という構えを見て取れ、「として見る」ことの要請の強さを念頭にこれらを見立てと呼んでも大過ないであろう。なお見立てについてはほかに郡司正勝「風流と見立て」（『国際日本文学研究集会会議録』平元・3）、青木孝夫「〈見立て〉の美学」（『日本の美学』平8・10）等を参照した。俳諧における見立ての具体的様相については光田和伸「俳諧と見立て――芭蕉前後」（『日本研究』平2・9）、金子俊之「芭蕉発句の「見立て」表現――和歌・初期俳諧を視野に入れつつ」（『近世文芸の表現技法〈見立て・やつし〉の総合研究プロジェクト報告書』平22・2）等を参照した。

（12）草森紳一「心理の谷間」（前掲）は、「倪雲林の「西林図」」とは、元四大家のひとり倪雲林の画「西林禅室図」であると指摘している。須田千里「幸田露伴「雪たたき」の構想」（前掲）は、この草森の指摘を踏まえたうえで「加藤一雄の小説『無名の南画家』（昭和二十二年二月日本美術出版株式会社）には「西林禅室」の写真版が付され（二十八頁の次頁）、また主人公霑山先生が、作者の倪雲林は「毎朝鶴の吸物を啜つて夕餐には熊掌のシチユウを喰べた。」（二十九頁）と言う場面がある。ここから、「西林図」、鶴、（鶴に擬される）滋子が発想された可能性があろう」とし、さらに京都帝大美学美術史科卒で「現在京都絵画専門学校教授」の加藤と「大学で美学を講じてゐられる助教授」参亭の経歴の類似を指摘している。『無名の南画家』が「倪雲林の「西林図」」に重ねられる鹿島邸の庭に「鶴」が現れること、および参亭の造型の触媒となった可能性は考えられる。しかし「鶴の吸物」については後述のように「捕物御前試合」（前掲）で十蘭自身すでに触れており『無名の南画家』からの摂取が決定的とまでは言い難い。なお前掲須田論でも「妖翳記」（『オール読物』昭14・5）の「私」が美学と美術史の家庭教師であることをあげ「『無名の南画家』摂取は決定的とはいえない」としている。

(13)　十蘭作品におけるダブルイメージの入れ子構造はたとえば「魔都」（『新青年』昭12・10〜昭13・10）でも見られる。本書第二章参照。

(14)　浜田雄介「解題」（『定本 久生十蘭全集7』平22・7）は十蘭の改稿・自作引用を「彫琢」「変奏」「嵌入」「抽出」に分類して整理・解説している。

(15)　明治以降に限っても、『八犬伝』原作の脚色・翻案、子供向けのリライトを含む現代語による抄訳等が数多く存在する。十蘭がこれらを参照した可能性は否定できないが、管見のかぎり「新版八犬伝」発表以前に出版されたものには、浜路が白鷺などの水鳥となって実際に信乃の前に現れる場面は描かれていない。以下管見に入った主な書名を記す。山田案山子『里見八犬伝』積善館、明26・2。大江（巌谷）小波「新八犬伝」上・下（『明治お伽噺』第三・四編、博文館、明36・5〜6）。幸田露伴「其俤今様八犬伝」（『玉かつら』春陽堂、明41・1）。伊藤銀月『八犬伝物語』天書閣書楼、明43・8。藤川淡水『お伽八犬伝』以文館、明45・1。山田鶴川編『お伽噺八犬伝』国華堂書店、明45・7。高橋筑峰抄訳『おとぎ噺里見八犬伝』湯浅春江堂、大1・11。山本徳行『児童八犬伝』上・下巻、集成社、大15・2。進藤泡影『八犬伝物語』ヨウネン社、昭3・10。三島霜川『少年八犬伝』金の星社、昭4・1。西沢一鳳ほか「花魁莟八総（はなのあにつぼみのやつぶさ）」（渥美清太郎編『日本戯曲全集第二十五巻 小説脚色狂言篇』春陽堂、昭4・10）。土田杏村訳『八犬伝物語』アルス、昭5・9。三浦藤作『八犬伝物語』文化書房、昭7・11。加藤武雄『八犬伝物語』新潮社、昭12・10。

（16）本書第一章参照。引用は小池藤五郎校訂『南総里見八犬伝 二』（岩波文庫、平2・7）による。

（17）「鷺娘」についてはほかに『日本名著全集江戸文芸之部第廿八巻 歌謡音曲集』（日本名著全集刊行会、昭4・11）、河竹登志夫監・古井戸秀夫編『歌舞伎登場人物事典』（白水社、平18・5）、金沢康隆編『歌舞伎名作事典』新装版（青蛙房、平21・7）等を参照した。

（18）久井貴世・赤坂猛「タンチョウと人との関わりの歴史――北海道におけるタンチョウの商品化及び利用実態について」（『酪農学園大学紀要』平21・10）、久井貴世「贈答品としてのタンチョウの利用――近代日本における事例を中心に」（『BIOSTORY』平24・12）では様々な事例の紹介がなされている。

（19）久井貴世「贈答品としてのタンチョウの利用」（前掲）参照。元山津および摩天嶺は朝鮮の地名。本作では「鶴の缶詰」の正体が「朝鮮の臭雉」であるとされているが、明治期、朝鮮はタンチョウの産地として有名であった。また「鶴の缶詰」の中身が実際には鶴肉とは異なるものという考えはすでに「ゐの・しか・てふ」（前掲）に見られる。

(20) 松下幸子『図説江戸料理事典』(柏書房、平8・4) は「せんば」を「鳥肉を主材料とし野菜を取り合わせた塩味の煮物」としている。『料理物語』の記述については久井貴世・赤坂猛「タンチョウと人との関わりの歴史」(前掲) から教示を得た。同論もまた鶴の「せんば」を「鍋物」と解している。

(21) 久井貴世「江戸時代の文献史料に記載されるツル類の同定――マナヅル・ナベヅルに係る名称の再考察」(『北海道大学大学院文学研究科研究論集』平26・12) も参照。

(22) 同様の箇所は「捕物御前試合」(前掲) になお何箇所か見られる。また「鶴」・「鶴御成」の項目に加え、平凡社『大百科事典 第十六巻』(昭8・3) の「鷹狩」の項目からは「雁御成」・「鶉御成」・「雉御成」の知識を得た形跡が見られる。

(23) 『松前志』におけるマナヅルの記述については久井貴世「江戸時代の文献史料に記載されるツル類の同定」(前掲) から教示を得た。

(24) 本書第一章参照。

(25) 『定本 久生十蘭全集』全十一巻 (国書刊行会、平20・10〜平25・2) により巻数・頁数を付して示すと、該当する9作品は次の通り。「新版八犬伝」(前掲) 第一巻八三頁、「刺客」(『モダン日本』昭13・5〜6) 第二巻九六頁、「海豹島」(『大陸』昭14・2) 第三巻八頁、「計画・Я――又は、地底の攻略路」(『新青年』昭14・8〜9) 第三巻一三六頁、「魚雷に跨りて」(『新青年』昭16・3) 第四巻一九三頁、「幸福物語」(前掲) 第五巻五九四頁、「氷の園」(前掲) 第七巻二四〇頁、「十字街」(『夕刊朝日新聞』昭26・1・1〜同・6・17) 第八巻一三四頁、「雲の小径」(前掲) 第九巻五六三頁。具体例を重んじ色彩描写がある作品のみを論拠としたが、そもそも雲・霧・靄・霞・煙は一般に灰色として表象されがちな対象ではあろう。

第四章　久生十蘭「予言」論

――二重化された語り

はじめに

久生十蘭「予言」（『苦楽』昭22・8。改稿後、小説文庫『母子像』新潮社、昭30・10所収）は、セザンヌを崇拝する零落した華族の青年画家安部忠良が、思わぬことから恨みを買った石黒利通によって催眠術をかけられ、現実と見まがう幻覚世界を旅したはて、奇妙な死を遂げる物語である。読者は安部同様に幻覚をそれと気づかぬまま読み進め、最後にそれが現実の出来事ではなかったことに驚かされる。

「妖術」（『令女界』昭13・1〜9）を原型とし[1]、久生十蘭が自作の中で「最も愛した作品」と伝えられる本作は[2]、何よりもまず特徴的な語りという文脈で言及されてきた。

『予言』では、人称代名詞なしの一人称で、日本には珍らし（ママ）い近代怪談を書く、という離れ業をやって、みごとに成功している。（中略）そんな苦労をなぜするか、という理由の主なるものは、語り手が透明になって、読者との距離がせばまり、臨場感が増すからだ。

（都筑道夫「解説」久生十蘭『真説・鉄仮面』桃源社、昭44・7。傍線稿者。以下同）

澁澤龍彦が都筑の指摘を踏まえながら「いちばん最後の幕切れに、「われわれ」という、ほとんどフランス語のonにひとしい不定称の人称代名詞が一個所だけ出てくる」（「解説」『久生十蘭全集Ⅱ』三一書房、昭45・1）と指摘するように、[3]「人称代名詞なしの一人称」という都筑の表現は必ずしも正確ではない。しかし、澁澤の指摘と併せ、語り手の人称表示の有無が本作の語りの顕著な特徴として早くから指摘されていたことは踏まえておく必要があろう。このような文脈を踏まえつつ、近年では川崎賢子によって本作の語りに関する論点は次のようにまとめられている。

「語り手」の人称、視点人物の転換、物語の「現在」と既視感の時間構造、物語内容の自在な縮約と引き延ばし、語り落しや逸脱、見え隠れする「聞き手」の位相など、どれをとってもナラトロジーの問題作とされるにふさわしい。（「解題」『定本　久生十蘭全集6』国書刊行会、平22・3）

このように本作は語り手の人称をはじめとする語りの観点から取りあげられてきた。しかしテクストに即しつつその実態を分析した論考は未だなく、考察の余地は残されている。本稿ではまずナラトロジー（物語学）の知見を用いた具体的な分析作業により本作の語りの特徴がいかなるものであるかを改めて明らかにする。そのうえで、その特徴が何らかの意味や機能を担っているのか、担っているとすればそれは具体的にどういったものであるのかについて考察したい。

1　語りの第一・第二の特徴

まず冒頭から見てみたい。以下、本文引用および段落数は初出により、『母子像』版を適宜参照する。改行箇所は「／」で示した。論に関わる異同が認められる際には「〈〉」に示す。便宜上、引用箇所にはそれぞれアルファベットを付した。

ａ安部忠良の家は十五銀行の破産でやられ母堂と二人で四谷谷町の陽あたりの悪い二間きりのボロ借家に逼塞してゐた。姉の勢以子は外御門へ命婦に行き、六十ぐらゐになつてゐた母堂が鼻緒のつぼぬひをするといふあつぷあつぷで、安部は学習院の月謝をいくつもためこみ、どうしようもなくなつて麻布中学へ退転したがそこでもすぐ追ひだされ、結局、いいことにして毎日絵ばかり描いてゐた。安部が二十歳になつて襲爵した朝、これだけは手放さなかつた亡兄の華族大礼服を着こみ、掛けるものもないのでお飯櫃に腰をかけ、「一の谷」の義経のやうになつて控へてゐると、その頃もう眼が見えなくなつてゐた母堂が臨終の床から這ひだしてきて、桐の紋章を撫でズボンの金筋にさはり、「あなたもたうとう従五位になられました」と喜こ（ママ）んで死んだ。／安部は十七ぐらゐから絵を描きだしたが、これがひどく窮屈なもので、林檎のほかなにも描かない。腐るまでそれを描くと、また新しいのを一つ買つてきてそれが腐るまで描く。姉の勢以子は不審がつて、「あなた、なにかほかのものもお描きになればいい」といひ、おひおひは、「あなた、もう林檎を描くのはやめてください」と恐はがつたが安部の努力といふのは、つまるところはセザンヌの思想を通過して、あるがままの実在を絵で闡明しようといふことなので、一個の林檎が実在するふしぎさを線と色で追求するほか、他に興味はないのであつた。（第一・二段落）

この冒頭二段落を読み終えた読者が、本作の語りについてテクストから得られる情報は主として次のようなものであろう。まず当然ながら語り手は安部その他の三人称で指示される人物ではなく、語られている場面に不在であるということ[4]。次に「安部が（中略）控へてゐると（中略）母堂が臨終の床から這ひだしてきて」という表現などから、語り手の視点は安部に寄り添っており、さらに傍線部に示したように彼の意識にも入りこみうるということ。しかし続く第三段落には次のような箇所が現れる。

b仲間の妹や姪達もみな安部の熱心な同情者で、それにわれわれがいいくらいに嗾しかけるものだから、四谷見附や仲町あたりで安部を待伏せるのも三人や五人ではなく（第三段落）

すでに見たように澁澤は本作の「いちばん最後の幕切れ」に「われわれ」が出てくると述べているが、この人称代名詞は正確には二度現れる。その一度目がこの箇所である。「仲間の妹や姪達」を安部に

「嗾しかける」(マ マ)という文脈は、この語り手「われわれ」が物語の内部に存在する作中人物であることを示しているが、aのような語りとbのような語りの混在はナラトロジーの観点からすれば、整合性を欠いたものとみなされる。たとえばジェラール・ジュネットは次のように述べている。

虚構の場合、異質物語世界的な語り手には〔歴史の語り手とは異なり〕、自分の伝える情報に対する責任がなく、「全知」が語り手の約束の一部を成し(中略)それに対して等質物語世界的な語り手の場合、語り手は〔自伝の語り手と同様に〕、作中人物として「彼」がそこにいなかった場面や他人の思考等について情報を提供する際には、それを正当化する(「どうして君はそれを知っているのか?」)必要があるし、この責務に対する侵犯はすべて冗説法を形づくることになるからである。(中略)かくして、等質物語世界的な物語言説は、その態の選択の結果として、アプリオリに叙法の制限をこうむることになるのであり、このようにして課される制限を回避するには、あからさまな侵犯ないし歪曲を犯すしかないと言えよう。

(ジェラール・ジュネット『物語の詩学――続・物語のディスクール』和泉涼一・神郡悦子訳、書肆風の薔薇、昭60・12)

右の引用でも用いられている用語はジュネットの理論体系における独自のものであり、ジェラール・ジュネット『物語のディスクール――方法論の試み』(花輪光・和泉涼一訳、書肆風の薔薇、昭60・9)によって、あらかじめいくつか確認しておきたい。ジュネットがいう「異質物語世界的な語り手」とは物語内容に作中人物として登場しない語り手、いわゆる三人称小説の語り手を指し、「等質物語世界的な語り手」とは物語内容に作中人物として登場する語り手、いわゆる一人称小説の語り手を指す。前者によって語られたテクストを異質物語世界的物語言説、後者によるものを等質物語世界的物語言説と呼ぶ。ジュネットがこのように従来の一人称／三人称小説という用語を定義し直すのは次の理由による。ジュネットによれば「語り手は自己の物語言説においては「一人称」としてしか存在しえない」つまり物語行為において語り手はテクストにおいて顕示的か否かは別として、あくまで「私」としてしか語りえない。さらに一人称／三人称という用語では、虚構の作中人物ロビンソン・クルーソーが「一六三二年、私はヨークで生れた……」と語る場合と『アエネーイス』の作者ウェルギリウスが「我ハ歌フ、戦トソノ人トヲ……」と語る場合のように、いずれも文法形式上は一人称であるが明らかに異なる語りのタイプを区別しがたい。そのため右のような再定義が必要とされる。ジュネットの議論は十分納得のいくものであり、以下本稿でもジュネットの用語に従う。また「冗説法」とは「全体を支配する焦点化のコード」（「焦点化」とはいわゆる視点）における「一時的な侵犯」の一種で「原理的に許されているよりも多くの情報を与えるタイプ」のものを指す。

さて、さきの引用でジュネットが述べていたのは、異質物語世界的な語り手は「全知」の立場から語りうるが、等質物語世界的な語り手は一作中人物に過ぎない以上、自分が知りえないはずの内容（自分が不在であった場面や「他人の思考」など）を語る際には、それを知りえた経緯を明らかにする責任があり、その責任を果たさない場合、語りにおける焦点化の歪み（冗説法）が生じるということであった。

すでに確認したように、aにおいて語り手は自分が不在の場面について語り、また他者である安部の意識に焦点化（内的焦点化）しているが、どのようにそれを知りえたのかを明らかにしていない。これは語り手が「全知」たりうる異質物語世界的な語り手であれば問題はない。しかしbにおいて判明するのは、語り手が作中人物すなわち等質物語世界的な語り手であることである。したがってaは冗説法と解することができる。まずはテクストの他の箇所でもこのような箇所が見られる点を確認しておきたい。

c それから四年ばかりは何事もなく、安部は制作三昧の生活をつづけてゐたが、〈安部が〉死ぬ年の春、五年越し維納で精神病学の研究をしてゐる石黒利通が、巴里の有名な画商のヴオラールでセザンヌの静物を二つ手に入れ、それを留守宅へ送つてよこしたといふことを聞きつけた。（中略）紹介もなくいきなり先方へ乗りこむと、石黒の細君が出てきて、「まだどなたもご存知ないはずなのに」といつて、こだはりもせずにすぐ見せてくれた。一つは白い陶器の水差とレモンのある絵で、一つは青い林檎の絵であつた。画集ではいくども見たが、本物にぶつかるのはこれがはじめてなので、これがセザンヌのヴアリユウなのか、これがセザンヌの青と黄なのか、物体にたいするこの適度の光、じぶんと物体の間にあるなんともいへぬ空気の適度の量、セザンヌが好んだといはれるすこし曇り加減のしつとりとした午后の光線まではつきりと感じられ、ただもう恐れいるばかりだつた。

（第五段落）

d安部はあはててスケッチ＝ブックを振るつたり床を這つたりして探したがない。思へばあの時、残りの何頁かゞ畳んだまゝ机の上に残つてゐたやうな気もする。／船はナポリを出帆したらしく、窓の中で雲が早く流れてゐる。その雲を眼で追つてゐるともう絶対絶命だといふ気持が胸に迫つてきた。石黒の予言には十二月の何日とあつた。けふは廿九日だから、十二月はあとまだ二日と何時間ある。二人がどんなまづいところを見せつけたつて絶対に逆上しないと決心しても、なにしろ生の神経を持つてゐることだから、場合によつてはどんなひよんなことをやらかすか知れたものではない。

（第三十・三十一段落）

c・dにおいてもa同様に、語り手は安部を焦点人物としている。ここで問題なのは、このような冗説法が「一時的な侵犯」というにはあまりに頻繁に現れることである。便宜的に段落数に即して述べれば、初出テクストを構成する全三十五段落中の二十四段落（第一、二、五、十三〜三十三段落）、全体の約七割に相当する箇所において安部が主たる焦点人物となっている。このためa・c・dのような箇所は語りが進むほどに、等質物語世界的な語り手による冗説法というよりも、むしろ端的に異質物語世界的物語言説のように思われてくる。

以上のように本作の語りの特徴として第一に挙げられるのは、等質物語世界的な語り手であるはずの語り手が、その焦点化における制約を各所で踏み越えることである。ただあらかじめ述べておけば、このような焦点化については最終的に原理的な正当化がなされる（後述）。つまり第一の特徴が成立するのはあくまで物語行為の過程においてであり、この特徴は原理的な正当化が最後まで迂回されるために成立しているという点が重要である。この点を踏まえた上で、第二の特徴である作中人物としての語り手の曖昧化について述べておきたい。

まず確認しておきたいのは本作の語りが等質物語世界的物語言説であることを明示する箇所が、bおよび澁澤が指摘していた次の箇所のみであることである。

e安部は死ぬとは思つてゐないので、愉快さうに話してゐたが、われわれはもう長くないことを知つてゐたので、なんともいへない気がした。（第三十五段落）

b・eにおいては、語り手が作中人物として自らを指示する一人称代名詞「われわれ」が用いられることから、これらが等質物語世界的物語言説であることは確定できる。しかし、b・eを除けば、切片としてみた場合、語りが等質物語世界的物語言説であることを確定できる箇所はない。ただ次のような箇所が存在する。

fそれから一と月ほど後、結婚式のちやうど前の日、維納から帰つたばかりの柳沢と二人でゐるところへ、安部がモネのところへ持つて行く紹介状をとりにきてしばらくしやべつてゐたが、思ひだしたやうに、「石黒つてのはえらい予言者だよ。僕はね、今年の十二月の何日かに自殺することにきまつてゐるんださうだ」と面白さうにいつた。

（第十一段落）

この箇所における焦点人物が「柳沢と二人でゐ」て、そこに「安部が…き」たのを知覚している主体であることは、「ゐる」「きて」が示す空間的関係から明らかである。この主体と語り手の指示関係を明示する人称代名詞もしくは固有名詞は欠けているが、日本語としては、このような場合、両者が同一であると受けとるのが自然であろう。したがってfのような箇所は等質物語世界的物語言説と判断できる。しかし、これは文脈上そのように解するのが自然というだけのことであり、切片として見た場合、fを等質物語世界的物語言説と確定することはできない。

g玄関へ入ると、脇間の正面のユトレヒトの和蘭焼の大花瓶に、めざましく花をつけた薔薇の大枝を一と抱へもあるほど投げ込みにし、その両側に安部と知世子が立つてニコニコ笑ひながら出迎へをしてゐた。そこへ酒田が来て二人のはうを顎でしやくりながら、「どうだ、なかなかいいぢやないか」と自慢らしくいふ。大振袖を着た知世子も美しいが、燕尾服を着た安部はまた美事だ。安部を知世子にとられたとも思はないがやはり忌々しい。

（第十二段落）

ｇにおいても焦点人物は「玄関へ入」って「安部と知世子が…出迎へをしてゐ」るのを知覚している主体、「そこへ酒田が来」て自分に話しかけているのを知覚している主体であることは明らかであるが、ｆ同様、その主体と語り手の指示関係は明確でない。ただｆとは異なるのは、この主体のものと思われる感情が「やはり忌々しい」というように直接に語られる点である。日本語の一人称では発話時の感情・願望表現が発話されるとき人称表現は省略されるのがふつうであるから[5]、ｇではより明確にこの焦点人物が語り手自身であることが感じ取れる。ただし、切片として見た場合、等質物語世界的物語言説であることを確定しえないのは、ｆ同様である。

以上のように本作の語りにおける語り手の作中人物としての存在感は、その存在を感じ取れこそすれ、非常に曖昧なものである。語り手の名前が明らかにされないこと、二度用いられる人称代名詞すら複数形であることなどもこの印象を強める。このように本作の語り手は自己の作中人物としての存在を曖昧化している。より正確には、存在を感じ取れこそすれ、つかみどころがないという点において、いわば半透明化しているというべきか。これを本作の語りの第二の特徴として挙げることができる。焦点化上の制約違反である第一の特徴は読者に違和感をもたらす可能性がある。先の引用でジュネットが「あからさまな侵犯ないし歪曲」と呼んでいたように、一作中人物でしかない語り手が説明もなく他者の内面に入り込むことは不自然だからである。しかし、第二の特徴は、語りの等質物語世界的物語言説性を弱めることで、第一の特徴を際立ちにくくしているといえる。

2　語りの原理と第三の特徴

第一の特徴が成立するのは物語行為の過程においてであること、それは語り手が最終的に自らの語りを正当化するためであることはすでに述べた。語りが正当化されるのは次のように引用eの直前の箇所である。

h酒田は「よし、やつてをかう。それはいいが、どうしてあんな馬鹿な真似をしたんだ。驚かせるぢやないか」といふと安部は澄んだいゝ顔で、「石黒の催眠術にひつかけられたんだ。よくわからないが、ホールへ入る前、廊下で石黒にひどく睨みつけられたから、たぶんあの時だつたんだらう。面白いには面白い。僕はハープを一曲奏き終へる間に、これでもちやんとナポリまで行つてきたんだぜ」とくはしくその話をしてきかせた。安部は死ぬとは思つてゐないので、愉快さうに話してゐたが、われわれはもう長くないことを知つてゐたので、なんともいへない気がした。

（第三十五段落）

最終段落である第三十五段落を読む読者は、物語内容がいつの間にか石黒の催眠術による安部の幻覚体験（これこそまさしく余人には知りえぬものである）へと移っていたこと、そしてふたたび物語の現実へ戻ったことを知っている。と同時に最後に現れる「われわれ」という人称代名詞によって、この物語が等質物語世界的物語言説であったことも思い出させられる。しかし、そのことがもたらす焦点化上の違和はほぼそれと同時に解消されている。つまりdを含む安部の幻覚体験の内容を語り手が知りえたのは、安部が語り手に「くはしくその話をしてきかせた」ためであったと最後になって理解されるのである。では、a・cのような幻覚体験と関わりのない内容についてはどうであろうか。明示はされていないものの、これもまた安部の友人であったと思しき語り手が安部もしくはその周囲の人々から伝え聞いたと考えることはできる。つまり「予言」において焦点化上の違和が生じうる箇所は、実は伝聞をもとにしたものであり、そのような伝聞をもとにした語りを含む語り手の回想として最終的にテクスト全体が理解されることによって、語りは原理的には正当化されるのである。

ただ情報入手の経路が合理的に理解されるとしても、語り手が語る内容は自分が不在であった場面や他人の思考について細部にいたるまであまりに詳細（たとえばaの「桐の紋章を撫でズボンの金筋にさはり」やc・dの傍線部）ではないかという疑問は生じうる。この点については回想という物語行為がもつ創造性について留意することで理解可能であろう。たとえばフランツ・シュタンツェルは回想について次のように述べている。

多くの一人称の語り手は、自ら経験した事柄の筆記という領分を大きく踏み超えて、自らの想像力のなかから物語を蘇生させる。その場合、回想のなかから喚起されるものと、想像力のなかから感情移入的に追創造されるものとの境界は、しばしば廃棄されてしまう。かくて再生的な回想と生産的な想像力とは、同一の事象の異なる両側面であることが判明する。（F・シュタンツェル『物語の構造――〈語り〉の理論とテクスト分析』前田彰一訳、岩波書店、平1・1）

つまり細部にまでいたるような語りは回想において働く「生産的な想像力」の産物と考えることで原理的には理解可能になるのである。

しかしこのように最後にいたって語りの構造が把握されたとき、ようやく明らかになる語りの第三の特徴がある。それは語りが語り手による回想であることが語りを通じほとんどあらわにならないということである。むろん支配的な時制が過去形であることは、物語内容に対して物語行為が後置的（ジュネット）であることを示す。しかしそれは語りが回想であることの必要条件ではあっても十分条件ではないだろう。なぜなら異質物語世界的物語言説もまた多くの場合、後置的だからである。また回想であれば、森鷗外「雁」（『昴』明44・9〜12、同45・2〜4と6〜7、大1・9、同2・3と5に連載。完成稿初出は単行本『雁』籾山書店、大4・5）の冒頭「古い話である。僕は偶然それが明治十三年の出来事だと云ふことを記憶してゐる」（引用は『鷗外全集　第八巻』岩波書店、昭47・6による）などのように、物語の早い時点で語りが回想であることを明瞭にする指標が現れるのが一般的であるともいえる。このような指標が本作に見られないのはいうまでもない。

とはいえ、すでに見たように本作の語りが等質物語世界的物語言説であること自体は早い段階で確定でき（第三段落）、そのうえで過去形が支配的であれば、それは当然、回想体ではないかという反論は考えうる。しかし前述の第二の特徴によって、語りの等質物語世界的物語言説性が弱められている点には留意すべきであろう。また、たしかに「〈安部が〉死ぬ年の春」（第五段落）という箇所は物語行為の時間が位置するのが安部の死後であることを読者に推測させうる。ただ「死んだ」ではなく「死ぬ」としており、かつこの表現が「それから四年ばかり」（第五段落）「それ以来」（第六段落）「それから十日ほどして」（第九段落）、「それから一と月ほど後」（第十一段落）というように、順を追った、現在進行形であることが強調される物語内容の時間の中に置かれているために、それは回想というよりむしろ語り手が物語内容のその時点に身を置いて予言しているような印象をもたらす。回想であることを明示しないばかりか、物語行為の時間が物語内容の時間に密着しているかのように語ることで、回想的要素を積極的に排除しようとしているといえよう。このように、伝聞にもとづいた箇所を含む回想としてしか原理的には正当化しえない語りであるにもかかわらず、回想であることを最後まで隠蔽しようとする点を本作の語りの第三の特徴として挙げることができる。語り手による回想とは必然的に等質物語世界的物語言説であるから、回想的要素の隠蔽とは語りの等質物語世界的物語言説性の隠蔽と言い換えることができる。つまり、第三の特徴も第二の特徴同様に、焦点化上の制約違反である第一の特徴を物語行為の過程において際立たせないように働いているといえよう。

　ここまで本作の語りの特徴を詳細に検討してきた。第二・第三の特徴は、語りの等質物語世界的物語言説性を弱めることで、第一の特徴すなわち等質物語世界的物語言説の語り手である語り手が、異質物語世界的物語言説の語り手であるかのような焦点化を行っていることの不自然さを際立ちにくくする。これらの特徴の志向するところを端的に述べれば、異質物語世界的物語言説に擬態した等質物語世界的物語言説として語る、ということになろう。前述のように第一の特徴が生じるのは語りの正当化が最後まで迂回されるためであるから、この迂回がなされなければ第一の特徴はむろん成立せず、したがって第二・第三の特徴も不要であったということになる。換言すれば、語りの正当化の迂回がなされるのは、これらの特徴がもたらす前述の擬態性が語りにおいて必要であったからに他ならない。では、その必要とは具体的に何であろうか。本稿冒頭でも触れておいたように、本作の主眼は何よりも安部の体験する幻覚があたかも最後まで現実の出来事であるかのように語られ、最後に事実が明らかになるという趣向にあると思われる。そこで次節では、まずこの趣向をめぐる本作のたくらみとここまで検討してきた語りの特徴が関わっているのか否か、検討してみたい。

3　幻覚小説の語りと〈二重性〉

石黒の予言の成就に追い詰められていく安部の体験が、ついに現実のものではなく催眠術による幻覚であったと知らされる結末に読者は驚かされる。いわゆる夢オチの趣向であるが、以下、このジャンルに属する小説を幻覚小説と呼ぶこととする(6)。本節では、この幻覚小説という観点から本作の特徴を概観したうえで、前節まで検討してきた語りの特徴との関わりを探っていきたい。

幻想文学ジャンルに関する古典的著作、ツヴェタン・トドロフ『幻想文学論序説』（三好郁朗訳、東京創元社、平11・9）は、「物語を通してずっと超自然的と見えていた出来事が、最後になって合理的説明を施される」タイプの物語を「幻想的怪奇」と命名・分類している。本作もまた、予言の成就という超自然的出来事が、最後になって催眠術による幻覚であったと一定の合理化を施される点において、「幻想的怪奇」に属する物語といえる。トドロフの分類を参照することで明確になるのは、本作では催眠術による幻覚が「合理的説明」となるように周到な伏線が張られていることである。いうまでもなく催眠術による幻覚というオチが自然科学的な意味で「合理的説明」かどうかは疑問である。しかし「「他人の心意を勝手に支配出来る能力が存在するといふのは愉快ぢやないな。でもさういふ心霊的な力がほんたうにありえるものだらうか」「あるんだよ。（中略）SやTの場合だけでも、まぎれもなくさういふ事実が現実にあつたことだけはたしかだ」」（第十二段落）という箇所からもわかるように、本作の作品世界ではそれが合理的な世界観の範疇内に存在しうることがあらかじめ示唆されている。一方、予言能力は「でたらめをいふにもほどがある」（第十一段落）と実在を一蹴されるように超自然的なものと位置づけられる。このような伏線によって本作は予言の実現（超自然的な出来事）を催眠術による幻覚（合理的説明）へと回収する図式を巧みに作り出している。[7] なお「他人の心意を勝手に支配出来る能力」という催眠術イメージは広く流布したものだろうが、近代日本の小説ジャンルでいえば作者不詳「露国人」（黒岩涙香訳、『万朝報』明30・9・1〜同・12・31）にすでに見られる。また石黒らしき人物の「眼の強い」という描写は、本作でも言及される催眠術の祖メスメルの

「邪眼」イメージに由来するものであろう。(8)

hにある「ホールへ入る前、廊下で石黒にひどく睨みつけられたから、たぶんあの時だつたんだらう」という安部の言葉を額面どおりに受け取るならば、本作の物語内容が現実から幻覚へと移行するのは、第十四段落で安部と石黒が「互ひに立ちすくんで睨み合ふやうなかたちにな」るあたりである。一方、幻覚から現実へと移行するのは、結婚式の余興の場面まで唐突に時間が戻ることから、明白に第三十四段落とわかる。以下、便宜上、物語内容が幻覚へ移行している部分を幻覚パート、それ以外の部分を現実パートと呼ぶこととする。

現実から幻覚へ、幻覚から現実へ、という本作の語りの構造は、たとえば芥川龍之介「魔術」(『赤い鳥』大9・1)や同「杜子春」(『赤い鳥』大9・7)にも見られるように、幻覚小説の常套といってよいだろう。この場合、物語内容の現実から幻覚への移行が《これは安部の見た幻の話である》などのように、あらかじめ明示されないことはいうまでもない。幻覚小説の本質は、物語内容＝現実という読者の信憑を、物語内容＝幻覚であったと最後で覆し、驚きを誘うところにある。一貫して現実の出来事が語られていると読者は信じさせられ、その信憑が最後に覆されるために驚きが生じるのだから、当然、物語内容の幻覚への移行は読者に伏せられていなければならない。しかし、読者の信憑を覆すことで事足りるのであれば、リアリズム小説の末尾に《これは何某(もしくは「私」)の体験した幻覚の物語であった》などを付け加えることで、それを幻覚小説に書き換えることができることになる。むろんこれは極言であるが、そのような形式で読者が納得することは考えがたい。つまり、幻覚小説が幻覚小説たりえるためには、単に現実から幻覚への移行を隠蔽するだけでは十分でない。それには、《これは幻覚である》のように決定的であってはならないが、物語内容＝幻覚という可能性について読者へ目配せを送ったうえで、さらに読者に物語内容＝現実という信憑を抱かせるという二重の操作が必要となるだろう。先述の「魔術」や「杜子春」であれば、幻覚を体験する主人公が出会うのが、それぞれ「ハッサン・カンといふ名高い婆羅門の秘法を学んだ、年の若い魔術の大家」（引用は『芥川龍之介全集 第五巻』岩波書店、平8・3による）あるいは「鉄冠子といふ仙人」（引用は『芥川龍之介全集 第六巻』岩波書店、平8・4による）といった超自然的存在であることがそのような目配せに相当する。本作でも同様に、石黒が「他人の心意を勝手に支配出来る能力」を持っていることが示唆されたうえで、安部は石黒と遭遇する。ただ、本作で手が込んでいるのは、安部が石黒と遭遇したのちに「ホールへ入ると」、「どうしたのかあたりが急に森閑としてなんの物音も聞えなくな」り、さらには「ステージの端のはうへ裃を着た福助がチヨコチヨコと出てきて、両手をついてお辞儀をした」（第十七段落）[9]という異常な場面が語られる点である。これは読者への大きな目配せといえる。

では、このような目配せを送りながらも、本作はどのように物語内容＝現実という信憑を読者に引き続き保たせようとしているのだろうか。

まず出来事の連続性が装われている点はみやすいところである。安部が石黒と遭遇し、「福助」が現れたのちも、語られる場面は引き続き安部の結婚式である。石黒が送ってよこした拳銃が「ズボンのヒップに入つてゐた」り、当初の予定どおり安部夫婦が「アンドレ＝ルボン号」でフランスへ向けて出航するなど、細部に到るまで物語内容は現実パートで語られていた出来事と因果的に連続しているかのように語られている。

　このような連続性はさらに時間の連続性の明示によって強調されている。本作の物語内容は冒頭ａ（第一・二段落）の要約的語りののち、「それから四年ばかり」（第五段落）、「それ以来」（第六段落）、「それから十日ほどして」（第九段落）、「それから一と月ほど後、結婚式のちやうど前の日」（第十一段落）というように不揃いな時間的幅を示しつつも、物語内容の時間に即し順を追って語られる。そして物語が安部の結婚式にさしかかると、語りの速度は急速に遅くなり、示される時間の幅は微細なものとなる。「翌日、三時過ぎ」「すぐ四時から」「四時近くになつて」「五時頃まで」（第十三段落）、「暮れ切つたが、まだ夜にならない、夕まづみの微妙なひととき」（第十四段落）、「八時から」「十二時すぎに」「一時近く」（第十八段落）。「三時」「四時」「五時」「夕まづみの微妙なひととき」「八時」「十二時」「一時」と、語られる出来事の時間幅はほぼ一時間単位となり、物語内容の時間は確実に連続していて、語り落とされたことは何もないように見える。だが、まさしくこの微細に語られる時間の連続性の見せかけに隠れ、前述のように第十四段落を境として物語内容は現実から幻覚へと移行するのである。そのあとも「ボンベイを出帆してから三日目の明け方」（第二十二段落）、「ちやうど十二月の廿四日」「夕方から」「朝の五時頃」（第二十三段落）、「明日」（第二十六段落）、「翌日、午后一時頃」（第二十七段落）、「けふは廿九日」（第三十一段落）「十二月卅一日さ」「十二（ママ）時五十九分になると」（第三十三段落）[10]というように、語り手が示す物語内容の時間は、物語内容の変質にはそしらぬ様子で過去から現在へと向かう一方向的かつ連続的な時間性を示し続ける。むろんこのように時間の進行を明示し続けることは、一方では安部が「十二月の何日かに自殺する」という石黒の予言の成就をめぐるスリルを盛り上げるためでもあろう。だがこのような語りは、前述の目配せを送りつつも、なお読者に物語内容＝現実という信憑を引き続き抱かせるうえで効果的であるといえる。

ここまで、本作の幻覚小説としてのたくらみについて検討してきた。では、以上の諸点と本作における語りの特徴には関わりがあるのかどうか。すでに述べたように、夢オチ自体はリアリスティックな内容の物語末尾に《これは何某（もしくは「私」）の体験した幻覚の物語であった》に相当する内容を加えれば原理的には成立する。したがって、この点に異質物語世界的物語言説に擬態した等質物語世界的物語言説という本作の語り方を選択する必然性は見出せない。また「福助」の登場という読者への目配せ、あるいは出来事と時間の連続性の装いといった本作のたくらみについても、それらをまさしく異質物語世界的物語言説として、あるいはまさしく等質物語世界的物語言説として語ることは可能であろう。したがって、この点にも必然性は見出せない。

ところで、幻覚パートは段落数でいえば、第十四〜三十三段落に相当する。語りの第一の特徴の分析において触れたように、本作では全体の約七割に相当する箇所（第一、二、五、十二〜三十三段落）で安部が主たる焦点人物となっている。とりわけ幻覚パートと完全に一致する第十四〜三十三段落では安部のみが焦点人物となり、焦点人物（作中人物）としての語り手は語りにまったく現れない。それまではところどころで曖昧ながら存在を感じ取れた等質物語世界的語り手としての語り手の存在感が幻覚パートにおいて消えてしまうことは、ともすれば読者に違和感をもたらし何らかの気づきに繋がる可能性を持っていよう。では、このような焦点化の変化を、物語内容＝幻覚という可能性への目配せと考えることはできるだろうか。つまり、前節で考察した本作の語りの特徴、異質物語世界的物語言説に擬態した等質物語世界的物語言説は、このような焦点化の変化を目配せの一種として用いるために目論まれたものであろうか。結論から述べれば、この見方は穿ちすぎたものであろう。なぜなら、このような焦点化の変化は、幻覚小説における焦点化の制約と深く関わっているからである。以下、この点について詳らかにしておきたい。

幻覚小説では、焦点人物を設定する場合、現実から幻覚への移行部分を含む幻覚パートの焦点人物となりうるのは幻覚を体験する当の人物のみである(11)。いうまでもなく幻覚世界はその人物の意識内のみに存在し、その知覚を通じてのみ語りうるからである。さらに、引き続き物語内容＝現実という信憑を読者に抱かせる必要から、幻覚パートにおいて幻覚体験者ではない人物に焦点化することは原則的にできない。幻覚体験者と同一の物語世界に属しているが、その世界の現実を知覚している人物への焦点化は物語内容の幻覚性を露呈させかねないからである。つまり、幻覚パートで焦点化の対象を切り替えることは困難であり、焦点人物は固定されている必要がある。加えて幻覚パートの量的比重は、現実パートと同じかそれ以上であることが、読者を欺き、幕切れの効果を高めるうえでも望ましいであろう。長々と現実パート同様に語られてきた出来事であれば、読者に疑いを起こさせる可能性は低くなり、それと反比例してそれが幻覚であったという驚きの効果は高まるからである。このように考えるならば、幻覚小説においては、焦点人物を設定する場合、幻覚体験者のみを焦点人物として語る部分が必須であり、かつそのような語りが大部を占めていることが望ましい、ということになる。これが幻覚小説の中核となる。

次に問題となるのはこの中核部分の態の選択である。幻覚体験者を焦点人物とするほかないとすると、①等質物語世界的物語言説であれば、幻覚体験者＝固定された焦点人物＝語り手となり、②異質物語世界的物語言説であれば、幻覚体験者＝固定された焦点人物＝三人称で指示される作中人物という図式が得られる。

さて本作で①が選択されなかったことは明らかである。その理由はひとつには、幻覚体験者である安部が死の間際にありながらも、そのことを知らないという場面で物語が閉じられるためであろう。hにあるように、本作は「死ぬとは思つてゐないので、愉快さうに話して」いる安部と、彼が「もう長くないことを知つてゐたので、なんともいへない」周囲（「われわれ」）とが俯瞰的かつ共時的に鋭く対比された一行で結ばれる。hに示したように初出「愉快さうに話して」が「ひとりではしゃいで」と改められたのも、この明暗のコントラストをより強調するためと考えられる。このような場面を語るためには、語り手が安部であると不都合が生じてしまう。前述の対比を構成するうえで、語り手安部は自分の間近い死を知っていてはならない。したがってこの場面では語り手の交代が必要となる。そのうえで実際のテクスト同様の俯瞰性と共時性を得るには、安部とその周囲の心情を同時に見通すことのできる語り手、いわゆる全知の語り手に類した語り手が必要となろう。しかし作品末尾での、語り手安部から全知の語り手への交代は、唐突な印象を与えかねないのではないか。したがって選択肢としては②がより好ましく、本作は中核部分において、幻覚体験者であり、三人称で指示される作中人物安部を固定した焦点人物として語るという、異質物語世界的な語りを選択している。「「全知」が語り手の約束の一部」（ジュネット『物語の詩学』前掲）である異質物語世界的な語り手を選択すれば、幻覚パートから現実パートへ移行したのち、つまり幻覚小説の焦点化上の制約から解放されたのちであれば、容易に安部とその周囲の心情を対比しつつ語ることができる。

別の観点からすれば、異質物語世界的物語言説は物語内容に客観的事実性を与えるから[12]、そのような態の選択の利点として、幻覚パートにおいても物語内容＝現実という読者の信憑を誘い出しやすいということも指摘できる。

このように、幻覚小説における焦点化上の制約と、安部とその周囲がコントラストをなす末尾の場面の語りやすさ等の利点により、本作の中核部分では異質物語世界的な語りが選択されていると考えられる。前述の焦点化の変化、すなわち等質物語世界的な語り手としての語り手の存在感が幻覚パートにおいて消えてしまうのは、以上のような理由によるものであろう。

本作の語り方の特徴へと話を戻したい。前述の幻覚小説の焦点化上の制約等を鑑みれば、本作の語りの選択としては、異質物語世界的物語言説として首尾一貫させる方が構成上の要請に応えるうえでむしろ自然だったのではないかと思われる。しかし前節で詳細に検討したように、本作は等質物語世界的物語言説であり、異質物語世界的な語りを多く含むとはいえ、それらはあくまで冗説法となっている。

次のように考えることはできるだろうか。本作の特徴的な語りは、等質／異質物語世界的物語言説の双方の利点を取り込もうとした折衷案である。一般的にいって、等質物語世界的物語言説の利点は、物語内容に当事者的リアリティーを持ち込みやすいことである。出来事を直接もしくは間接に体験した人物による語りは、語られる出来事にもっともらしさ、本当らしさを付与する。[13]つまり、本作の語りは、すでに見た理由から幻覚パートでは異質物語世界的物語言説的な焦点化を行わざるを得ないが、語り全体としては等質物語世界的物語言説であることで、構成上の要請を満たしつつ、そこに当事者的リアリティーを盛り込もうというものであるのだろうか。しかし、この見方もまた十分ではないだろう。なぜなら、仮にそうであるならば、幻覚パートを含まない部分、おそらくは作品の冒頭にいわゆる枠をもうけ、そこに《これは私の友人安部の物語である。安部はこの奇妙な物語の顛末を事細かに語り聞かせてくれたのだが、おおよその事は私自身その場に居合わせたのだから、十分承知している》のような内容を盛り込んだうえで、幻覚パートを含む部分を首尾一貫した異質物語世界的物語言説とすれば、事足りただろうからである。[14]まして、前節で確認したように、本作の語り手は自らの等質物語世界的物語言説の語り手としての存在感を曖昧にしようとしており、これは当事者的リアリティーの獲得とは矛盾する志向である。

以上の検討を経て、本作の語りの特徴は幻覚小説としての構成上の要請によるものではないことが明らかとなった。ここで必要なのは問題をより広い視点から眺め直してみることである。具体的には、十蘭作品に頻出するモチーフとしての二重性という視点をここで導入したい。

本書第二章では、「ある対象がAでありながら、何らかの意味においてBでもあるとき、その対象は二重性を帯びていると考えうる」という視座のもとに、作中人物同士の入れ替わり・入れ替えをはじめとする同種のモチーフを十蘭作品の〈二重性〉モチーフとして分類・考察した。興味深いのは、本書第二章で「魔都」（『新青年』昭12・10～昭13・10）を作例として「「魔都」「東京」」の空間構造の〈二重性〉は、入れ替わり・取り違え・偽装・変装といった幾重もの探偵小説的〈二重性〉を産み出す」と論じたように、十蘭作品では一作品のなかに現れる複数の〈二重性〉モチーフが互いに有機的に結びついている場合があることである。この観点は本作にも持ち込むことができる。本書第二章では「作中人物が催眠術を掛けられ現実と幻覚を取り違える」〈二重性〉モチーフのひとつ「催眠術による時空の取り違え」の一作例として本作を分類した。この現実と幻覚の取り違えの概要については本稿でも幻覚小説という文脈からすでに論じたところである。この〈二重性〉モチーフと本作の語りの特徴は「魔都」の場合と同様、照応関係にあるとみてよいのではないか。つまり前述のように本作の語りの特徴を異質物語世界的物語言説に擬態する等質物語世界的物語言説と要約しうるならば、この語りはその擬態性という点から〈二重性〉モチーフの変種としてみることができよう。そして、それはもう一方の〈二重性〉モチーフである「催眠術による時空の取り違え」と対応しているのである。[15] いわば内容面の〈二重性〉が形式面のそれと照応しているのであって、このように考えるならば、本作でことさらに擬態的語りがなされている理由がみえてこよう。本作の特徴的な語りは、十蘭作品にしばしば見られるように〈二重性〉モチーフ間の対応関係を構築するための選択と考えうるのではないか。

ところで安部が石黒と遭遇する直前、つまり本作が幻覚パートへ移行する直前には、次のような箇所がある。

i暮れ切つたが、まだ夜にならない、夕まづみの微妙なひとときで、水色に澄んだ初冬の暮れ空のどこかに夕焼けの赤味がぼーつと残つてゐる。樹のない芝生の庭面が空の薄明りに溶けこみ、空と大地のけじめがなくなつて曇り日の古沼のやうにただ茫々としてゐる。はかない、しんとした、めうに心にしむ景色だつた。（第十四段落）

ここでは夕暮れの「薄明り」に「空と大地のけじめがなくなつて」「ただ茫々としてゐる」あたりの風景が「曇り日の古沼のやう」つまり沼の水面にうつる曇った空の様子にたとえられている。この比喩は〈霧〉モチーフ（十蘭作品に現れる雲・霧・靄・霞・煙〈比喩上の言及も含む〉等の描写中、作品内で特徴的な機能を担うもの）の文脈に即せば、「事件」の暗示・予兆である「暗示・予兆」の型、かつ空間の非日常性の強調である「非日常」の型に該当する。(16) 前述のように、先の引用は安部が石黒と遭遇して催眠術をかけられる直前の場面であり、「曇り日の古沼のやう」な風景は、この「事件」を暗示・予兆するとともに、その非日常性を強調していると考えられるからである。このような〈霧〉

モチーフが〈二重性〉モチーフとイメージにおいて通底することは、すでに本書第二章で述べた。すなわち雲・霧・靄・霞は水と空気の中間的状態であり、また煙は物質と空気の中間的状態であるから、〈霧〉モチーフは本質的に二重性のイメージを帯びており、この点において〈二重性〉モチーフと照応する。つまり前述した重層する本作の〈二重性〉モチーフは、さらにこの〈霧〉モチーフと照応していると考えることができるのである。

むすび

本稿では久生十蘭「予言」の語りの特徴に重点を置いて論じてきた。最後に本作の二重化された構造が前述の点に留まらないことを指摘してむすびに代えたい。

「セザンヌの思想を通過して、あるがままの実在を絵で闡明しよう」「一個の林檎が実在するふしぎさを線と色で追求するほか、他に興味はない」（aの傍線部）という芸術思想の持ち主である安部は、その実在追求思想のもとをなすセザンヌ崇拝のため石黒の怨みを買い、幻覚という虚構のために死ぬ。事物の実在性を把握しようとすることが、結果的に虚構による死につながるという主題は皮肉である。しかし草森紳一が十蘭作品における「虚在の対象」追求とその挫折という主題の反復を指摘（「虚在の城――久生十蘭の怯えと情熱」『幻想と怪奇』昭49・3）しているように、見方を変えれば、安部が追求する「あるがままの実在」こそが「虚在の対象」いわば観念的虚構であったともいえる。実際、安部の死へ注がれる「なんともいへない」「われわれ」の視線には、『黒い手帳』（『新青年』昭12・1）の語り手「自分」が「賭博の絶対的な法則」という「仮空（ママ）な対象を追求」して破滅していく男の姿を「あはれ深く眺め」る視線と同様のものが感じられる。つまり、実在の追求が虚構による死につながるという前述の主題にもまた、入れ子のように「あるがままの実在」／観念的虚構という二重化された構造が埋め込まれているとみることができる。このように本作は現実と幻覚あるいは実在と虚構をめぐる〈二重性〉を核としつつ、それを語りという形式へも反映させた作品なのである。

〈注〉

（1）江口雄輔「解題」（『定本 久生十蘭全集1』国書刊行会、平20・10）参照。

（2）久生幸子「あとがき」（久生十蘭『肌色の月』中央公論社、昭32・12）に「ここに絶筆の「肌色の月」に、最も愛した作品「母子像」「予言」を加えて追悼としたい」とある。未完のまま絶筆となった「肌色の月」（『婦人公論』昭32・4〜8）を夫の構想をもとに完成させたのが幸子夫人であった。

（3）文法的にいえば、たしかに「on」は文脈によって「わたしたち」や「人々」等と訳せる不定称であるが、「われわれ」はあくまで一人称代名詞であって不定称ではない。日本語でいえば不定称とは「誰」「どれ」「どこ」等にあたる。敢えて澁澤が「われわれ」を不定称と位置づけているのは、語り手の存在が曖昧な「予言」の語りを比喩的に表現したものであろう。なお後述するように「われわれ」は「一個所」ではなく、二箇所に出てくる。

（4）ただしジェラール・ジュネット『物語のディスクール』（花輪光・和泉涼一訳、書肆風の薔薇、昭

60・9）が指摘するように、例外的にカエサルの『ガリア戦記』のごとく語り手が自らを三人称で指示する場合もある。

（5）大江三郎『日英語の比較研究――主観性をめぐって』（南雲堂、昭50・11）参照。

（6）幻覚小説という用語は千野帽子「幻談の骨法――［世界一簡単な幻想・小説論］」（『ハヤカワミステリマガジン』平22・9～連載中）による。以下の議論では同論から多くの教示を得た。

（7）十蘭作品に理知的・合理的性格が強いことは本書第二章でも指摘した。

（8）「露国人」およびメスメルについては一柳廣孝『催眠術の日本近代』（青弓社、平9・11）に教示を得た。

（9）須田千里「久生十蘭と泉鏡花」（『定本 久生十蘭全集7』月報、平22・7）は、本作に登場する「福助」が泉鏡花「卵塔場の天女」（『改造』昭2・4）からの摂取であると指摘している。

（10）『定本』全集では「十一時五十九分」と訂正。

（11）ただし、この制約は焦点人物を設定する場合にかぎってのことである。焦点人物を設定しない語り、ジュネット『物語のディスクール』（前掲）がいう「非焦点化の物語言説」「焦点化ゼロの物語言説」であればこの問題は生じないだろう。その実例としてホルヘ・ルイス・ボルヘス「待たされた魔術師」（『汚辱の世界史』中村健二訳、岩波文庫、平24・4）を挙げることができる。

（12）たとえば笠井潔『探偵小説と叙述トリック――ミネルヴァの梟は黄昏に飛びたつか？』（東京創元社、平23・4）は「三人称小説では、地の文の記述は原則として虚構内現実だ。あるいは言葉に置き換えられた、その正確な反映と見なされる」と述べている。

（13）たとえば河田学「「語り手」の概念をめぐって」（『京都造形芸術大学紀要』平24・10）は「等質物

語世界的語りとは、個人の〈経験〉の〈擬似的〉リアリティーによって小説的な本当らしさ(ヴレサンブランス)を獲得しようとする形式」と指摘している。

(14) むろん、仮にこのような枠を冒頭に置くならば、そこに幻覚オチをあらかじめ明かしてしまうような内容を含むことはできない。そのような内容を回避したうえで枠を定める必要があろう。

(15) 本書第二章でも触れたように、むろんナラトロジー的観点からすれば、語りには物語言説/物語内容、物語行為の時間/物語内容の時間など、構造上の本質的二重性を見出すことができる。これらを〈二重性〉モチーフに繰り入れることは徒らに同モチーフの範疇を拡大しかねないため、本書第二章では対象としなかった。しかし本稿で考察している〈擬態する語り〉はこれらとは異なる特殊な語りの様式であり、〈二重性〉モチーフの変種として取り上げてみたい。

(16) 〈霧〉モチーフについては、本書第一章参照。なお草森紳一「心理の谷間——久生十蘭『西林図』」(『ユリイカ』平1・6)は、iの箇所を引用しつつ、十蘭作品では「自然の風景との交歓」が「彼此の通路の門が開く合図」「ふたしかなる人間が心霊の谷間の穴底に墜ちていく前兆」となることが多いと指摘している。

第五章　久生十蘭「母子像」論

――〈二重性〉モチーフと第二回世界短編小説コンクールにおける翻訳の問題

はじめに

久生十蘭の代表作のひとつに「母子像」（『読売新聞』朝刊、昭29・3・26〜28）がある。この作品が十蘭の代表作として数えられることには、本作が*New York Herald Tribune*紙主催による第二回（1953-1954年度）世界短編小説コンクール[1]で一等を獲得したことが大きく与っている。しかし、第二回世界短編小説コンクールにおいて「母子像」が一等を受賞した経緯をめぐっては、授賞過程において作者の意向とは無関係に作品内容に関わるほどの大幅な改変が行われた可能性があるという示唆がなされてきた（詳細は後述）。仮にこれが正鵠を得ているとすると、前述した「母子像」評価の位相も自ずと変化せざるを得ないことになろう。したがって、この点について詳らかにする必要がある。また、本作は本書第二章で検討した〈二重性〉モチーフを多用した作品でもあり、この点からも取り上げる意味のある作品である。

本稿では久生十蘭「母子像」を〈二重性〉モチーフという観点から分析したのち、本作の第二回世界短編小説コンクール一等受賞を巡る経緯について詳らかにしたい。なお、本作には『読売新聞』版に加え、受賞発表後に公表された三つの異稿が存在する。『婦人公論』（昭30・7）、『新潮』（昭30・8）にそれぞれ掲載されたもの、および小説文庫『母子像』（新潮社、昭30・10）に収録されたものである。各稿における本文異同は多いが、字句の推敲がほとんどであり、筋に関わる修正はない。(2) 以下の本文引用では初出を用い、適宜異稿を参照、論に関わる異同がある場合のみ注に示した。

1 「母子像」における〈二重性〉モチーフ

「母子像」梗概は次のようなものである。昭和二十七年、進駐軍キャンプ近くにある「聖ジョセフ学院中学部」教諭が補導された生徒のことで警察に呼び出される。その生徒、戦災孤児である和泉太郎は、教諭によれば「バイブル・クラスの秀才」だが、警察では太郎の最近の非行歴を把握していた。心当たりを問う警官に、教諭は太郎の過去を語る。サイパン生まれの太郎には、アジア太平洋戦争末期のサイパン島陥落に際し、母親に殺されかけた過去があった。一同はそのショックが太郎を非行に走らせたのではないかと推測する。太郎と面会した教諭は、銀座での花売り、ポン引き、レール上の泥酔徘徊、掩体壕での放火といった非行について自身の解釈を交えつつ太郎を説諭するが、その解釈は太郎の内面と大きく食い違う。太郎は美しい母を崇拝していた。戦後、母が生きており、銀座でバーを営んでいることを知った太郎は、花売りのふりをして何度も母の顔を見に行く。しかし、彼女が太郎に気が付くことはなかった。太郎は母を助けようと客を店に送り込む。だが、そのことがきっかけとなり、太郎は母の売春を目撃する。絶望する太郎。太郎は轢死を試み、さらには焼死を試みるが、いずれも失敗する。太郎の非行とはこのようなものだった。教師を前にして「死刑」という考えが浮かんだ太郎は警官の拳銃を奪って乱射し、警官に撃たれて死ぬ。

本作についてはすでに須田千里「『母子像』の内と外――久生十蘭論Ⅱ」（『光華日本文学』平5・7）によって詳細な分析がなされており、本稿も同論に多くを負う。以下、前述のように「母子像」について、まず〈二重性〉モチーフという観点から分析を行いたい。なお、以下の〈二重性〉モチーフの分類は本書第二章に即している。

はじめに容易に指摘できる〈二重性〉モチーフは、太郎が母のバーを訪れる際の扮装である。教諭が太郎に向かい「お前は女の子のセーラー服を着て、銀座で花売りをしていたそうだ」と語りかけるように、太郎は「たった一度だけ」だが女装する。また「花売りの恰好はしていたが、花なんか売っていたんじゃない」と太郎が内心で述懐するように、花売りはあくまで母に会うための方便であった。つまり、ここでは、女装と花売りの扮装という「変装・偽装」モチーフを指摘できる。

次に指摘できるのは「時空の意図的な取り違え」である。作中人物の追憶や連想などによって異なる二つの時空が重ね合わされるこの〈二重性〉モチーフが本作で見られるのは、次の箇所である。

太郎は保護室といっている薄暗い小部屋の板敷に坐って、巣箱の穴のような小さな窓から空を見あげながら、サイパンの最後の日のことを、うつらうつらと思いうかべていた。／薄暗い部屋のようすが、湿気が、小さく切りとられた空の色が、圧しつけられたような静けさが、熱の出そうな身体の疲れが、洞窟にいたときの感じとよく似ている。洞窟の天井に苔の花が咲き、岩肌についた鳥の糞が点々と白くなっていた。洞窟の口は西にむいてあいているので、昼すぎまでじめじめと薄暗く、夕方になると、急に陽がさしこんできて、奥のほうに隠れている男や女の顔を照らしだした。

（網掛けは稿者による。以下同）

警察の保護室で太郎は、米軍から逃れて過ごしたサイパンの洞窟での日々、彼にとっては母と過ごした甘美な日々を思い出す。太郎に回想を促すのは、網掛け部に示されているような警察の保護室とサイパンの洞窟のイメージ上の類似性である。別言すると、太郎の意識では、警察の保護室（＝現在）とサイパンの洞窟（＝過去）が、それぞれのイメージの類似性を媒介として重ねあわされている。太郎の意識において現在と過去が二重写しになっていることは、たとえば、警官の拳銃を見て、「あのピストルとおなじピストルだ」と、洞窟にいた際に「海軍の若い少尉」が貸してくれた拳銃のことを思い出す点などからもうかがえる。

さらに、太郎の母にまつわる〈二重性〉モチーフがある。警官が確認する太郎の履歴によれば、太郎の母は「戦災による認定死亡」となっている。本書第三章でも触れたが、「認定死亡」とは、戸籍法の規定「第　百十九條　水難火災其他ノ事変ニ因リ死亡シタル者アル場合ニ於テハ其取調ヲ為シタル官庁又ハ公署ハ死亡者ノ本籍地ノ市町村長ニ死亡ノ報告ヲ為スコトヲ要ス」（引用は大正三年戸籍法

〈大4・1・1施行〉による。現行の戸籍法〈昭23・1・1施行〉では八九条が該当）にもとづき、実務上の取り扱いとして、「危難その他により死亡確実なるに拘らず屍体が発見されぬ場合」「事変の取調をした官公署の報告は法律上死亡認定と同一の効果」を持つことを指す（末川博編『新法学辞典 下巻』日本評論社、昭12・11）。サイパン陥落を伝える大本営発表（昭和十九年七月十八日十七時）には「『サイパン』島の在留邦人は終始軍に協力し凡そ戦ひ得るものは敢然戦闘に参加し概ね将兵と運命を共にせるものの如し」（『朝日新聞』昭19・7・19）とあり、太郎の母が認定死亡とされたことに不思議はない。しかし、すでに見たようにこれは事実誤認であり、実際には彼女は生きていた。ここに「生死の取り違え」という〈二重性〉モチーフを認めることができる。

ただ、ここで気にかかるのは作中の時間軸が昭和二十七年となっていることである。サイパン守備兵の回想記である山内武夫「怯兵記――サイパン投降兵の手記」（家永三郎責任編集『日本平和論大系』日本図書センター、平6・4）には、「在島の日本軍約三万二〇〇〇人の九六パーセント前後、民間邦人約二万人の半数、原住民約四〇〇〇人の約一割強が屍をさらし」た、とある。このような状況にあって「生きるということは投降すること」（前掲書）であり、太郎の母も米軍の捕虜となることで生きながらえたと考えられる。秦郁彦『日本人捕虜――白村江からシベリア抑留まで 下』（原書房、平10・3）は、アジア太平洋戦争終戦後の、捕虜を含む外地日本人の引き揚げについて「一部を除き主要地域からの引き上げは四六年末までにほぼ終わった」と述べている。「一部」とはシベリア抑留を指す。したがって、太郎の母も昭和二十一年末までには帰国していた可能性が高い。さらに、「母が銀座でバアをやっていることはホノルルで聞いていた」と太郎が述懐するように、母の生存情報は太郎の耳に入るほどであった。つまり、昭和二十七年にいたっても太郎の母が認定死亡のままであるのは不自然であり、そこに何らかの作為が働いているのではないかとも推測できる。

太郎の母は、教諭によれば「すこし美しすぎるので、なにかと気が散って、子供なんか見ていられないいそがしいひと」で、太郎は「カナカ人の宣教師に預けっぱなし」であった。また、教諭が「麻紐で首を締められて（中略）苔色になって」いた太郎を発見したとき、その様子は「首が瓢簞になるほど締めあげたうえに、三重に巻きつけて、神の力でも解けないように固く駒結びにして、おまけに、滑りがいゝように麻紐にベトベトに石鹼が塗ってある」というもので、太郎が確実に死に至るよう目論まれていたことがうかがえる。教諭はさらに、親子での自決が一般的だった末期のサイパンで、「子供の死体だけが草むらにころがっているようなのは、ほかには一つもありませんでした」と述べている。太郎の回想では、太郎の母は「崖の上に敵がいれば容赦なくねらい撃ちをされる」ような状況下で、太郎に洞窟から出て断崖の下へと水汲みに行くよう命じてもいる。太郎の年齢は、物語の現在時すなわち昭和二十七年時点で「十六年二ヵ月」とされているので、サイパン陥落の時点では十歳にも満たなかったと考えられる。母を崇拝する太郎にとって危険な水汲みは「深い満足を感じる」ものであったが、このような命令は子を愛する母の所作とは到底いえない。なおかつ、梗概でも述べたように、太郎が母の顔を見に行っても彼女は太郎に気が付いたような素振りを示さない。確かに太郎は女装や花売りの扮装をしていたが、前述のように女装は一度だけであり、太郎は「毎日曜の夜」、

「八時から十時までの間に五回」も「母のバアア」を訪れていたにも拘わらず。以上を踏まえると、昭和二十七年時点においても太郎の母が認定死亡扱いのままなのは、太郎を殺して身軽になったのち米軍に投降し、さらには偽名を名乗って新たに別の人生を送ろうとしたため、つまり、彼女が別人になりかわっているためではないか、とも考えうる。ちなみに、野村進『日本領サイパン島の一万日』（岩波書店、平17・8）は、米軍キャンプに収容される際の身元調査で、名前と出身地を偽ったサイパン在住民間人の証言を報告している。この証言者は「ほかの連中もみんな、誰からも教えられないのに、名前を変えてキャンプに入ったんだ」と述べている。ただし、その理由は「国に対して不名誉」「本国に知れたら、兄弟親戚のツラ汚し」となるためであった。このように、太郎の母が太郎を厄介者として戦時にかこつけて殺し、別人になりかわったと考えるうえでの傍証は多い。しかし、サイパン陥落後の太郎の母の足取りについては、テクストに手掛かりとなる箇所がなく、全くの空白である。したがって、太郎の母の認定死亡については単なる事実誤認とは言い切れない含みを残すが、便宜上「生死の取り違え」モチーフとして取り扱いたい。なお、十蘭作品での認定死亡と「生死の取り違え」モチーフの結びつきは、「死亡通知」（『文学界』昭27・5）にも見られる。

さて、太郎の母にまつわる〈二重性〉は以上にとどまるものではない。太郎にとって、母は「この世に、こんな美しいひとがいるものだろうか」というように、聖性すら帯びた崇拝の対象であった。それゆえに、前述の危険な水汲みはもちろんのこと、自決に際して「母と手をつないで死ぬのだと思うと、すこしも悲しくはなかった」し、母に首を締められて一人で死ななければならないとわかっても「あきらめて、母の気にいるように、うれしそうに身体をはずませながら、けわしい崖の斜面をのぼって行」くのである。しかし、このような崇拝の対象としての母は、太郎が母の売春現場を目撃することで崩壊する。「美しい」「母」は、「汚(マ)ない、汚ない、汚なす(マ)ぎる。人間というものは、あれをするとき、あんな声をだすものなのだろうか。（中略）母なんてもんじゃない、ただの女だ。それも豚みたいな声でなく女なんだ」というように、「汚い」「女」へと暗転するのである。このような太郎の母の二面性（あくまで太郎に即した見方ではあるが）もまた〈二重性〉モチーフに類したものとして指摘できる。

以上、四点にわたり本作の〈二重性〉モチーフについて指摘してきた。これらは太郎や太郎の母にまつわる個別的なものであるが、実のところ、本作は全体の構造自体が二重化されている。梗概に示したように、本作では太郎の行動の意味をめぐり、周囲の大人たちの解釈と太郎の内面の真実が大きく食い違う。一読明らかなことであるが、プロットとしては前者が後者によってひとつひとつ覆されていくように構成されており、その点が作品の大きな興味となっている。前掲須田論は「太郎の死は、「母親に首を締められて殺された」「ショック」から「禁止に抵抗」し「無意識に破壊を試み」た結果、と教諭や警官等には映るだろう」と述べている。周囲の大人たちの解釈と太郎の真実は、太郎の死によって平行線のまま永久に交わることなく終わるのである。このように本作からは全体の構造としても〈二重性〉を抽出することができる。したがって、さきに見た〈二重性〉モチーフを踏まえると、本作では作品全体の二重構造と照応するように、作品各所に〈二重性〉モチーフが鏤められていると見ることができる。このような構成法、すなわち〈二重性〉の入れ子構造は、すでに本書第二章では「魔都」（『新青年』昭12・10〜昭13・10）、同第三章では「鶴鍋」（『オール読物』昭22・7）、同第四章では「予言」（『苦楽』昭22・8）においてそれぞれ指摘したところである。本作もまた十蘭の作品構成法のひとつの典型を示す作品であるといえよう。

2 第二回世界短編小説コンクール「母子像」受賞をめぐる問題提起について

前節で考察したように「母子像」はその構成手法の典型性という点からも十蘭の代表作と呼ぶに足る。しかし、本作はまずもって世界短編小説コンクール一等受賞作という経歴が二つ名のように付いて回る作品である。近年の例を挙げれば、十蘭の諸短編を収録した『湖畔・ハムレット——久生十蘭作品集』（講談社文芸文庫、平17・8）、『久生十蘭短編選』（岩波文庫、平21・5）のいずれにおいても、カバーの惹句に収録作を代表するものとしてまず記されているのは、本作のタイトルおよびその受賞歴である。このように本作とその受賞歴は深く結びついている。以下では、本作と第二回世界短編小説コンクールをめぐる問題に考察の焦点を移したい。

本稿冒頭で述べたように、第二回世界短編小説コンクールでの「母子像」一等受賞をめぐっては、その授賞過程において作品内容の大幅な改変が行われた可能性があるという示唆がなされてきた。川崎賢子『蘭の季節』（深夜叢書社、平5・10）によれば、この問題が最初に示唆されたのは『新青年』

研究会での江口雄輔による例会発表（平4・12）である。その報告内容は江口雄輔『久生十蘭』（白水社、平6・1）において江口自身によって改めて述べられている。江口の報告を受けて、川崎賢子は次のように述べている。

近年、江口雄輔は十蘭「母子像」の英訳版テキスト、仏訳版テキストを検討し、あらたな指摘をしている。英語版テキストからは、サイパンの集団自決のおりに母が少年を絞め殺すのにつかった麻縄に石鹸がぬりつけてあったうんぬんという残酷シーン、朝鮮から輸送機で着く男たちあてに母が売春していることを少年がベッドの下にひそんでたしかめるシーン、が削除され、仏訳版テキストではここからさらに、少年がこの世に母のように美しい人がいるものだろうか、と近親相姦的思慕をいだく箇所が削除されている（中略）母が子の首をしめる集団自決の残虐も、朝鮮戦争に参加した兵士に売春する日本の母（あるいは日本の母を買春する米兵）、といったモチーフも、アクチュアルに国際的なタブーに抵触することがらだった。聖なる母への性的な思慕というモチーフもまた、〈国際的常識〉どころではなく、これをタブー視する宗教的伝統は現在に生きていた。戦勝国アメリカの、共和党系紙へラルド・トリビューンは、敗戦国イタリアの共産党系紙の短編小説コンクールへの参加を、拒否してもいる。

（『蘭の季節』前掲）

ここから読み取りうるのは、江口によって報告された「母子像」日本語原文と英訳および仏訳テクスト間に存在する異同が、何らかの政治的影響を受けて「削除」されたものではないかということである。そのことは「アクチュアルな国際的タブー」、「戦勝国アメリカ」、「共和党系紙ヘラルド・トリビューン」が「敗戦国イタリアの共産党系紙の短編小説コンクールへの参加を拒否したこと」という列挙によくあらわれている。ここでとりわけ問題となるのは、英訳版テクストでの改変であろう。後述するように、第二回世界短編小説コンクールで選考の対象となったのは吉田健一による英訳テクストであった。つまり英訳テクストにおける改変の内実は「母子像」の第二回世界短編小説コンクール一等受賞という事実において重要な意味を持っている。

では、川崎の示唆する政治的影響とは何を指すものであろうか。上記の列挙のうち最も具体的な事例として挙げられているものは「戦勝国アメリカの、共和党系紙ヘラルド・トリビューンは、敗戦国イタリアの共産党系紙の短編小説コンクールへの参加を、拒否してもいる」という箇所であるが、この記述はわれわれにただちにマッカーシズム[3]を想起させる。以下、マッカーシズムの概要を述べる。

第二次世界大戦後の米ソ対立激化（冷戦）にともなってアメリカでは反共産主義的風潮が再び顕在化し、ソヴィエトに譲歩しているとみられた民主党は議会選挙で共和党に大敗する（一九四六年十一月）。これを受け民主党トルーマン政権は共産勢力に対抗する措置として、対外的にはトルーマンドクトリン（一九四七年三月）を発表し、国内では忠誠審査令（同年同月）を宣布する。しかしマッカーシー上院議員がその代表的人物であるが、共和党はリベラルな傾向のある民主党に対する攻撃の手を緩めず、共産主義に対し、より強硬な姿勢を示す。この時期に生じた中国の共産主義化（一九四九年夏）、ソヴィエトの原爆実験成功（同年八月）、朝鮮戦争の勃発（一九五〇年六月）は共和党の追い風となり、共和党アイゼンハワー政権が誕生する（一九五二年十一月）。マッカーシーは一九五四年冬に失脚するが、マッカーシズムはその後も影響力を保ち続けた。このような過程の中で、アメリカの反共産主義的風潮は全国的な集団ヒステリーの様相を呈し、多くの人々が共産主義との関わりを理由に職を追われた。その最盛期は一九五〇年代前半とみられるが、この時期は第二回（1953-1954 年度）世界短編小説コンクールが行われた時期と一致する。

川崎が指摘する「共産党系紙の短編小説コンクールへの参加」拒否に関わる記述は、第二回同コンクール応募作品の多くを収録した*World Prize Stories ;Second Series*（Odhams Press Limited, London. 1956）〔以下「*WPS II*」と表記〕[4]の序文に見出せる。この序文では、イタリアからの参加媒体が親共産主義的と判明したため、共和党系主要紙としての立場上、この参加媒体との協働を拒否した経緯が述べられている。またこの参加媒体を親共的としたことには、反共を主導する党（つまり共和党）幹部の圧力があったことも示唆されている[5]。以上のことから、マッカーシズムと称される当時のアメリカの政治・社会的情勢が作品募集の過程へ影響を及ぼしたことは確実である。しかし、その影響は作品募集の過程のみならず作品内容の改変にまで及んでいたのだろうか。このことについては、いくつかの反証を挙げることができる。

たとえば*New York Herald Tribune*紙は、共和党系主要紙でありながら、一度だけとはいえマッカーシーに批判的な社説を掲載するなど、マッカーシズムに身を委ねきっていたわけでなかった[6]。さらに世界短編小説コンクールというイベントは当時のユネスコの事務局長ハイメ・トーレス・ボデー（Jaime Torres Bodet）から公式に賛同の意を示されたことなどからも、[7] ヒステリカルな反共的愛国主義とは一線を画するものだったと考えられる。また日本から第二回同コンクールに応募した他の三作品に目を転じると、[8] これらのうち石川達三「二十八歳の魔女」は明確に冷戦構造批判をモチーフとした作品であるが、そのモチーフに関わる箇所について日本語原文と英訳テクストの間には内容上の改変が見られない。[9] このことも上記の疑問を補強するものである。

では、ここでさらに仮定をすすめて、従来指摘されていた「母子像」の日英テクスト間の異同がマッカーシズムと想定される政治的影響によるものではなかったとするならば、それはどのような要因によるものなのか、という疑問が生じる。本稿ではこの疑問についても解答を与えたい。以上の問題設定を簡略に箇条書きしておくと以下のようになる。

1．第二回世界短編小説コンクールにおけるマッカーシズムと想定される政治的影響は、個々の作品内容の改変にいたるほどのものであったのか、あるいはより軽微なものであったのか。

2．仮にマッカーシズムと想定される政治的影響が軽微なものであったとするならば、「母子像」の日本語原文と英訳に存在する異同はどのような要因によって生じたのか。

以下では、まず問題の背景を探るため、第二回世界短編小説コンクールという賞の性質について、および同コンクールに日本から参加するに至った経緯について概観する。その上で第二回世界短編小説コンクールに日本から参加した四作品のうち、[10] 現時点において日本語原文と英訳テクストの双方を入手することのできる三作品それぞれの日英テクストの比較考察を行う。そしてそこで得られた結論にもとづき、上に掲げた問題について論を展開したい。

3　世界短編小説コンクールについて

世界短編小説コンクールについての情報は少ないが、前述の*WPS II*序文および第一回同コンクール応募作品を収録した*World Prize Stories*（Odhams Press Limited,London,1952）〔以下「*WPS*」と表記〕序文から、その成り立ちや目的等についておおよそを知ることができる。

序文の署名はいずれもC. Patrick Thompsonとなっており、この人物は、一九五〇年春に[11]パリで[12]*New York Herald Tribune European Edition*（稿者注：*Paris Herald Tribune*紙）の編集長Geoffrey Parsons, Jr.と自分が世界短編小説コンクールという企画を立ち上げたと述べている。[13] C. Patrick Thompsonは自らを、*WPS*の序文では「ニューヨーク・ヘラルド・トリビューン新聞グループで海外部局責任者として働いている、作家、編集者、旅行家」と述べ、[14] *WPS II*の序文では「ニューヨークの新聞グループ海外支局の設立者かつ責任者[15]」と述べている。ここでまず指摘できるのは、世界短編小説コンクールというイベントが、マッカーシズムに揺れる本国アメリカとは一定の距離を保ちうる人々によって企画されたということである。

実施回数について述べると、世界短編小説コンクールと題された文学賞が実施されたのは確認できる限り二回のみである。第一回は「1950-51年度」として実施された。[16] 第二回は前述のように「1953-1954年度」の実施である。第三回も予定されていたが頓挫したものと思われる。[17] 主催者側の呼称は「World Prize」[18]、「World Prize Stories」[19] など一定しない。

参加国について述べると、第一回世界短編小説コンクールへの参加国は、アメリカ・イギリス・セイロン・南アフリカ・オーストラリア・ニュージーランド・フィリピン・インド・アイルランド・イスラエル・フィンランド・デンマーク・スウェーデン・ノルウェー・オーストリア・ポルトガル・スイス・ドイツ・フランス・オランダ・ベルギー・ギリシア・トルコの二十三箇国である。[20] ただし第一回では、主催者がアメリカの媒体であること、アメリカの短編小説が質量ともに他国から抜きん出ていることを理由に、アメリカからの参加作品は授賞対象外とされた。[21] 同第二回は、オーストラリア・ベルギー領コンゴ・フィンランド・フラマン語圏ベルギー・フランス語圏ベルギー・フランス・ギリシア・アイスランド・インド・イスラエル・ジャマイカ・日本・フランス領マダガスカル・ニュージーランド・イギリス・アメリカ・ヴェトナムの十七の国と地域[22] である。

世界短編小説コンクールの創設理念が異文化間の相互理解の促進にあることは、前述したいずれの序文においても述べられており、この点については*WPS II*の序文でより強調されている。[23]

賞金額はいずれも五千米ドル。[24] 受賞作の選出方法は公平な受賞作選出を企図し、主催者が審査員を指定するのではなく、各国の参加媒体がそれぞれ自国の審査員を選出し、その各国の審査員の投票によって受賞作を決めるという方式が採られた。[25] ここでいわれている「公平な」とは、特定の文化的価値観あるいは特定の小説理念からのみ作品が評価されるという事態を防ぐということであった。[26] 受賞作発表後の国内評として、久生十蘭「母子像」が一等を受賞したことを指して「大衆小説家が純文学の作家をしのいだというのは、妙なものだね」（本多顕彰「小説案内」『毎日新聞』朝刊、昭30・7・26）という意見も見られたが、主催者側の選考方針から見れば、そのような区分こそが排されるべきものだったということになる。

第二回受賞作が発表された日時については、『読売新聞』（朝刊、昭30・5・15）に「ニューヨーク・ヘラルド・トリビューン紙主催の第二回短編小説コンクール（一九五三―五四年度）の結果が十四日発表された」とある。しかし、*New York Herald Tribune*紙面、およびそのヨーロッパ版である*New York Herald Tribune European Edition*（*Paris Herald Tribune*）紙面について、それぞれ一九五五年五月分のすべてを調査したところ、同コンクールに関する記事を発見することはできなかった。

調査しえた限りで述べると、*New York Herald Tribune*紙上に世界短編小説コンクール関連記事が現れるのは、同紙一九五〇年四月十六日付掲載のJohn K. Hutchensによるコラム"*On the Books On an Author*"内においてである。同コラム内の「One Short Story: $5,000」と題された短文では第一回同コンクールの概要が述べられている。この記事で興味深いのはコンクールの主催者について「SPONSORED by the European Edition of the New York Herald Tribune」と明確に述べられている点である。この点についてはWPSおよび*WPS II*序文には記述されていない。前掲『読売新聞』紙面に「ニューヨーク・ヘラルド・トリビューン紙主催の第二回短編小説コンクール」とあるように、従来「母子像」が一等を受賞した第二回世界短編小説コンクールの主催者は*New York Herald Tribune*紙であると考えられてきた。しかし、第一回の主催者が*New York Herald Tribune*紙そのものではなく、そのヨーロッパ版である*New York Herald Tribune European Edition*であったという事実は、第二回の主催者も後者であった可能性を示唆している。当時の*New York Herald Tribune European Edition*紙面のさらなる調査が必要であるが、本稿ではひとまずその可能性を指摘するに留めたい。なお「One Short Story: $5,000」には、賞金額について「一等が5000米ドル、その他賞金とボーナスの合計20000米ドル」と述べられており、この記述にしたがえば第一回の賞金総額は二万五千米ドルだったことになる。またコンクールの目的についても、「諸外国で短編小説を振興するため」とあり、そのため「アメリカ人の書いた作品は5000米ドルの一等受賞資格はない」とある。

4　日本からの参加経緯

すでに前掲須田論による指摘があるように、第二回世界短編小説コンクールには日本から「母子像」を含め四作品が応募した。久生十蘭「母子像」、石川達三「二十八歳の魔女」、井上靖「二十年前の恩人」、永井龍男「小美術館で」の四作品である。また同様に前掲須田論による指摘があるが、『読売新聞』（朝刊、昭29・3・21）紙面からは、日本からの参加権は読売新聞が独占し、同紙が文芸家協会と日本ペンクラブに協力を求めた結果、両団体の代表者からなる委員会が設けられ日本からの参加作者が選出されたこと、文芸家協会と日本ペンクラブから選出された委員は伊藤整、高見順、石川達三、豊島与志雄、亀井勝一郎、阿部知二の六名であること、この委員会が同コンクールの全作品の審査に当たること、同委員会が推薦した上記の四作家に同紙が作品を依頼したこと、同紙が第二回世界短編小説コンクールへの参加を日本文学の海外進出に絶好の機会であると謳っていること、応募作品は昭和二十八年の夏に*New York Herald Tribune*紙に送付されたこと、などがわかる。久生十蘭「母子像」の一等受賞は『読売新聞』（朝刊、昭30・5・15）紙面において報じられた。また、「母子像」の一等受賞後に明らかになったように、日本からの参加作品の英訳者は吉田健一であった[27]。『読売新聞』（朝刊、昭29・3・21）紙面には、参加国は「アメリカ、イギリス、フランス、ドイツ、インド、スイス、オーストリアなど二十三ヵ国」とあるが、前述のようにこれは第一回世界短編小説コンクールの参加国であり、この時点では第二回世界短編小説コンクールについて日本側に正確な情報が伝わっていないことを示している。

5　久生十蘭「母子像」（英題：*Mother and Son*）

ここからは、久生十蘭「母子像」の日本語原文と英訳テクスト間に存在する異同について、テクストに即した具体的な分析に入りたい。

まず「母子像」の書誌について述べる。日本語原文テクストについては本稿冒頭で述べたため省略する。英訳テクストの書誌について述べると、管見の限り「母子像」の英訳テクストは三点存在する。すなわち、函館市文学館所蔵のタイプ原稿コピー、*Japan News*（昭30・6・5〜6）掲載版[28]、および*WPS II*所収版である。タイプ原稿版は新資料であり、ここで詳述しておきたい。

このタイプ原稿のコピーには二枚のメモ用紙が付けられている。一枚目には「昭和30年」「「母子像」の翻訳」「＊ニユーヨーク・ヘラルド・トリビューン紙より.」と三段に分かち書きされており、二枚目には「トリビューン紙のコピーです（拡大）／電報・手紙はスクラップの台紙からはがれませんので、そのまま／台紙ごと切り取りました. ／適当にお使いください。」と書かれている。いずれもボールペン様のものによる肉筆である。それぞれやや字体が異なるようにも見えるが、少なくとも二枚目のメモは、この原稿を含む多数の久生十蘭関連資料を函館市文学館に寄贈した阿部幸子（久生十蘭夫人）によるものと思われる。上に記した二枚のメモ用紙からは、このタイプ原稿が*New York Herald Tribune*紙に掲載されたものとも受け取れる。しかし、前述のように*New York Herald Tribune*紙面およびその*European Edition*紙面について、それぞれ一九五五年五月分のすべてを調査したところ「母子像」英訳テクストを含め第二回世界短編小説コンクールに関する記事を発見することはできなかった。また、このタイプ原稿コピーそのものに、紙面に掲載されたことをうかがわせる情報（掲載誌名や日付等）は記されていない。これはむしろ校正原稿を思わせるものである。タイプ原稿版／*Japan News*版の異同と、タイプ原稿版／*WPS II*版の異同を対照すると、前者ではほぼ異同がないのに対し、後者では相当数の異同が認められる[29]。ただし、いずれの異同も文法上あるいは綴り誤りの修正、または明らかな誤植など、軽微なものである。異同箇所数の相違に加え手がかりとなるのは、たとえばタイプ原稿版での「One of my colleagues caught his there and cautioned him.」という単純な文法上の誤りが、*Japan News*版では「One of my colleagues caught him there and cautioned him.」と改められている点である。この修正は*WPS II*版でも踏襲されている。以上を総合すると、この三つの版の成立に関する時系列は、タイプ原稿版→*Japan News*版→*WPS II*版となろう。したがって、タイプ原稿版は*New York Herald Tribune*紙ではなく、*Japan News*紙に掲載されたテクストの原稿ではないかと考えられる。

英訳テクスト全体の書誌に戻ると、いずれの版においても「母子像」の英題は*Mother and Son*となっている。タイプ原稿版および*WPS II*版に訳者に関する情報は掲載されていない。しかし、これらの版と吉田健一による英訳であることが明記されている*Japan News*版との異同は、前述のように軽微なものであり、タイプ原稿版および*WPS II*版が異なる訳者によるものとは認められない。以上が久生十蘭「母子像」の日本語原文および英訳テクストに関する書誌である。本稿では以下の分析において*WPS II*版を用いる。「母子像」を除く日本からの参加作品英訳テクストは*WPS II*所収テクストのみが利用可能であり、比較参照する必要を考慮すると、*WPS II*版「母子像」英訳を用いるのが最適と考えるからである。

以下、本稿冒頭で述べた江口および川崎の指摘を念頭に、「母子像」日本語原文テクストと英訳テクストの比較検討を進める。なお、それぞれの本文引用中の網掛けは両テクスト間に内容上の異同が認められる箇所を示す。「(上)」、「(中)」、「(下)」および段数は「母子像」日本語原文初出の『読売新聞』により、英文に付したページ数は*WPS II*のページ数を示す。便宜上それぞれの分析箇所に番号を付した。「↓」以下が江口らの指摘にそれぞれ対応する箇所、英訳文に付した「( )」内の文は稿者による英訳文からの重訳である。

・「朝鮮動乱を暗示する箇所」(江口雄輔『久生十蘭』前掲)

↓①「母子像」(上)第七段(『読売新聞』朝刊、昭29・3・26)

こちらの地区では、基地のテント・シティの入口でタクシをとめて待っていて、朝鮮帰りの連中を東京へ送りこむ……ポン引そっくりのことをしていますわ。

対応する英訳の箇所*WPS II*, p.227

In this district, he's stood at the entrance of the camp with a taxi, waiting for soldiers en route for Korea to take them to Tokyo—acting just like a pimp.

(この地区で、彼は朝鮮帰りの兵士たちを東京へ乗せていこうと待ちながら、基地の入口でタクシーをとめて立っていました…ポン引きそっくりのことをしています。)

↓②「母子像」(下)第一～二段(『読売新聞』朝刊、昭29・3・28)

お前は、毎土曜の午後、朝鮮から輸送機で着くひとを、タクシで東京へ連れて行った。アルバイ

トとしては金になるのだろうが、お前の英語が、そんな下劣な仕事に使われているのかと思うと、
先生は情けなくなる

対応する英訳の箇所*WPS II*, p.230

"You took people arriving from Korea to Tokyo every Saturday by taxi," St. John droned on. "It no doubt brought you money, but it makes me sad to think your knowledge of English is put to such low uses."
（「お前は、毎週土曜、朝鮮から着く人たちを、タクシーで東京へ連れて行った」ヨハネは抑揚のない声でいった。「たしかに金になっただろうが、お前の英語の知識がそんな卑しい使い途に向けられていると思うとわたしは悲しくなる」）

「母子像」の原文全体を通じ、朝鮮戦争の暗示と解釈しうる箇所は上記の二箇所のみである。①では、原文「朝鮮帰りの連中」に対し、英訳「soldiers en route for Korea」とあり、朝鮮戦争の暗示という点では英訳がより明示的といえる。一方②では、原文「朝鮮から輸送機で着くひと」に対し、英訳「people arriving from Korea」となっている。ここでは①とは逆に、英訳よりも原文が朝鮮戦争について明示的といえる。ただ②の日英テクストのいずれにおいても「お前の英語」（英訳「your knowledge of English」）という箇所がある。太郎が「朝鮮から輸送機で着くひと」（英訳「people arriving from Korea」）と英語で話しているのであれば、それが朝鮮戦争に従事するアメリカ兵の暗示

と考えることは容易であろう。なお、英訳には原文にない「St. John droned on」という加筆が見られるが、これは作中で「ヨハネ」とあだ名されている教師の堅苦しさを強調するためであろう。したがって政治的影響による改変と見なすことはできない。

・「母親がバーの客とベッドで戯れる場面」（江口雄輔『久生十蘭』前掲）、「母が売春していることを少年がベッドの下にひそんでたしかめるシーン」「朝鮮戦争に参加した兵士に売春する日本の母（あるいは日本の母を買春する米兵）、といったモチーフ」（川崎賢子『蘭の季節』前掲）

↓③「母子像」（下）第二〜四段（『読売新聞』朝刊、昭29・3・28）

「（前略）だがな坊や、おめえが送りこんだやつとおめえのおふくろが、どんなことをしているか、知ってるのか」。太郎がだまっていると、その運転手は、「知らなかったら、教えてやろうか。こんな風にするんだぜ」といって、仲間の一人を抱いて、相手の足に足をからませて、汚ない真似をしてみせた。／太郎は母のフラットへ忍びこんで、ベットの下で腹ばいになって寝ていた。夜遅くなってから、太郎はげっそりと痩せて寄宿舎へ帰ると、臥床の上に倒れて身悶えした。／汚ない、汚ない、汚なすぎる。人間というものは、あれをするとき、あんな声をだすものなのだろうか。サイパンにいるとき、カナカ人の豚小屋が火事になったことがあったが、豚が焼け死ぬときだって、あんなひどい騒ぎはしない。母なんてもんじゃない、ただの女だ。それも豚みたいな声でなく女なんだ。いやだ、いやだ、こんな汚いところに生きていたくない。今夜のうちに死んでしまおう。死にでもするほか、汚ない（ママ）ものを身体から追いだしてやることができない。

対応する英訳の箇所 *WPS II*, p.231

"(…) But do you know, little boy, what your mother does with the men you bring to her?" ／ Taro remained silent, and the driver continued: "If you don't I'll show you." ／ And he called one of the other drivers and showed Taro. ／ Taro came back to his dormitory in St. Joseph's late that night, and falling down on his berth writhed in agony. His mother was no longer his mother. She was just a woman. Taro no longer wanted to live in the world he abruptly and shockingly awakened in. He wanted to die that night.

(「(前略) だがな、知ってるか、坊や、おまえが送りこんだ男どもとおまえの母親がなにをしてるか知ってるのか?」／太郎が黙っていると、その運転手はこう続けた、「知らなかったら、見せてやろうか」。彼は仲間の一人を呼んで、太郎に見せてやった。太郎はその夜遅くに聖ジョセフ学院の寄宿舎へ帰ってくると、臥床の上に倒れて身悶えした。母はもう彼の母ではなかった。ただの女だった。太郎はもはや、突然に、ぞっとするような思いで目覚めた世界で生きていたくはなかった。その夜、彼は死のうと思った。)

英訳において原文の省略・改変が顕著な箇所である。江口・川崎による指摘のとおり、原文では太郎が母親の売春する様子を覗き見る記述があり、太郎の受けたショックがその内面に密着する形で生々しく語られている。一方、英訳では、運転手が太郎に示す卑猥な仕草は曖昧化され、太郎が母親の様子を覗き見たことをしめす明確な記述はない。加えて太郎のショックはより外面的かつ簡潔に語られている。しかし、「だがな坊や、おめえが送りこんだやつとおめえのおふくろが、どんなことをしているか、知ってるのか」（英訳「But do you know, little boy, what your mother does with the men you bring to her?」）によって、太郎の母親の売春が暗示される点において異同はない。太郎が「送りこんだやつ」（英訳「the men you bring to her」）とは、前述した「朝鮮帰りの連中」（英訳「soldiers en route for Korea」）、「朝鮮から輸送機で着くひと」（英訳「people arriving from Korea」）であるが、これらが朝鮮戦争に従事するアメリカ兵を暗示する点で日英テクスト間に異同がない点はすでに確認したところである。つまり、太郎の母親の売春とその相手に関する暗示において、③においても日英テクスト間に異同はないといえる。

・「母親が息子を絞殺しようとしたときの即物的表現」（江口雄輔『久生十蘭』前掲）、「サイパンの集団自決のおりに母が少年を絞め殺すのにつかった麻縄に石鹸がぬりつけてあったうんぬんという残酷シーン」（川崎賢子『蘭の季節』前掲）

↓④「母子像」（中）第一段（『読売新聞』朝刊、昭29・3・27）

教諭はうなずきながらこたえた。／「ご参考になるかどうか知れませんが、こういうことがありました。あれは母の手にかゝって、殺されたことのある子供なんです。麻紐で首を締められて、島北の台地のパンの樹の下で苔色になって死んでいました……それにしても、ほどがあるので、首が瓢箪になるほど締めあげたうえに、三重に巻きつけて、神の力でも解けないように固く駒結びにして、おまけに、滑りがいゝように麻紐にベトベトに石鹸が塗ってあるんですね……むやみに腹がたって、なんとかして助けようじゃないかということになって、アダムスと二人で二時間近くも人工呼吸をやって、いくらか息が通うようになってから、ジープで野戦病院へ連れて行きました（後略）[30]」

対応する英訳 *WPS II*, p.227

The teacher nodded sadly: "I am not sure that this is what you mean, but that boy had the experience of being killed by his mother. He was strangled with a rope and laid under a bread-tree in the Shimakita plateau. The rope was wound three times around his neck and tied with a knot almost impossible to untie. The rope was covered with soap to make it slide easily. It was all deliberate and determined. It made us very angry, Adams and I, although of course we understood the real motive. It took us a long time to revive the boy by artificial respiration after we found him in the grass. We weren't sure he would live when at last we took him in a jeep to the field hospital（…）"

（教諭は悲しげにうなずいた、「こういうことがおっしゃろうとされていることにあたるのかどうか知れませんが、彼は母親に殺されたことがあるのです。麻紐で首を絞められて島北の台地のパンの樹の下に横たわっていました。紐は首の回りに三重に巻きつけてあって、とてもほどけないような結び目をつくって縛ってありました。滑りやすくするために麻紐には石鹸が塗りつけてありました。じっくりと考えぬいて非常な決意で行われたもののようでした。むろん本当の目的はわかっていたのですが、アダムスとわたしはそれを見てむやみに腹が立ちました。草地であれを見つけてから人工呼吸で蘇生させるのに長い時間がかかりました。やっとのことであれを野戦病院へジープで連れて行った時点では、彼の命が助かるかどうか断言はできませんでした。）

この箇所でも江口による指摘のとおり、原文にある「苔色になって」、「首が瓢箪になるほど」、「固く駒結びにして」といった生々しい具象的な描写が英訳には見られない。しかし、英訳には原文と直接対応する箇所のない「It was all deliberate and determined」が付け加えられている。この加筆の意図は原文が具象的な描写を通して暗示しようとしていた作品内の状況をより抽象的な表現に置き換え、説明的に描き出そうとしたものと考えられる。

以上、江口および川崎の指摘を念頭に「母子像」日英テクスト間の異同について確認した。①②では「朝鮮動乱」の暗示に関わる箇所において日英テクスト間に顕著な異同はなく、③においても太郎の母の売春とアメリカ兵の買春の暗示については異同が見られなかった。一方、③で太郎が母親に示す激しい嫌悪の生々しさ、および④の母親が太郎を絞殺する描写の生々しさについては指摘されているとおり、かなりの異同が見られた。では、この後二者の異同から、本稿が問題にしているマッカーシズムの影響を見てとることができるであろうか。異同が存在する箇所は、いずれも作中における母親と息子の少年の悲惨な関係を示す箇所であり、その悲惨さはアメリカを相手とした戦争の結果もたらされたものであると、読み手によっては判断しうるように、少なくとも原文では描かれている。それゆえ、マッカーシズムの一要素であった過剰な愛国心というものを考慮にいれるならば、原文にある、アジア太平洋戦争の悲惨さを強調するともとれる、ひいてはアメリカに対する敵対心を助長しかねないような生々しい描写は、検閲の結果、削除されたものと考えられなくもない。だが、朝鮮戦争にはアメリカにとって共産主義勢力に対する防衛戦争であったという側面があり、朝鮮戦争に従軍したアメリカ兵の買春行為を暗示させるような箇所はマッカーシズムを支持する政治勢力にとってよりタブーであったと考えられる。しかし、このような箇所に異同がない点はすでに述べたとおりである。

以上のことから「母子像」の日本語原文と英訳テクスト間の異同がマッカーシズムの影響によるという仮説は疑わしいといわざるを得ない。むしろ④において見られたように、原文の具象的表現をより抽象的表現に置き換えるなど、翻訳者が相互の言語・文化的背景の相違に対して考慮をした結果が、原文の省略・改変という形をとって現れていると考えたほうがより妥当なのではないだろうか。そこで次項では、訳者である吉田健一の翻訳観について、本稿に関わる点を中心に概観し、吉田の訳出上の方法論が具体的にどのようなものであったのかについて見ておきたい。

6　吉田健一の翻訳観

吉田健一は自身の翻訳観について各所で述べているが、第二回世界短編小説コンクールが行われた時期と近い年代に発表されたものとして、管見の限り年代順に以下のものがある。「翻訳小説と翻訳者」（『人間』昭25・7）、ワイルド『芸術論——芸術家としての批評家』訳者解説（ワイルド『芸術論』吉田健一訳、要書房、昭26・6）、「東西文学論（四）」（『新潮』昭29・8）、「翻訳論」（『声』昭35・10）。以下、この四者を参照し吉田健一の翻訳観について概観する。

上記の著作中に見られるものとして、吉田の翻訳観を端的に表す言葉としては「翻訳も一種の批評である」（ワイルド『芸術論』訳者解説）、「翻訳は一種の批評である」（「翻訳論」）がもっとも著名であろう。これらの発言のいずれにおいても翻訳は批評行為を伴わずにはいないという吉田健一の翻訳観が直裁に述べられている。しかし吉田健一の訳出上の方法論を想定するというこの項の目的に沿えば、吉田の次のような発言の方がより重要である。

和訳といふことが、例へば英語をフランス語に訳す場合のやうに、一定の順序に並んでゐる言葉を別な、併し字引を引いて見れば直ぐに解る言葉で、然も同じ順序に置き換へるといふことではなく、殆ど原文をその思想的な要素に完全に分解して、これを或る全く別系統に属する言葉で改めて表現することを意味する以上、翻訳それ自体が一つの、創作に近い仕事であることは明かである。

（「翻訳小説と翻訳者」前掲）

ここで強調されているのは、翻訳を異なる言語・文化体系間での営為として捉える限り、本来、翻訳とは原文を「思想的な要素に完全に分解」し再構築することであり、この手続きこそが翻訳を「創作に近い」営為となしているという吉田の認識である。では吉田は、このような翻訳に対する認識すなわち翻訳観を、具体的にはどのような形で実現しようとしていたのだろうか。このことを考える上では次のような発言が参考になる。

翻訳と称して恥づかしくない仕事ならば、岩波文庫の一つ星にも満たない枚数に半年も掛る時、千枚、二千枚のものを二、三ヶ月で仕上げることになれば、問題は凡て何を、どういふことを切り捨てるかにある。（中略）大体、或る文体を別の国語に移すといふのは無理であり、翻訳家の苦心はそれに相当する自国語の文体を作品毎に案出することにあって、その苦心をすることが今日では許されないから、ただ原文の内容をなるべく簡明な言葉で伝へることを目指す他ない。

（「東西文学論（四）」前掲）

先に見たように、翻訳とは異なる言語・文化体系間での営為であり、それゆえ本来的な訳出においては原文を「思想的な要素に分解」し再構築することが要求される、という認識が吉田の翻訳観であった。上記の発言においてこの認識に相当する箇所が「翻訳家の苦心はそれ（稿者注：原文の文体を指す）に相当する自国語の文体を作品毎に案出すること」であることは明らかである。しかしここで注目すべきは、吉田が出版の実情がこれを許さないと自らの苦衷を述べていることであり、その結果、翻訳者が取りうる方法論は「何を、どういふことを切り捨てるか」、「原文の内容をなるべく簡明な言葉で伝へることを目指す」ことである、と述べていることである。吉田が、第二回世界短編小説コンクール応募へ向けて日本作品の英訳を依頼されたのは、読売新聞の記事[31]から推測して、昭和二十八年の春から夏にかけての期間であり、各作家への作品依頼と応募作品が完成するまでの時間を考慮に入れるならば、吉田に与えられた時間はごくわずかなものでしかなかったと考えられる。さらに、同年に出版された吉田健一による翻訳書は、確認できるだけでも八冊[32]あり、この推測はさらに裏付けられる。つまり、吉田が同コンクールへの応募作品を訳出するうえで取りえた訳出上の方法論は、原文の省略・簡略化あるいは「原文の内容をなるべく簡明な言葉」に改変することであったと想定することができよう。

先に見たように「母子像」の日英テクスト間の異同はおおむね原文を省略・簡略化するという特徴において共通している。また、前項④で見られたような、原文の具象的表現をより抽象的表現に置き換える訳出は、「原文の内容をなるべく簡明な言葉」に改変することにあたるものと考えられる。

以上のように、吉田が取りえた訳出上の方法論の特徴と「母子像」の分析を通じて得られた日英間テクストの異同の特徴が一致するということから、「母子像」の日英テクスト間の異同は政治的理由によるものではなく、訳者吉田健一の訳出上の方法論によるものであった可能性が高い。この点をより確実に検証するため、次節以降では、*WPS II*において英訳テクストを確認できる石川達三「二十八歳の魔女」および永井龍男「小美術館で」の日英テクストを比較分析しておきたい。

7 石川達三「二十八歳の魔女」（英題：*A Witch*）

石川達三「二十八歳の魔女」の分析に移る。日本語原文の引用はすべて初出により、英訳文については、*WPS II*によった。

・「二十八歳の魔女」（『新潮』昭30・8、四四頁）

血を売つて来たんだ。をかしいぢやないか。俺の、真黒に汚れた、腐つたやうな血を、知らないもんだから、アメリカの病院が千円で買つたよ。いまごろは、朝鮮から帰つてきた負傷兵の腹のなかを、俺の血が走りまはつてゐるだらうよ

対応する英訳の箇所*WPS II*, p.215

I sold my blood. At that American hospital they did not know that my blood is poor stuff, and they bought it for a thousand *yen*. My blood must be circulating in the body of a poor soldier from Korea now.

（俺は血を売ったよ。あのアメリカの病院では、俺の血がひどい代物だなんて知らないもんだから、千円で買ったよ。今頃は、朝鮮から帰ってきた哀れな兵士のからだの中で走り回っているだろうよ）

原文の「真黒に汚れた、腐つたやうな」という比喩を用いた箇所が、英訳では単に「poor stuff」（ひどい代物）となっている。また、朝鮮戦争についても触れられているが、同箇所に異同は存在しない。

・「二十八歳の魔女」（『新潮』昭30・8、四五頁）

彼女は常識に縛られないと同時に、あるひは義理も道徳も貞操も、さういふ人間生活を拘束するすべての垣根から、自由自在に流れ出してゆく液体のやうな女であつたかも知れない。

対応する英訳の箇所 *WPS II*, p.216

But Masa Kurino was a girl who could easily overstep the bounds of common sense, and ignore such restrictions on conduct as the sense of obligation, morality and chastity.

（しかし、栗野マサは、容易に常識の境界を踏み越え、義理や道徳や貞操といった品行上の拘束を無視することのできる女だった。）

原文にある「自由自在に流れ出してゆく液体のやうな」という比喩が英訳では省略されている。

・「二十八歳の魔女」（『新潮』昭30・8、四五頁）
彼女はまたいつか必ず、あの液体のやうな不思議な自由さと柔軟さとをもつて、私の手から流れ去るにきまつてゐるのだ。
対応する英訳の箇所 *WPS II*, p.216
Some day or other she would surely flow out from my hand like a liquid.
（彼女はいつの日か必ず私の手から液体のように流れ去るだろう。）

原文にある「不思議な自由さと柔軟さとをもつて」という箇所が英訳では省略されている。石川達三「二十八歳の魔女」についていえば、久生十蘭「母子像」において見られたような異同箇所の数は相対的に少ない。しかし、原文の省略・簡略化あるいは原文の表現をより抽象的な表現に改変するという異同の特徴は、「母子像」のそれと一致している。またそれぞれの箇所に政治的な影響を看取することはできない。

8 永井龍男「小美術館で」（英題：*In A Small Art Gallery*）

続いて永井龍男「小美術館で」の分析に移る。初出については前項と同様である。

・「小美術館で」(『新潮』昭30・8、六〇頁)

「けふは、暑くなりさうね。お昼過ぎに、もう一度、氷をたのんでおきませうよ」／とか、／「この箒の、掃きにくいといつたら。……。水野さん、すつかり癖をつけてしまつて」／とか、／「昨日は、あれからどうして？」

対応する英訳の箇所 *WPS II*, p.222

"It's hot today. Don't you think it would be a good thing to get some more ice in the afternoon?"／or:／"And what did you do yesterday after we parted?"

(「今日は暑いわね。お昼過ぎには、もう少し氷を取り寄せて置いたほうがよくないかしら」／とか／「昨日はお別れしたあとどうなさったの？」)

原文にある「「この箒の、掃きにくいといったら……。水野さん、すっかり癖をつけてしまって」」という箇所が英訳では省略されている。

・「小美術館で」(『新潮』昭30・8、六二～六三頁)

その二つを、水野さんは確かめたいのだが、埴輪の可愛い女は、昨日も今日も、謎めいた微笑を一向に変へはしない。／ジェントルマンさんと二人切りで、けさ初めて、水野さんは逢つた。美術館へ絵を見に来て、喫茶室の客になつたのは、三月ほど前だが、それ以来ジェントルマンさんは、一週に二度も三度も、もの静かに喫茶室の椅子へ腰を下すやうになつた。／そして四五日前に、水野さんは求婚された。／（…）／「どうしたの、鸚鵡さん」／水野さんは、そんなささやきを残して、露台の手擦りへ行き、池の面を見下ろした。／その時、すぐそこの柳の枝から、蟬が飛び立つた。／蒼空の光りで、眼を射られたかのやうに、一度は池の面へ落ちさうに見えた若い蟬は、あやふく蓮の広葉の上に、身をのせた。／おそらく、永い地中の生活なぞは、その一瞬に忘れて、胸にこみ上げてくる歌を、蟬はもうすぐ歌ひ出すに違ひない。／しかし、水野さんは蟬に気をとられたのではなかつた。／池の対岸の、小暗い杉木立の裾を縫ふやうに、黄色な蝶が舞つてゐる。その蝶を見詰めてゐるうちに、もしかすると、埴輪の女のうつろな眼の中から、あの蝶は生れ出たのではあるまいかと、奇妙なことを考へてゐた…。」

対応する英訳の箇所*WPS II*, p.224

This is what Mrs. Mizuno would like to know, but the red terracotta woman only continues to smile. Soon, Mrs. Mizuno will have to go downstairs to the tea room.

（これが水野さんの知りたがっていたことだったろう、けれども赤い陶器の女はほほえみ続けているだけである。まもなく水野さんは階下の喫茶室へと降りねばならなくなるだろう。）

原文の「ジェントルマンさんと二人切りで、けさ初めて、水野さんは逢つた。」から作品末尾までがすべて英訳では省略され、「Soon, Mrs. Mizuno will have to go downstairs to the tea room.」の一行に置き換えられている。英訳で省略されている日本語原文は約千二百字にわたる箇所であり、上記の引用では中略して示したが、それでも原文の大幅な省略が行われた上で訳出が行われたことをはっきりと見て取れる。

以上のように、永井龍男「小美術館で」においても、原文の省略・簡略化という訳出上の特徴を確認することができた。本稿のここまでの分析を通して、「母子像」の日英テクスト間の異同が、訳者吉田健一の訳出上の方法論によるものであったことは明らかであるといえよう。

むすび

本稿では、主として久生十蘭「母子像」が第二回世界短編小説コンクールで一等を受賞した際のマッカーシズムの影響の度合い、および「母子像」日本語原文テクストと英訳テクスト間の内容上の異同が生じた要因について考察してきた。前節までの検討により、異同の要因は吉田健一の訳出上の方法論によるものであり、このことおよびマッカーシズムにとってタブーであるべき原文の記述が省略されずに英訳されていることから、同コンクールにおけるマッカーシズムの影響は限定的であり、個々の作品内容の検閲にまで及ぶものではなかったと結論づけることができる。

また、本稿では本書全体の課題に即し、「母子像」における〈二重性〉モチーフの検討も行った。しかし、従来、本作は第二回世界短編小説コンクール一等受賞作として言及されることが多かった。しかし、

〈二重性〉モチーフの多重構造という技巧上の典型性においてもまた、本作は十蘭の代表作にふさわしいといえる。

蛇足ではあるが、吉田健一が第二回世界短編小説コンクール応募作品を英訳する上で原文の省略・簡略化という方法論を採用していたことは、「母子像」の受賞において吉田の役割が高く評価されてきただけに興味深い[33]。しかし、本稿の目的とは異なるため、ここではこれ以上触れないものとする。

〈注〉

（1） *World Prize Stories; Second Series*, Odhams Press Limited, London, 1956〔以下「*WPS II*」と表記〕。同賞の日本側の呼称は、管見の限り、時代順に「世界短編小説賞コンクール」（『読売新聞』朝刊、昭29・3・21）、「短篇小説コンクール世界賞」（『読売新聞』朝刊、昭30・5・28）、「短編小説コンクール・世界賞」（『読売新聞』朝刊、昭30・6・4）、「短編小説世界コンクール」（『読売新聞』夕刊、昭30・7・19）などというように一定しないが、採用数の多さから本稿では「世界短編小説コンクール」という呼称を用いる。

（2） なお近年「母子像」草稿および別稿「美しい母」草稿が神奈川近代文学館吉田健一文庫より発見・公表されている。翻刻紹介は『神奈川近代文学館年報 2017年（平成29年）度』（神奈川県立神奈川近代文学館・公益財団法人神奈川文学振興会、平30・8）。いずれも断片的なものであり、「母子像」草稿に大きな異同はなく、「美しい母」については別作品の趣を呈しているため、本稿では検討の対象としない。

（3）本稿におけるマッカーシズムに関する記述は、主に以下の参考文献によった。*The Age of McCarthyism :A brief History with Documents* (Ellen Schrecker, Bedford/St Martins,1994), *McCarthyism, the great American Red scare: a documentary history* (edited by Alfred Freid, Oxford University Press, 1997), *Many are the crimes : McCarthyism in America* (Ellen Schrecker, Little,Brown And Company, 1998), *Historical dictionary of the Cold War* (Joseph Smith and Simon Davis, Scarecrow Press, 2000).

（4）同書の存在については江口雄輔『久生十蘭』（前掲）に教示を得た。

（5）当該箇所の原文および拙訳は以下の通りである。

It was not until this group of papers, coalesced around a Milan evening-paper core, made its public announcement that we discovered, through a loud cry of anger and agony coming into the *New York Herald Tribune's* Rome Bureau from the secretary of the leading anti-communist party, that the "independent" brand was a cover for a pro-communist editorial policy. *The Herald Tribune*, as the chief U.S. Republican Party paper, could not be associated publicly with a pro-communist paper（…）(*WPS II*)

（ミラノの夕刊紙を核として集まったこの新聞グループが公の声明を出し、ニューヨーク・ヘラルド・トリビューン紙のローマ支局へ反共を主導する党の幹部から怒りと苦悶にみちたわめき声が飛び込んできて、ようやくわれわれは「独立系」というブランドがその親共産主義的編集方針をかくすためのものであったと悟った。ヘラルド・トリビューンは共和党系主要紙であり、親共産主義的新聞と公に協働することはできなかった〈後略〉)。

(6) *Joe McCARTHY and the Press*, Edwin R. Barely, The University of Wisconsin Press, 1981

(7) *WPS II*

(8) 「母子像」を除いた他の三作品は、石川達三「二十八歳の魔女」(『新潮』昭30・8)、井上靖「二十年前の恩人」(『読売新聞』朝刊、昭29・4・8〜10。のち「昔の恩人」と改題のうえ、他の三作品とともに〈世界短篇小説コンクール参加作品〉として『新潮』〈昭30・8〉に掲載。『井上靖全集 第四巻』〈新潮社、平7・8〉にも「昔の恩人」という題で収録)、永井龍男「小美術館で」(『新潮』昭30・8)である。なお*WPS II*に英訳が収録されているのは「母子像」、「二十八歳の魔女」、「小美術館で」の三作品であり、「二十年前の恩人」は未収録である。

(9) 石川達三「二十八歳の魔女」(前掲)には、「国際間の紛争が、米ソ両国間のあつれきが、この女の心を悪魔にしてしまつたのだ。私は椅子から立ちあがつた。この女を許して置いては、人間の愛情といふものを信ずることが出来なくなるのだ」(網掛けは稿者による。以下同)とあり、網掛け部からは冷戦構造が人間性を破壊するという冷戦構造批判のモチーフが読み取れる。この箇所の英訳文は次の通りである。「International trouble, the friction between the Soviets and America, had made a devil out of this girl. I rose from the chair. If I forgave her, there could be no faith in human affection.」(英訳引用は*WPS II*による)。英訳文を訳出すると「国際間の紛争が、ソヴィエトとアメリカの間のあつれきが、この女から悪魔を造りだしてしまったのだ。私は椅子から立ちあがった。もし私が彼女を許してしまえば、人間の愛情において信頼というものは有りえなくなるのだ」となる。

英訳に際し、内容上の改変がないことは明らかである。

（10）なお江口雄輔『久生十蘭』（前掲）は「母子像」が"*Mère et Fils*"の仏題で*Les 54 meilleurs contes du Monde*（Gallimard, Paris, 1956）に収められていることを報告している。これは江口によって英訳テクストの「おそらく重訳」と指摘されている。後述するように、第二回世界短編小説コンクール応募に際し、日本から主催者へ送付された応募作品は吉田健一によって英訳されていた。つまり、選考対象となったのはあくまで英訳テクストと考えられる。本稿の考察の主眼は「母子像」同コンクール一等受賞の過程にあるため、仏訳テクストは考察の対象としない。

（11）*WPS II*

（12）*World Prize Stories*, Odhams Press Limited, London, 1952〔以下「*WPS*」と表記〕。

（13）*WPS*および*WPS II*

（14）*WPS*

（15）*WPS II*

（16）*WPS*

（17）*WPS II*

（18）*WPS*および*WPS II*

（19）*WPS II*

（20）*WPS*。なおここでのドイツは、「スペインとイタリアを除き、鉄のカーテンの西側諸国すべてが参加した」（*WPS*）とあり、西ドイツを指すものと思われる。

（21）同前。

（22）*WPS II*

（23）*WPS*および*WPS II*

（24）同前。

（25）*WPS II*

（26）同前。

（27）『読売新聞』（朝刊、昭30・5・28）、*Japan News*（昭30・6・5）、『新潮』（昭30・7）、『婦人公論』（昭30・7）、『群像』（昭30・9）。

（28）*Japan News*版については川崎賢子「解題」（『定本　久生十蘭全集9』国書刊行会、平23・6）に教示を得た。

（29）以下に主な校異を示す。【タ】はタイプ原稿版、【J】は*Japan News*版、【W】は*WPS II*版を表す。下線は稿者による。

【タ】【J】（…）who had been watching the white miscanthus flowers outside waving in the high wind. →【W】（…）who had been watching the white miscanthus flowers waving in the high wind.

【タ】【J】"Taro Izumi, 16 years and two months,（…）→【W】"Taro Izumi, sixteen years and two months,（…）

【タ】【J】Mother employed by the Nanyo Kohatsu Company,（…）→【W】Mother employed by the Nanyo Kohatsu Co.,（…）

【タ】【J】（…） and Taro Izumi was sent to an eight-grade school （…） → 【W】（…） and Tara Izumi was sent to an eight-grade school （…）

【タ】【J】He chose five of the orphans to send to school at his own expense on condition that they eventually studied theology. → 【W】He chose five of the orphans to send to school at his own expense on condition that they eventually study theology.

【タ】【J】But later she became officially attached to the army, and given sole control of an officers' recreation centre called The Watery Moon. → 【W】But later she became officially attached to the army, and was given sole control of an officers' recreation centre called 'The Watery Moon'.

【タ】【J】On the night of May third, （…） → 【W】On the night of third of May, （…）

【タ】One of my colleagues caught his there and cautioned him. → 【J】【W】One of my colleagues caught him there and cautioned him.

【タ】【J】（…） about 6 o'clock in the morning of the 8th of October, （…） → 【W】（…） about six o'clock in the morning of the eighth of October, （…）

【タ】【J】（…） over 30,000 Japanese civilians committed suicide, （…） → 【W】（…） over thirty thousand Japanese civilians committed suicide, （…）

【タ】"Traveller – go to Lacedaemon and say: "Obedient to the King's command, we sleep here.'" → 【J】"Traveller — go to Lacedaemon and say: 'Obedient to the King's command, we sleep here.'" → 【W】*"Traveller — go to Lacedaemon and say: 'obedient to the King's command, we sleep here.'"*

※右の箇所以降、【W】においてのみ太郎の内言はすべて斜体。

【タ】【J】（…）little groups disappeared like that before his eyes day by day. →【W】（…）little groups disappearing like that before his eyes day by day.

【タ】【J】The policewoman came in and took Taro out to the room used by the plain-clothed men. →【W】The policewoman came in and took Taro out to the room used by the plain-clothes men.

【タ】【J】There were not many customers,（…）→【W】There was not many customers,（…）

【タ】【J】“It no doubt brings you money,（…）→【W】“It no doubt brought you money,（…）

【タ】【J】“You fell into still evil ways,（…）→【W】“You fell into still more evil ways,（…）

（30）「あれは、母親の手にかかって、殺されかけたことのある子供なんです。（中略）苔色になってころがってゐました…。」（『新潮』版および小説文庫『母子像』版、網掛けは初出との異同を示す）。

（31）「本社では日本文学の海外への進出に絶好の機会であるこのコンクールを、全日本的なものにするために昨年春、文芸家協会、日本ペンクラブの協力を求めた。（…）参加作品はすでに昨年の夏ニューヨーク・ヘラルド・トリビューン社に送付してある」（『読売新聞』朝刊、昭29・3・21）。

（32）モンサラット『怒りの海』上・下巻（新潮社、昭28・1）。ただし、同書の訳者解説日付は昭和二十七年十二月となっている。ブドウ・スワニーゼ『叔父スターリン』（ダヴィッド社、昭28・3）。ただし同書「後記」（日付は昭和二十八年一月）には白井泰四郎による下訳が非常に出来の良いもので「寧ろ白井氏の名前で出してはとも考えた」が「出版社との約束もあるので、自分ならばこう書くという程度に、所々文脈を変えてみる位のことを試みたにすぎない」と断り書きされている。デュ・モオリア『林檎の木』（ダヴィッド社、昭28・4）。ヘンリー・ミラー『性の世界』（新潮社、昭28・9）。ブルース・マーシャル『抵抗の戦場』（日本出版協同、昭28・10）。ヘンリー・ミラー『暗い春』（人文書院、昭28・10）。アーノルド・J・トインビー『世界と西欧』（新潮社、昭28・11）。

（33）『読売新聞』（朝刊、昭30・5・28）、『群像』（昭30・9）。後者では荒正人・福永武彦・加藤周一による「創作合評」で、福永武彦が「母子像」原文に対する否定的見解を述べたのち、「これは吉田健一さんが翻訳したのだそうですね。それで吉田さんの翻訳が非常に名訳であつたのだろうと思います」と発言している。

第六章　久生十蘭「湖畔」論
——合理と非合理の「幻想文学」

はじめに

久生十蘭「湖畔」（『文芸』昭12・5）は、失踪した華族「俺」（奥平）が息子に書き置いた手記という形式をとった作品である。「俺」によって語られるのは、愛を求めて得られぬ、猜疑心に満ちた心情の告白に始まり、妻となる陶との出会い、陶の姦通と追放を経て、再会した陶の真の愛情を感得し、ついに二人ともども因習に満ちた実社会から逃れるため失踪するに至るまでの物語である。

「湖畔」は、十蘭の代表作のひとつであるとともに、その改稿癖をあらわす代名詞的作品としてよく知られている。初出以降、『モダン日本』読物シリーズ第一巻探偵スリル集（昭22・10）、『オール読物』（昭27・4）、単行本『うすゆき抄』（文芸春秋新社、昭27・9）と再掲・再録されるごとに手が加えられ、とりわけ「直木賞受賞第一作」として『オール読物』に再掲された際には、「唯〻ひたすらに自己の芸術的意慾の奔るまま、殆ど原型を留めぬまでに推敲」と編集部が付言するように大幅な改稿が施された。

本作については、すでに多くの議論が積み重ねられており、なかでも焦点となってきたのはジャンル帰属の問題である。すなわち、読者がいかなる期待の地平を抱いて読み進めるかによって、恋愛小説／幻想小説／探偵小説といった、ときに相互矛盾する相貌をしめす多面的テクストである点が問題となってきた。そして、この多面性と決定的にかかわる点として、「俺」が再会した陶の生死をいかに考えるかということが問題となってきた。本稿において再考を試みるのもまた、このジャンル帰属の問題である。本稿は「湖畔」がまず何よりも合理と非合理の狭間にある「幻想文学」であることを明らかにし、さらに、その「幻想文学」性がいかなる言説の磁場において成立したものであるかを考察したい。

「湖畔」は十蘭の作品群において比較的初期のものであり、かつ十五年にわたる改稿作業の対象となった作品である。その重要性は明らかであり、本作の分析を通じ、本書の主題である〈霧〉と〈二重性〉のモチーフについても新たな洞察が得られることになるだろう。

以下「湖畔」の本文引用は初出により、引用に際しては変体仮名ならびに漢字を通行の字体に改め、ルビを省略した。また本文引用に付した傍線等は稿者による。

1　合理的な物語／超自然的な物語

まずは本稿の問題意識に沿いながら、「湖畔」をめぐる議論を概観しておきたい。

深澤仁智が指摘するように、「湖畔」は当初「恋愛小説」として論じられ、次第に「幻想小説的側面」が見出されていくという経過を辿った。[1]「恋愛小説」論の嚆矢は澁澤龍彦によるものである。澁澤は十蘭作品の主要モチーフのひとつとして「愛の神秘」を挙げ、「湖畔」にもその「純愛のテーマ」が現れているとした。[2]七〇年代の異端文学ブームを牽引した澁澤による解釈の影響力は、脇坂健介[3]が指摘するように、本作にそれぞれ「堂々たる〈愛のドラマ〉」（清水邦夫[4]）、「四十男の初恋」（須田千里[5]）、「純愛のユートピア」（江口雄輔[6]）をみる各論者に及んでいるといってよいだろう。

一方、つとに都築道夫[7]が「犯罪小説」としての瑕疵であると指摘していた水死体と陶の「虫喰孔」の一致を端緒として、本作の「幻想小説的側面」に光が当てられることとなる。北村薫は、前述の「虫喰孔」の一致が「偶然の一致」[8]ではなく、水死体すなわち陶であるとする。[9]陶は死んでおり、「俺」が再会した陶、そして二人の「愛の生活」は、「精神を病んだことがある」「俺」の「夢想」の産物にほかならない。なお北村は、「俺」ではない作中人物（高木）が死んだはずの陶と遭遇するという、「夢想」説とは矛盾する点について、「彼が実際に《霊としての陶》を見たのかも知れない」と述べている。本作に超自然性を導入するこの示唆は、惟任将彦の「奥平が見た陶とは彼女の霊」であるとする指摘に引き継がれている。[10]一方、小林幹也は本作を「幻想小説」としつつも、その内実を「現実を、悪夢を描くように描いた」点に求め、「俺」が再会した陶はあくまで現実の存在であり、水死体すなわち陶であるとする北村・惟任論を退けている。[11]

小林論に顕著なように、北村論以降、陶の生死の問題は不可避の論点となるが、この点について重要な指摘を行ったのが深澤仁智である。深澤論は、陶が再登場する場面について、初出から単行本にいたる「湖畔」各版を比較検討し、「十蘭が同場面の叙述で腐心しているのは、《ヒロインの生／死をどちらでも取れる》という極めて微妙なバランスを作り上げること」にあったと指摘、陶の生死をめぐる問題を止揚した(12)。さらに近年では阿部真也が、この問題を「『湖畔』をめぐる読みのモード」として捉え、本格探偵小説として読むならば物的証拠に即し陶は死亡したものと読むほかない一方、別の読みのモードをとるならば、再登場した陶を生者とみなすこともできる、と指摘している(13)。

以上のように、「湖畔」のジャンル帰属の問題は陶の生死の問題に接続されつつ論じられてきたといってよい。深澤論以降、陶の生死については決定しがたいとする読みが有力であり、阿部論のほか、脇坂論が「陶の生死は「どちらでも取れる」のではなく、〈どちらにもとることができない〉がために、物語は完成を阻まれている」として、深澤論が強調するテクストの多義性を決定不能性として捉え直している(14)。

本稿もこの趨勢自体に異論はないが、陶の生死の二律背反に焦点があたるあまり、もうひとつの重要な二律背反が見落とされてきたように思われる。それは「湖畔」において構造化されている合理的な物語と超自然的な物語の二律背反である。

再登場した陶を生者であるとした場合、「恋愛小説」論に典型的なように、「俺」の物語は合理的な枠組みにおいて解釈される。一方、陶を死んだものとする場合、再登場した陶について示されていた解釈は、狂気した「俺」の「夢想」（北村）、もしくは「霊」（惟任）というものであり、これらはいずれも「湖畔」の「幻想小説的側面」を照らし出すものとして評価されてきた。しかし、「夢想」が狂気による幻覚としてあくまで合理的な枠組みにとどまる解釈であるのに対し、「霊」は明らかに物語世界に超自然性を導入する解釈であり、その内実は大きく異なっている。この点を踏まえるならば、陶の生死の二律背反から生じる問題は、〈生きている陶の物語〉〈「俺」の「夢想」である陶の物語〉を含む合理的な解釈と〈「霊」である陶の物語〉すなわち超自然的な解釈という二律背反する解釈系の問題として整理し直すことができよう。合理的な解釈と超自然的な解釈の相克を惹起すること。周知のように、これはツヴェタン・トドロフが提唱した「幻想文学」の問題系である。以下では、トドロフの議論を参照しつつ、「湖畔」というテクストを「幻想文学」として定位してみたい。

2 「幻想文学」としての「湖畔」

幻想とは三つの条件が満たされることを要求する。まず第一に、テクストが読者に対し、作中人物の世界を生身の人間の世界であると思わせ、しかも、語られた出来事について、自然な説明をとるか超自然的な説明をとるか、ためらいを抱かせなければならない。第二に、このためらいは、作中の一人物によって感じられていることもある。（中略）最後に、読者がテクストに対して特定の態度をとることが重要である。すなわち、読者が、「詩的」解釈も「寓意的」解釈も、ともに拒むのでなければならない。これら三つの要請は、すべてが等価ではない。第一と第三の要請が、真にジャンルを構成するものであって、第二の要請はかならずしも満たされなくてよい。

トドロフはこのように「幻想」を定義している。[15] なかでも第一と第三の要請が同時に満たされていることが「幻想」の必要十分条件とされる。また、ここで述べられる「読者」とは、「特定の、個別で現実的な読者のことではなく、テクストに暗に包含されている「読者の機能」」、いわばテクストの構造と鏡合わせの理念的な読者である。

以上を踏まえ、「湖畔」が第一と第三の要請を満たしているか簡単に検討しておこう。

まず第一の要請に含まれる二点について。一点目の「作中人物の世界を生身の人間の世界であると思わせ」るテクストであることについては自明といえる。「湖畔」には、「慶応二年」、「廃藩置県後は東京市ケ谷の上屋敷に引移り」、「文久元年幕府の遣欧使節」、「当時日露の風雲は甚だ急迫してこの九月には露国公使ローゼンと小村全権の会見などあり、日露の開戦は最早避けられぬ処と思ツたから」など、枚挙に遑がないほど実在の人名・地名や歴史的事実への言及がみられる。[16] むろん「俺」（奥平）の存在をはじめ多くの虚構が織り込まれてはいるが、実在の固有名詞への言及を多く含んだ語りは、物語世界を読者の生きる現実と地続きの「生身の人間の世界」として提示している。二点目の「ためらい」についても、前節で検討したように、本作が合理的解釈と超自然的な解釈という矛盾する解釈を惹起するテクストであることを確認しておけばひとまずは足りるであろう（のちにテクストに即して再度検討する）。したがって第一の要請は満たされている。

次に第三の要請について。まずトドロフが「詩的」解釈・「寓意的」解釈と述べるところについて触れておく。「詩的」解釈とは、「あるテクストを読むにあたって、一切の表象作用を拒否し、一つ一つの文を純粋に意味論的な組合わせとみな」すことである。「たとえば詩の「私」が空中へ飛び立つと言われていても、それは、あるがままに取るべきひとつづきの語句であって、そうした語の向こうまで行こうとするべきではないのだ」。つまり、「詩的」解釈は、いわば言葉を言葉そのものとして受け取る読み方であって、そこにおいては言葉が表象する「語られた出来事」についての「ためらい」が生じ得ない。

「寓意的」解釈も同様に、超自然的な出来事をそれとしてではなく、何らかの別の意味にとることが含意されている。たとえば、『イソップ物語』(楠山正雄訳、冨山房、昭24・11)の「蟻と螽蟖」では「蟻達」と「螽蟖」が会話する。しかし、テクスト末尾の(「【訓言】将来のために計れ」)によって、読者はその会話を超自然的出来事としてではなく教訓として受容する。このような解釈において「ためらい」が生じ得ないのは明らかである。

以上のように「詩的」解釈も「寓意的」解釈も、第一の要請における「ためらい」を惹起し得ないゆえに拒まれなければならないとされる。では、「湖畔」というテクストが「詩的」解釈もしくは「寓意的」解釈を明示的に誘い出すものであるかといえば、明らかに否であろう。五・七・五のような定まった韻律の備わった定型詩でないことは言うまでもなく、何よりも読者はそこに「あるがままに取るべきひとつづきの語句」ではなく、「俺」によって「語られた出来事」を読み取る。また、『イソップ物語』の例でみたような、超自然的な出来事をある別の意味にとるよう指示する記述も存在しない。したがって第三の要請も満たされている。

ここまで検討してきたように「湖畔」はトドロフが定義する「幻想」の必要十分条件を満たしていると考えてよく、その意味において「幻想文学」として捉えることができる。

ここで改めてテクストに即し、本作の幻想的「ためらい」の機構を確認しておきたい。北村論が指摘したように、まずは水死体と陶の「虫喰孔」の一致から、再登場する陶が生者であるか否かという疑義が生じる。さらに深澤論が指摘するように、陶が「俺」と再会する場面において、この陶が現実の存在であるのか、「俺」の幻覚であるのか、語りに揺らぎが生じている。

林の少し奥の方で、ピシツと枝の折れるやうな音がしたので、フト顔を挙げて見ると、林の奥の夕闇の中に、両袖を胸の上で引き合せ、ほの〴〵と顔を白ろませてボンヤリと陶が立ツて居ツた。／俺は木の幹に獅嚙ついて思はず息をひいた。俺は悲しみの為にとうたう頭が狂ツてしまひ、また幻視にとツつかれるやうになツたと思ひながら酔ツたやうになツて瞬もせずに眺めて居ツた。陶は濃紫のお高祖頭巾を冠り同じ色の吾妻コートを着てやはり俺の方を瞶めてゐる。然し生きた人間でない証拠にはその顔が時々薄れたり朦朧となツたりする。幻影であらうと幻視であらうと、俺は懐しく（マ）た（マ）まらぬから「オイ、陶」と声をかけて見た。／幻視でもなんでもなく矢張り本当の陶だツた。俺が声を掛けると、陶は小供のやうにしやくり上げながら俺の方へ飛込んで来て、呼息が塞るほど俺の首を抱き締めオイ〳〵と大きな声で泣いた。

月岡芳年『新形三十六怪撰　皿やしきお菊の霊』明治 23 年。
国立国会図書館ウェブサイト（https://dl.ndl.go.jp/info:ndljp/pid/1306443）を加工して作成。

現れた陶を狂気による幻覚ではないかと「俺」が疑う箇所が傍線部である。ただし、ここではその直前の二重傍線部に注目したい。「夕闇」の中、「両袖を胸の上で引き合せ」て現れる陶は、たとえば月岡芳年が描く皿屋敷のお菊のように（上図）、人口に膾炙した幽霊の姿を思わせる。波線部について深澤論は、陶が「俺」の幻覚かと思わせる点で機能していることを指摘しているが、先に触れた観点からいえば、波線部はまさしく陶が「生きた人間でない」幽霊であり、それゆえに顔が「薄れたり朦朧となツたり」しているとも解せるのである。さらに、高木と遭遇したのち、陶が「多分幽霊だと思ツたんでせうから大丈夫ヨ」と語るのも、二重傍線部によって惹起されうる陶＝幽霊という読みに沿えばことさらに過ぎ、却ってこの解釈格子を補強することになるだろう。[17]

ここで改めて確認しておくと、本稿は陶＝幽霊という読みが妥当であるなどと主張するものではない。これまで繰り返し議論されてきたように、陶＝生者／幻覚／幽霊、いずれの解釈をとっても、何かしらの疑問点は残る。生者説であれば、水死体との「虫喰孔」の一致という偶然が問題となり、幻覚説であれば、陶と高木との遭遇が問題となり、幽霊説であれば、「俺の首を抱き締めオイ〳〵と大きな声で泣いた」というような生々しさに違和感が残る、といったように。ただ、深澤論では幽霊説についてテクスト上に決定的証拠がないとされていたが、右にみたように、決定的とまではいえないにせよ、一定の強度をもって陶＝幽霊という読みへの回路がテクストにおいて構造化されているのは確かである。

まとめよう。この再会の場面での語りの揺らぎは、陶が生者か幻覚かという揺らぎにとどまらず、北村・惟任論が指摘する霊的存在としての陶をも含み込んだ揺らぎである。そして、その揺らぎがそれぞれに導く生者説、幻覚説、幽霊説のいずれについても、確定的な判断を下すことは困難である。したがって読者の判断は少なくともこの三つの解釈のあいだで揺らぎ続けざるを得ない。この揺らぎはすでにみたように、より大枠では、合理的な解釈（陶＝生者／幻覚）と超自然的な解釈（陶＝幽霊）の相克として捉えることができ、この点において本作の幻想的「ためらい」の機構は、先の場面において集約的に機能しているといえるのである。

ここまで「湖畔」というテクストは「幻想文学」として捉えうることを確認してきた。では、この「幻想文学」というジャンルが内包している合理的なものと超自然的なものの相克という問題系は、作者十蘭においてどのように把握されていたのだろうか。

3 ポー『鋸山奇談』の射程

「湖畔」を発表した二年後、十蘭は探偵小説をめぐる座談会で次のような注目すべき発言を行っている（大下宇陀児・渡辺啓助・海野十三・延原謙・久生十蘭・城昌幸・荒木十三郎・松野一夫・水谷準「探偵作家四方山座談会」『新青年』昭14・5）。

水谷　久生さんは頭の内にストックを沢山持つてゐるかね。
久生　あるけれども、仮りに書けば同じ物を沢山書くね。（中略）それにポオを読むと、あゝいふ所まで行つて見たいと思ふ。
水谷　ポオのどういふ物？
久生　このあひだ「鋸山奇譚」といふのを読んだが、あゝいふ現実と夢幻の混ぜ方は面白いね。

十蘭がポーの諸作に親しんでいたことはすでに触れた。[18]改めて確認しておくと、ここで十蘭が述べている「鋸山奇譚」とは*A Tale of the Ragged Mountains*（1844）であり、訳題の一致度から十蘭は戸川秋骨訳『鋸山奇談』[19]を読んだ可能性が高い（以下、*A Tale of the Ragged Mountains*を「鋸山奇談」と表記する）。ここで本稿の関心に沿って注目したいのは、十蘭が「現実と夢幻の混ぜ方」という点で

「鋸山奇談」に興味を示していることである。[20]では同作の「現実と夢幻の混ぜ方」とはいかなるものであるのか。まず同作の梗概を確認しておこう。[20]

　一八二七年秋、ヴァージニア州シャーロッツヴィル。「私」はベドロオ（Bedloe）氏という若い紳士と知り合う。ベドロオ氏は長年テンプルトン医師の催眠術療法（メスメリズム）を受けており、彼と医師の間の強い「交通則ち磁気的関係」は、医師の思う力のみでベドロオ氏を眠らせてしまう程であった。十一月の末頃、ベドロオ氏は常のように鋸山と呼ばれる丘陵へ出かけた。夜になって戻ったベドロオ氏は、「私」とテンプルトン医師に不思議な体験を話す。鋸山を歩くうち濃い霧に包まれたベドロオ氏は、やがて強い不安にとらわれた。太鼓の音が響き、薄黒い顔色の半裸の男とそれを追うハイエナが側を通り過ぎる。ベドロオ氏は夢を見ていると思う。しかし霧が吹きはらわれると、ベドロオ氏は高い山の麓にいて、眼下には大河が流れる平原、河のふちには東洋風の都会があった。町に降りたベドロオ氏は暴徒と戦う小隊に加わり、右のこめかみに毒矢をうけて死ぬ。死後、肉体から遊離したベドロオ氏はハイエナと出会った地点まで戻り、そこで自分を取り戻して家路についた。テンプルトン医師は小さな肖像画を示す。それを見たベドロオ氏は気絶しかけるが、「私」にはベドロオ氏自身の肖像画としか思えない。医師は、これが彼の親友オルデブ（Oldeb）氏の肖像であること、イギリス将校であったオルデブ氏は一七八〇年に印度のベナレスの町で起きた暴動で毒矢をうけ死んだことを話す。ベドロオ氏が山中で幻想に遭遇した時刻、医師はちょうどオルデブ氏の死について手帳に記述していた。一週間後、ベドロオ氏は右のこめかみを吸血虫に吸われ死去する。新聞はベドロオ（Bedlo）氏と誤った綴りでその死を報じるが、「私」はそれがオルデブ（Oldeb）を逆に綴ったものであると気付く。

トドロフは「一般にポーの作品には、「鋸山奇談」と「黒猫」は例外であろうが、厳密な意味での幻想小説は見出せない」と述べている[21]。「鋸山奇談」が「厳密な意味での幻想小説」とされるのは、ベドロオ氏とオルデブ氏の関りをめぐって「ためらい」が生じるためであろう。作中でテンプルトン医師が実践するメスメル由来の催眠術療法は語り手の「私」によって「重大な事実」とされ、合理的な範疇に置かれている[22]。したがって合理的解釈として考えられるのは、ベドロオ氏と強い「磁気的関係」のあるテンプルトン医師がオルデブ氏の死について想いをめぐらせていたために、その思念がベドロオ氏に伝わり、ベドロオ氏はオルデブ氏の死を追体験した、ベドロオ氏とオルデブ氏の容貌の一致と死因の符合、新聞の綴り間違いはすべて偶然、といったものだろう。一方、たとえば、一切はベドロオ氏がまさしくオルデブ氏の生まれ変わりであったために起こったとの解釈も成り立ちうるし、この場合、超自然的解釈となる。読者は合理的な解釈に立つべきか、超自然的な解釈に立つべきか、決定的な根拠を与えられることはなく、したがって「ためらい」続けざるを得ない。「厳密な意味での幻想小説」とされる所以である。

以上、確認してきたように「鋸山奇談」の「現実と夢幻の混ぜ方」とは、まさしくトドロフが定義するところの「幻想文学」的なものであった[23]。むろん十蘭の発言は「湖畔」発表の二年後になされており、「このあひだ「鋸山奇譚」といふのを読んだ」という発言を文字通り受け取る限り、「鋸山奇談」が「湖畔」の構想に影響を与えたとは考えられない。しかし十蘭の「鋸山奇談」への反応はその関心のありかが那辺にあったかを如実に示している。それは繰り返しとなるが、先に「湖畔」のテクスト分析で示したように、「幻想文学」的構想、すなわち合理的解釈と超自然的な解釈の相克を惹起し、いずれにも収斂しないような物語を描き出すことではなかったか。では、このような構想は当時の探偵小説界、さらには時代思潮とどのように交差していたのだろうか。以下では、この点について検討してみたい。

4　磁場としての合理非合理の相克

西洋ではポーの怪奇小説や、リラダン、ビアス、ルヴェールのようなものを探偵小説とはいわない。（中略）これにくらべると、日本の探偵小説は、初期からして、非常に範囲が広く、怪奇小説、怪談、空想科学小説などをふくむ、というよりも、そういうものがむしろ主流をなすありさまであった。私はこれを日本探偵小説の多様性と称して弁護したが、甲賀三郎や浜尾四郎は、もつと探偵小説プロパーが尊重されなくてはいけないと、強く本格主義を唱えたものである。

右の引用は、江戸川乱歩による日本探偵小説文壇の回顧である（「日本探偵小説の系譜」『中央公論』昭25・11）。よく知られているように、昭和期に入るとそれまで曖昧であった探偵小説のジャンル規定をめぐり、一連の論争が生じる。論争の中心となったのは乱歩も言及する甲賀三郎であり、甲賀は探偵小説とは「理知に訴へる」「小説の形式を借りた謎」（「探偵小説はこれからだ」『東京日日新聞』昭6・7・16〜17）であるとし、次のように謎と推理を本質とする本格探偵小説と「探偵趣味」を含むにとどまる変格探偵小説を峻別した（「探偵小説講話」『ぷろふいる』昭10・1〜12）。

本格探偵小説といふものは、要するに犯罪捜査小説であり、それに適当な謎とトリックを配し、読者に推理を楽しませるものであり、一面からいへば、文学としては幼稚で窮屈で、千篇一律的のものである。それに反して、変格物は要するに探偵趣味を多分に含んでゐればいゝので、取材自由、トリックの有無は問題にならず、より文学的に表現することが出来る。（中略）両者は極く僅少の共通点を除く他、蛇と馬の如く、冒険小説と恋愛小説の如く隔つてゐる。

さらに甲賀は「探偵趣味のある小説」とは英米の「シヨート・ストーリイ」に相当するとし、変格探偵小説に代えて「シヨート・ストーリイ」という名称を用いてはどうかと続ける。甲賀自身言及するように「枚数で定まる分類」を「内容的名称」に用いる点、甚だ違和感があるが、今は措く。

ここで注目したいのは、甲賀が列挙する「シヨート・ストーリイ」の内実である。甲賀の議論は、海野十三が「凡そ探偵趣味の入つてゐるものは全部これを探偵小説の名で呼んでいい」（「探偵小説管見」『新青年』昭9・1）としたのに反駁する形で展開されており、海野を次のように論難している

（「探偵小説講話」前掲）。

　海野君は探偵小説といふ言葉を以つて、ショート・ストーリイに当て嵌め、之のうちに、超自然現象や、残虐や、狂気の恐怖小説も、探偵のないミステリ小説も、異常心理小説もすべて従属せしめようといふのである。

謎と推理を探偵小説のジャンル的本質に定めるのは、むろん甲賀に限ったことではなく、乱歩の「探偵小説とは、主として犯罪に関する難解な秘密が、論理的に、徐々に解かれて行く径路の面白さを主眼とする文学である[24]」とする定義が代表的なものであろう。この謎と推理、論理性という要素から、探偵小説とは「合理主義の文学」（乱歩[25]）であり、「探偵小説の結末は、合理（ラチオ）の正真正銘の勝利」（クラカウアー[26]）といった見解が生じる。したがって、甲賀が探偵小説から排除しようとする変格探偵小説、甲賀の用語を用いると「ショート・ストーリイ」の内実の筆頭として、「超自然現象」すなわち非合理なものが挙げられているのは当然といえる。甲賀とは対極的に「探偵小説の真の使命は、その変格に在る」とした夢野久作が「神秘、怪奇、冒険、変態心理、等々の何でもよろしい」と主張するのも、変格探偵小説に対する認識としては同断であろう（夢野久作「探偵小説の真使命」『文芸通信』昭10・8。引用は『定本　夢野久作全集7』国書刊行会、令2・8による）。ここに看取できるのは合理と非合理という対立軸の存在であり、次のような後年の乱歩による述懐はそのことをより鮮明に示している。[27] 乱歩は「探偵小説と怪談」について、「前者は合理主義、後者は非合理主義、趣味として全く相反する両極にあるものだと強く思い込んでいた」が、「英米怪談の傑作集を何冊も読み」、「探偵小説と怪談とはそれほど分けへだてすべきものではないと考えはじめた[28]」。そして次のように述べている。

> 我々が広義の探偵小説と云っているのは実は探偵小説と怪談とを包含する名称なのであって、所謂変格探偵小説の大部分は怪談であると云っても差支ないことを、今になって私は気づいたのである。

探偵小説＝合理主義／怪談＝非合理主義という二項対立は、ここにおいて（本格）探偵小説＝合理主義／変格探偵小説＝非合理主義へと置き換えられる。このように昭和初年代から十年代にかけて断続的に争われた本格／変格論争の対立軸のひとつは合理と非合理の相克であったとみることができる[29]。

さらに探偵小説文壇外に目を転じても、昭和十年頃は、文学観の動揺に加え、マルクス主義の弾圧、満州事変にみられる軍国化の加速といった社会不安を背景に、シェストフ『悲劇の哲学』（1903）の翻訳（レオ・シェストフ『悲劇の哲学』河上徹太郎・阿部六郎訳、芝書店、昭9・1。以下の引用は同書による）を発火点とする「シェストフ的不安」が流行した時期であった[30]。実存主義の先駆ともみなされるシェストフは、同書においてドストエフスキーとニーチェに仮託しつつ、理性・道徳・科学・理想主義などの普遍的なるもの、すなわち「日常性の哲学」を激しく批判し、個的で醜悪な「生」そのものを見つめる「地下室」の人間の哲学、「悲劇の哲学」を唱えた。このようなシェストフの主張には合理を越えた非合理への希求をみてとることができる。それは次のような箇所からも明らかであろう。

然し乍ら、科学の勝利、その判断の明証と確実さは、ドストエフスキーを屈従せしめることは出来ない。彼は既にずつと以前から、壁が越え得べからざる障碍物ではなく、単に転回の口実に過ぎないことを、我々に告げてゐる。すべての科学的考察に対し、彼は唯一つの答を以て抗弁する。（ドミトリ・カラマゾフ）「如何にして私は地下に神なしに居られようか？　囚徒も神なしではすまされない。」

シェストフは、近代科学的合理性を越えた非合理な「神」を求める人物としてドストエフスキーを描き出す。三木清が「悲劇の哲学」を「非合理性の合理性に対する抗議」と評したのも[31]、シェストフのこのようなモチーフに基づいていよう。

以上に概観したように、「湖畔」発表の昭和十二年に至る数年間においては、十蘭が当初の舞台とした探偵小説文壇のみならず、一般論壇においても合理と非合理の相克という問題系が顕在化していた。年譜によれば、十蘭は遅くとも昭和八年五月にはフランス留学より帰国しており、同年十二月には『新青年』に登場している[32]。「湖畔」の「幻想文学」的構想は、このように〈二重性〉を帯びた言説の磁場と交差しつつ胚胎したものであろう。そして、その射程は、せめぎ合う言説の磁場、その動態そのものを対象化し、物語構造として内在させる位相にまで及んでいるのである。

5 むすびにかえて 「不安の思想」と〈霧〉〈二重性〉モチーフ

本稿冒頭で述べたように、十蘭にとって「湖畔」は初期作品であるとともに、長年にわたって繰り返し手を入れずにはいられない執着の対象であった。ここには同様に終始一貫して用いられた〈霧〉と〈二重性〉のモチーフと重なるものがあるのではないだろうか。「湖畔」の「幻想文学」的構想が〈二重性〉モチーフ的であるのはいうまでもないが、ここではある時代思潮との共振という面から両者の共通点を探りつつ、〈霧〉と〈二重性〉のモチーフの根本にあるものについて考えてみたい。

「湖畔」発表の八年前、十蘭がいまだ十蘭ではなく、演劇人阿部正雄であった頃、師岸田國士は、十蘭阿部正雄の最初期の作品である戯曲「骨牌遊びドミノ」（阿部正雄「骨牌遊びドミノ」『悲劇喜劇』昭4・3）を評する中で、阿部について次のように述べている。[33]

阿部君のなかのジュウル・ロマンは、ルノルマンは、さては、少しばかりのアンドリエフは、今に影をひそめるだらう。しかし、さうなつても、阿部君には阿部君が残つてゐる筈だ。その阿部君は、一種の感傷的虚無主義者以上のものであることを私は信じてゐる。

十蘭のピランデルロへの傾倒は周知のことであるが、「骨牌遊びドミノ」もまたピランデルロの影響を指摘されるものである[34]。さらに岸田の評中で言及されているルノルマンも、本書第一章で触れたように十蘭にとって馴染み深い存在であった。ピランデルロ、ルノルマン、さらにはシェストフ。このように並べてみると、そこから浮かび上がるのはいわゆる「不安の文学」の系譜である[35]。

三木清はクレミュー『不安と再建』（1931）[36]に依拠しつつ、第一次世界大戦後の社会的動揺において生じた、世界認識の非合理なものへの変容（「合理的であつた一切のもの、思想或ひは人格の骨組は砕けてしまつたやうに見えた」）を背景に、「ベルグソンの哲学」「ハイデッガーの哲学」「フロイトの学説」「ドストイェフスキー、プルースト、ジード、ピランデロ或ひはジョイス」などが「不安の哲学」「不安の文学」といった「不安の思想」として大きな影響をもったと説き、日本の場合は満州事変後に瀰漫する「不安」によって、それが実質的なものとなったとした[37]。「不安の思想」の特徴としてまず挙げられるのは「世界の不安定と転変」の認識による「流動主義」であり、これは一方で「事物の相対性に対する鋭敏にされた感覚」、また一方で「時間性に対する特殊な感覚或ひは趣味」と結びつく。さらに「理智の捉へ得ぬ」「アフェクティヴな生活が我々自身の本質的なもの」とされ、以上を概括して「情緒的なもの、時間的なもの、流動的なものへ向ふ感覚乃至趣味」、別言すると「客観的なものから主観的なものへの転向」が「不安の思想」の主たる特徴とされる。

周知のように、のちに三木はシェストフの流行も「不安の文学、不安の哲学といふもの」の「最近の形態」にほかならないと位置づけることになる[38]。すでにみたように「不安の思想」には合理と非合理という問題系も含まれており、「湖畔」の「幻想文学」的構想は探偵小説論争や「シェストフ的不安」の流行と交差しつつ、さらにはある拡がりをもった時代思潮とも共振していたといえるだろう。

ここで興味深いのは、本書第二章で指摘したように〈霧〉と〈二重性〉のモチーフの不安定な流動性のイメージが「不安の思想」と通底している点である。先にみたように岸田國士は初発期の十蘭、阿部正雄の本質に「一種の感傷的虚無主義者」を見てとっていた。岸田がいう「感傷的虚無主義」を、普遍的価値や意味などを理智ではなく情緒にもとづいて懐疑ないしは否定する態度ととるならば、それは「不安の思想」と一脈通じる非合理なものへの志向性と解せるだろう。本書第一章・第二章では〈霧〉と〈二重性〉のモチーフの具体的背景を探り、とりわけ〈二重性〉モチーフにおけるロマン・フィユトンからの摂取の重要性を指摘した。しかし、そのような個別具体的な背景を越えて、十蘭が終始一貫して執着した〈霧〉と〈二重性〉のモチーフがある時代の感性と響きあっているとするならば、それは「不安の思想」的な、流動的・相対的・非合理な世界認識への志向であり、これらのモチーフはその象徴としてみることができるのではないか。

しかし、一方で十蘭作品全体の傾向は理知的なものであり（本書第二章）、「湖畔」の分析で具体的に示したように、非合理なものへの関心は全面化されることなく、あくまで合理的なものと拮抗する形において形象化される。先にみた岸田の評が真に興味深いのはこの点であり、結果的に十蘭はまさしく「感傷的虚無主義者」「以上」だったのであって、一方に非合理なものへの志向を抱えつつも、それを覆い隠すように合理的なものへの志向が存在するのである。しかし、その裂け目そのものがふさがることはおそらくついになかった。〈霧〉と〈二重性〉のモチーフとは、初発期の十蘭に浸潤していた時代の「不安」の象徴であり、またその残響でもあるのである。

〈注〉

（1）深澤仁智「「湖畔」のたくらみ――久生十蘭「湖畔」論」『日本文芸論叢』平25・3。
（2）澁澤龍彦「解説」『久生十蘭全集Ⅱ』三一書房、昭45・1。
（3）脇坂健介「久生十蘭『湖畔』論――阻まれる「愛の物語」――」『学習院大学大学院日本語日本文学』令3・3。
（4）清水邦夫「久生十蘭の〝語り〟と〝騙り〟」『日本探偵小説全集　久生十蘭集』創元推理文庫、昭61・10。
（5）須田千里「恋愛小説としての〝湖畔〟久生十蘭論Ⅰ」『女と愛と文学――日本文学の中の女性像――』世界思想社、平5・1。
（6）江口雄輔「解題」『定本　久生十蘭全集1』国書刊行会、平20・10。
（7）都築道夫「男ぶりの小説、女ぶりの小説」久生十蘭『無月物語』現代教養文庫、昭52・2。
（8）同前。
（9）北村薫「『湖畔』における愛の生活とは」『小説すばる』平10・3。
（10）惟任将彦「湖畔の夢――久生十蘭「湖畔」をめぐる迷路的考察――」『嚠喨』平11・3。
（11）小林幹也「読者をあざむく文体――久生十蘭「湖畔」論――」『近畿大学日本語・日本文学』平20・3。

(12) 深澤仁智「「湖畔」のたくらみ」前掲。

(13) 阿部真也「久生十蘭『湖畔』論」『国語と国文学』令2・7。しかし、後述するように、陶を死亡したと読むのであれば、再登場した陶は語り手「俺」の狂気の産物、もしくは超自然的存在と考えざるを得なくなり、本格探偵小説としても自壊することになるだろう。

(14) 脇坂健介「久生十蘭『湖畔』論」前掲。

(15) ツヴェタン・トドロフ『幻想文学論序説』三好郁朗訳、東京創元社、平11・9。以下の引用も同書による。

(16) 本作がいかに現実を模しているかについては、須田千里「恋愛小説としての〝湖畔〟久生十蘭論Ⅰ」(前掲)において、文体・時代背景等の面から詳細な検討がなされている。

(17) 深澤仁智「「湖畔」のたくらみ」(前掲)は、陶との再会の場面について初出から単行本版に至る改稿過程を検証し、初出では陶が現実の存在ではないと疑わせるような不自然さはないのに対し、『オール讀物』版では、「「生きた人間でない」ようにも読み取れる」とし、さらに単行本版では初出に近い形に戻っているが「〈狂気〉の疑いをはぐらかすような書き方」となっているとしている。たしかに再会の場面のみを比較する限り、深澤論は妥当と思われるが、水死体と陶の「虫喰孔」の一致という問題が一貫している以上、いずれの版においても解釈がひとつに収束しえない構造となっていることには変わりがない。なお、再会の場面ならびに陶と高木の遭遇について、初出以降の版に本稿での指摘とかかわる異同は認められない。

(18) 本書第一章および同章注(22)〜(24)参照。

(19) アラン・ポオ『鋸山奇談』戸川秋骨訳註、アルス、大11・7。普及版はアルス、昭3・6。文庫版は山本文庫、昭11・8。

(20) アラン・ポオ『鋸山奇談』普及版（前掲）を参照した。以下の引用も同書による。

(21) ツヴェタン・トドロフ『幻想文学論序説』前掲。

(22) ポーが作中でメスメリズムを科学的言説（scientific discourse）として扱っていることについては、MIYAZAWA Naomi, The "Musical Mesmerism" in the House of Poe, *The Journal of the American Literature Society of Japan*, 11（2013）に指摘がある。なお本書第四章で触れたように、十蘭も同様に「予言」（『苦楽』昭22・8）でメスメリズムによる精神支配を「あり得る」ものとして扱っている。

(23) 〈霧〉〈二重性〉モチーフという観点からも「鋸山奇談」は重要な作品である。本書第一章で示唆したように、〈霧〉モチーフの用い方（④非日常の〈霧〉）という点で、「鋸山奇談」は十蘭作品に影響を及ぼした可能性がある。同作の梗概に示したように、ベドロオ氏の超常体験は濃い霧の中で進展する。さらにベドロオ氏の体験を一種の憑依体験（Ⅲ-④）、超自然の顕現（Ⅲ-⑧）とみるならば、同作は〈二重性〉モチーフならびに〈霧〉と〈二重性〉の融合という点でも影響を及ぼしていよう。そして、その影響の最終的な結節点はおそらく本書第二章で触れた「雲の小径」（『別冊小説新潮』昭31・1）である。なお、山下武『20世紀日本怪異文学誌――ドッペルゲンガー文学考』（有楽出版社、平15・9）は、十蘭「生霊」（『新青年』昭16・8）が「ポオの「鋸山奇談」から着想を得たことは明白」、「「鋸山奇談」も戦死者の意識が瓜二つの他人の躰を借りて甦る話である」と指摘している。同文献については須田千里先生よりご教示を賜った。ここに記して感謝申し上げる。

(24) 江戸川乱歩「探偵小説の定義と類別」『幻影城』岩谷書店、昭26・5。引用は『江戸川乱歩全集第26巻　幻影城』（光文社文庫、平15・11）による。

(25) 江戸川乱歩「探偵小説の定義と類別」前掲。引用も同じ。

(26) ジークフリート・クラカウアー『探偵小説の哲学』福本義憲訳、法政大学出版局、平17・1。

(27) 江戸川乱歩「幻影城通信」『宝石』昭23・6、8〜10、昭24・1〜4、6〜7。「怪談入門」と改題後『幻影城』(前掲)所収。引用は『江戸川乱歩全集第26巻 幻影城』(前掲)による。なぜ昭和戦前期の探偵小説文壇において、合理と非合理という矛盾する要素が「探偵小説」の名のもとに混在しえていたのか、という問いは本稿の射程を越えるが、次のような乱歩の言葉(「探偵小説の範囲と種類」『ぷろふいる』昭10・11。引用は『江戸川乱歩全集第25巻 鬼の言葉』光文社文庫、平17・2による)にもあるように、そこにポーの濃厚な影響があったことは確かであろう。

探偵小説を愛する程のものは、その始祖であるエドガア・ポオの探偵作品に不滅の愛を感じるのは申すまでもなく、更にポオの探偵小説以外の神秘と幻想の作品にも同じ深さの、或はそれ以上の愛着を覚えるのは極めて自然のことである。(中略)これは恐らく近代の探偵小説を愛するものに共通する所の心持であって、日本の探偵作家の大多数にもこの傾向を見て取ることが出来るのである。

乱歩は右に続けて、探偵小説に「豊富なロマンチィシズム」「猟奇耽異(キユーリオステイハンテング)」「悪に対する妙な賛美」の一方、「明快を愛するという健全な精神」をみる佐藤春夫の定義(「探偵小説小論」『新青年』大13・8)を引き、「恐らく佐藤氏の頭の中にはポオの全体の作品が、それにつづいてはポオの仏訳者ボードレールなどの姿がちらついていたのに違いない」、「探偵小説を広義に解釈しようとする心持は、つまりここに在るのだと云っていい」として、「日本探偵小説壇」の「多様性」を弁護している。

(28)　トドロフは「探偵小説が幽霊物語にとってかわったことは、しばしば指摘されてきたところ」としたうえで、「いくつかの安易な答え」が誤りであると暴露され、最後に「まったく本当とは思えぬ答え」が合理的な「唯一真実の答え」であったと明らかにされる探偵小説と、「本当らしく見えるが超自然的な解決」と「本当らしく思えないが合理的解決」の「二種の解決が包含」され、最終的には「超自然的な説明への傾斜が認められる」「幻想物語」の構造的類似を指摘している（ツヴェタン・トドロフ『幻想文学論序説』前掲）。

(29)　加藤夢三は「一九三〇年代において「合理」的なものの見方をめぐる議論は、より多様な文芸ジャンルにおいて主題化されていくことになる。その最も象徴的な好例は、言うまでもなく「探偵小説」であろう」とし、「「合理化され文明化された社会」の「陰画」としての「怪奇」性を描く試みの是非は、昭和初期の論壇・文壇においてまさに「本格」／「変格」という論争を借りて立ちあらわれた。それは、「探偵小説」が原理的に「合理」と「非合理」の間隙に成立するジャンルであったことと無関係ではないだろう」と述べている（加藤夢三「「怪奇」の出現機構――夢野久作『木魂』の表現位相」『合理的なものの詩学――近現代日本文学と理論物理学の邂逅――』ひつじ書房、令1・11）。本稿は同書から多くの教示を得ている。

(30)　シェストフ『悲劇の哲学』の翻訳者の一人であった河上徹太郎は次のように述べている（河上徹太郎「解題」『世界教養全集8　悲劇の思想』河出書房新社、昭38・5）。

わたしがシェストフの著書を初めて訳したのは一九二〇年代の終わりであったが、当時わが文壇では「不安の文学」ということばがはやっていた。思うに第一次大戦後の西欧の戦後派文学の影響と、わがリアリズム文学の再検討とが、文学のオーソドックスに対する観念を混乱させている時に、一方社会的には旧左翼の退陣と満州事変による軍国調の台頭を背景とする「不安」が、これに拍車をかけた訳であろう。シェストフはこの気運に乗って思いがけぬ反響を惹起したのであった。

(31) 三木清「シェストフ的不安について」『改造』昭9・9。以下の引用は『三木清全集 第十一巻』(岩波書店、昭42・8)による。

(32) 江口雄輔編「久生十蘭年譜」『定本 久生十蘭全集 別巻』国書刊行会、平25・2。十蘭は昭和八年十二月号の『新青年』に、トリスタン・ベルナアル「天啓」・「夜の遠征」・「犯罪の家」の翻訳者(本名阿部正雄名義)として同誌初登場。

(33) 岸田國士「阿部正雄君のこと」『悲劇喜劇』昭4・3。引用は『岸田國士全集21』(岩波書店、平2・7)による。

(34) 本書第二章でも触れたが、十蘭は「探偵作家四方山座談会」(前掲)で「外国作品の影響」について問われ、「かういふ性格の人間とかういふ性格の人間とが交つた場合といふやうに、お互の生活を書いてゐる中に何か事件になる。だからピランデルロのものなどからヒントを得る」と、発言している。

個別の作品へのピランデルロの影響については以下の先行研究がある。「骨牌遊びドミノ」(前掲)については『ピランデルロ『作者を探す六人の登場人物』(1921)の影響が阿部真也「演劇人から探偵小説家へ——久生十蘭『黒い手帳』論」（『国語国文』令3・3）によって、「湖畔」（前掲）についてはピランデルロ『故マッティア・パスカル』（1904）の影響が須田千里「恋愛小説としての〝湖畔〟久生十蘭論Ⅰ」（前掲）によって、「刺客」（『モダン日本』昭13・5〜6）、「ハムレット」（『新青年』昭21・10）についてはピランデルロ『エンリコ四世』（1922）の影響が都筑道夫「久生十蘭——『刺客』を通じての試論」（『推理界』昭44・1）によって、それぞれ指摘されている。

(35) 後述のクレミュー並びに三木も言及していないが、ルノルマンの作品もまた「不安の文学」に属すると考えられる。その代表作である『時は夢なり』（1919）、『落伍者の群』（1920）は世界大戦直後に発表されている。さらに、両作を翻訳紹介した岸田國士によれば、それぞれ「アインシュタインの相対性原理（時は夢なり）とフロイドの精神分析（落伍者の群）とを通俗化」（「アンリ・ルネ・ルノルマンについて」『演劇新潮』大13・12。引用は『岸田國士全集19』〈岩波書店、平1・12〉による）しており、三木が述べるところと合致する。なお「不安の思想」の一枝として位置づけられるベルクソンの著作『物質と記憶』（1896）について、十蘭は後年、「『物質と記憶』といふ本を読むと、記憶は脳髄の作用でないことがよくわかる」と肯定的に触れている（「歌舞伎教室——その形式と演劇精神」『文芸春秋』昭27・5）。

(36) 邦訳初出はバンジャマン・クレミウ『不安と再建——新らしい文学概論』増田篤雄訳、小山書店、昭10・1。

(37) 三木清「不安の思想とその超克」『改造』昭8・6。引用は『三木清全集 第十巻』（岩波書店、昭42・7）による。

(38) 三木清「シェストフ的不安について」前掲。引用も同じ。

本書のおわりに

本書はここまで久生十蘭の小説技巧ならびに作品構造について、〈霧〉と〈二重性〉のモチーフを中心に考察してきた。最後にここまでの考察を概括しておきたい。

すでに述べたところであるが、〈霧〉と〈二重性〉のモチーフは、十蘭作品において初期から後期まで一貫して用いられているとともに、探偵小説、時代小説、現代物等々、ジャンルを問わず用いられている。使用頻度の極めて高いこれらのモチーフが、十蘭にとって作品構成上の技巧として重要な位置を占めていたことは明らかであろう。また本書各章の作例分析ならびに各別表において示したように、いずれのモチーフも一作品のなかに複数、ときには数種類にわたって用いられている場合が少なくない。おそらく十蘭は、脳裡に貯蔵されたこれらのモチーフを随意に取りだし、ときには互いに組み合わせながら、作品を構成していたと考えられる。

ところで、すでに須田千里は、様々な文献を自在に引用しつつ作品を組み立てる十蘭の手法を「コラージュ風」と評していた（「西蔵への旅、西蔵からの旅――久生十蘭論 Ⅲ」『叙説』平8・12、「『鈴木主水』における忠義と私情――久生十蘭論Ⅵ」『国語国文』平27・7）。また浜田雄介は、十蘭の自作引用癖を「既発表小説のエピソードを新作品に埋め込み、効率的に小説を豊饒化する「嵌入」」の手法として捉えなおしている（浜田雄介「解題」『定本 久生十蘭全集7』国書刊行会、平22・7）。このような指摘を念頭に置きつつ、改めて本書の考察を振り返るとき、十蘭の小説作法の顕著な特質が、点綴的、コラージュ的というべきものであることが浮き彫りになる。同時代的事象や言説状況、自作を含む先行文献から抽出された材源、プロット関与的な〈二重性〉モチーフ、文体レベルでの〈霧〉モチーフ、というように点綴される要素のレベルは様々であるが、十蘭にとっては、自らのうちに蓄えた要素を編集しつつ作品として組みあげていくこと、それが創作という営為だったのではないか。

すでに述べたように〈霧〉〈二重性〉のモチーフそれ自体は独創的なものとはいいがたい。しかし、作品分析を通じて示したように、〈二重性〉の多重構造や〈霧〉と〈二重性〉の融合、ときに変奏をともなうそのような組み合わせの妙は、作品に様式的な鋭角を与えている。そして、この一貫して用いられたモチーフ群へのただならぬ執着の根源には、初発期の十蘭に浸潤していた時代の「不安」が存していたのではないだろうか。

十蘭は自身の創作の方法論を直接に明かすことはなかった。しかし「新西遊記」（『別冊文芸春秋』昭25・12。引用は『定本 久生十蘭全集8』平22・11による）の次の一節はその要諦をおのずと物語っていよう。

> あくまでも実際的で、受刑者の感受性を土台にして周到に計算され、相手の苦痛を想像力で補つたり割引したりするやうな幼稚な誤りををかさないのみならず、単純ないくつかのマニエールに

独創的な組合せをあたへることによつて、誰も想像もし得なかつた測り知れぬ残酷の効果をひきだすのである。

つとに橋本治は、ラマ僧の残酷さの本質を語るこの一節に注目し、「この〝受刑者〟という単語を〝読者〟に置き換えれば、これ即ち、久生十蘭の小説作法であり、最も正しい小説家の小説作法ということになるであろう」（橋本治「凪の海」橋本治編『日本幻想文学集成12 久生十蘭 海難記』平4・3）と述べている。ここで橋本が焦点をあてたのは「久生十蘭の残酷」ということだった。しかし先の一節を本書の考察と照らし合わせるとき、「単純ないくつかのマニエールに独創的な組合せをあたへることによつて」「効果をひきだす」というくだりこそが、十蘭の小説技巧、作品構成法の核心を表白したものとして浮かび上がるのである。

〈補論〉新資料・三澄半造名義の久生十蘭作品六篇について

三澄半造とは何者か。すでに種を明かしているように、これは久生十蘭の別名義である。しかし十蘭研究において画期的だった『定本　久生十蘭全集』も『新青年』に掲載された三澄半造作の六篇を十蘭作として数えていない。ここでは三澄半造すなわち久生十蘭であることを詳らかにし、若干のことを述べてみたい。

江戸川乱歩、夢野久作らを輩出したモダニズム雑誌『新青年』（博文館、大9・1～昭和25・7）の名編集長と謳われた水谷準は、久生十蘭（本名阿部正雄）にとって同郷の函館出身、古くからの知己だった。水谷は、岸田國士門下の演劇人でフランス留学（昭和四年～八年）から帰国したばかりの阿部正雄を『新青年』執筆者として勧誘し、小説家久生十蘭として育てた経緯について思い出を各所で語っているが、「ジュランとボク」（『宝石』昭29・3）もそのひとつである。そこには次のような一節がある。

彼にはつまらない小物も頼んだ。外国映画の俳優との「架空会見記」などもその一つである。三澄半造、（サンチョ・パンザのもじり）という筆名をボクがつけた。

「彼」とはむろん十蘭を指す。「サンチョ・パンザのもじり」とあるが、「みすみはんぞう」とでも読ませるつもりだったのだろうか。阿部正雄として『新青年』に登場した十蘭は、『金狼』(『新青年』昭11・7～11)より久生十蘭の筆名を使い始める一方、他にも阿部道代、星野青人などの筆名を用いて同誌に執筆しており、水谷の回想によれば三澄半造もそうしたもののひとつであったということになる。『新青年』を実見したところ、三澄半造名で執筆されていたのは次の六篇であった。

①「シモーヌ・シモン会見記」(『新青年』昭和十二年一月)
②「蚊とんぼヘップバーン会見記」(『新青年』昭和十二年二月)
③「ゑくぼのゲーブル会見記」(『新青年』昭和十二年三月)
④「マルクス兄弟見参記」(『新青年』昭和十二年四月)
⑤「コルベール会見記」(『新青年』昭和十二年五月)
⑥「星と花束」(『新青年』昭和十五年四月)

水谷の回想を裏付けるようにこの六篇からは十蘭の他の作品にも見られる特徴的な語彙を拾うことができ、明らかに三澄半造が久生十蘭であることを示している。いくつか例を挙げてみよう。なお、以下の頁数は三澄半造作品については初出誌により、その他は『定本 久生十蘭全集』の当該作品収録巻による。丸数字は前掲の三澄半造作品と対応している。

「水浴着(マイヨオ)」(①三三六頁)↓「水浴着(マイヨオ)」(「八人の小悪魔」第一巻十三頁)、「水浴着(マイヨオ)」(「謝肉祭の支那服」第一巻三十九頁)、「水浴着(マイヨオ)」(「海の刷画」第二巻二七三・二七六頁)

「湯上り(ベエニヨワアル)」(①三三六頁)↓「寛長衣(ベエニヨアール)」(「海の刷画」第二巻二七三頁)、「西洋湯槽(ベエニヨワール)」(「妖翳記」第三巻三十四頁)

「一膳飯屋(ハッシユ・ジョイント)」(③二一二頁)、「一膳飯屋(ハッシユ・ジョイト)」(ルビママ)(⑤三四三頁)↓「一膳飯屋(ハッシユ・ジョイント)」(「あめりか物語」第七巻五八七頁)

「洒落(ジユウ・ド・モ)」(④三六一・三六三頁)↓「言葉の遊戯(ジユウ・ド・モ)」(「黄金遁走曲」第一巻一三三頁)、「洒落(ジユウ・ド・モ)」(「北海の水夫」第四巻二七〇頁)

「女丈夫(アマゾーヌ)」(⑤三四四頁)↓「女丈夫(アマゾオヌ)」(「黄金遁走曲」第一巻一五二頁)、「女丈夫(アマゾオヌ)」(「絵入小説」第十巻二十四頁)

「畜生!(サロオ)」(⑤三四七頁)↓「溝鼠!(サロオ)」(「タラノ音頭」第一巻五十五頁)、「野郎!(サロオ)」(「魔都」第一巻四二五頁)

各篇の紹介に移りたい。まず①〜⑤の「架空会見記」に共通する事項を述べておくと、各篇の分量は四〇〇字詰め原稿用紙に換算していずれも十七枚前後、一頁目には登場する俳優・女優の写真が掲載されている(ただし、④「マルクス兄弟見参記」のみ、チコ、ハーポ、グルーチョの写真が頁を跨いでいる）。いずれも頁上部に柱として作品名が印刷されているが、②「蚊とんぼヘップバーン会見記」の柱は「ヘップバーン会見記」、④「マルクス兄弟見参記」の柱は「マルクス兄弟会見記」となっており、作品名に揺れがある。総ルビに近いパラルビ。本文は「僕」の饒舌な語りで構成されている。その語りの中に「僕」の「相棒」であるハリウッドの新聞記者などの発話、そして映画スターたちの発話が差し挟まれる。前者が地の文のまま処理され「僕」の語りと一体となっているのに対し、後者は応対する「僕」の発話とともども二重括弧で括られて会話文であることが明示され、スターとの「会見記」であることが強調されている。当該号の目次および本文中に架空の会見記であることを明示する箇所はなく、あくまで実録という体である。なお①「シモーヌ・シモン会見記」掲載号には久生十蘭「黒い手帳」が、④「マルクス兄弟見参記」掲載号には別冊付録としてレオン・サヂイ「ジゴマ」久生十蘭訳が掲載されていることを付け加えておきたい。五篇を通じての内容は次のようなものである。

「僕」の趣味は映画スターと会ふこと。だが「いつたい画面の中へ立ち現れる女優なんてものは、監督と美容術師と二人でさんざひつかき廻して勝手にこしらへあげた映画的幻影にすぎないんだ」と喝破するように、「僕」はスターに憧れる殊勝なファン心理の持ち主ではない。「宣伝屋と批評屋と御用映画記者がいかにも本当らしく正直らしい顔つきで、二重にも三重にもかけ廻した詐欺の面紗（ベール）を引んまくつて」、スターの「まじり気のない本物の顔」を紹介するのが「僕」の目的である。つまりは、俳優・女優（ドン・キホーテ）ファンに「あしこに見えるのは、大男ぢやない風車ぢやに」（セルヴンテス『ドン・キホーテ』片上伸訳、新潮社、昭2・5）と告げる三澄半造（サンチヨ・パンサ）といったところか。斯くの如き心組みで「僕」はフランスではシモーヌ・シモンに、ハリウッドではキャサリン・ヘップバーン、クラーク・ゲーブル、グルーチョ・マルクス、クローデット・コルベールに会いに行く。シモンを「あまり活潑な頭ぢやなささう」「よつぽどもの臭いやつ」とこきおろすかと思えば、「鯰の顔」だが「聡明な声（インテリジエンス）」のヘップバーンとは演技談義を交わし、「ホンモノの「役者」」ゲーブルには自らを「恋愛不能力者」と告白させる。「大学教授のやうな」グルーチョにはギャグを考え出すための「数学の問題を解くやうな」苦労について愚痴をこぼされ、「和蘭蘭鋳の様な顔」をしたコルベールの機智に感嘆させられる。

全体に軽い読み物といった印象だが、軽快な語りのリズムには読ませる力がある。先に触れたような頻出する英仏語スラング混じりのルビもにぎやかだ。むろん主眼はスターの意外な素顔を暴露するという趣向に置かれていて、この時期の『新青年』には愛読者欄がなく反響を知ることはできないが、強烈な毒を含んだ荒唐無稽な展開を当時の読者は話半分といったところで楽しんだのではないか。水谷準は十蘭を「うそつきアベ」と称していたそうだが（「久生十蘭の嘘」『新潮』昭30・8）、その面目躍如といったところである。

当時『新青年』には「シツク・シネ・シツク」と題された映画欄が設けられていたが、その中の「聖林噂話」はハリウッドスターのゴシップを読者に伝えるものだった。おそらく架空会見記という企画は、スターの素顔を知りたいという読者の関心に応える、この「聖林噂話」から派生したものと覚しい。これは昭和十二年においても持続していた海外映画熱の表れといえるが、①「シモーヌ・シモン会見記」が掲載された同年一月号には原圭二「戦争だ！　覚悟はよいか？」という記事が見られ、同号の「編輯だより」には「非常時は三七年と共に一そう深刻化し、或は最悪の場合が発生するやも図り知れざる情勢である」と記されている。同年七月には日中戦争が始まる。誌面を覆う戦時色、さらには時局を背景に台頭する文化ナショナリズムへの十蘭なりの風刺を、①で「僕」が携えている「舞妓はんや富士山や鳥居が極彩色でごたごたと刷」られた「Japonといふ字だけは極めて大きく刷」られた「名刺」に見て取れるかも知れない。海外映画のスターを訪ねるに「この名刺を出して嘗て門前払ひを喰つたためしがない」と「僕」は豪語するのであるが、この「名刺」の表象は明らかにナショナリズムを戯画化している。

⑥「星と花束」は「挿絵課題コント競演」という副題がつけられた「停車場風景」の第四話にあたる。課題の挿絵は近藤日出造、出題は大下宇陀児で次のような出題がなされている。「春である。田舎の停車場の待合室である。色々な人々が汽車を待つてゐる。色々な人々とは、色々な人々である。これは絵かきさんに任せる外はない。その画の中の気に入つた人物に就いて、それぞれの物語を作つて貰ひたい――」。この出題に沿って、振袖を着て髪を結った女、兵隊服の男、女学生など様々な人物が汽車を待つ風景を描いた挿絵が、冒頭の二頁に跨って掲載されている。解答は第一話が徳川夢声「母親の夢」、第二話が武野藤介「風呂敷」、第三話が渡辺啓助「春は婆さんから」、第四話が三澄半造「星と花束」、第五話が秋村童二「故郷の姿」となっている。各篇の分量は四〇〇字詰め原稿用紙に換算していずれも四枚前後、第五話を除きそれぞれにカットがついている。カットの画家は不明。総ルビに近いパラルビ。⑥の内容は、投書文芸雑誌の愛読者欄で知り合い文通を始めた男女が、初めて実

際に会う際の顚末を描いたもの。互いに目印を身につけることを約束し、停車場の待合室で待ち合わせるが、男の方が相手を一目見て退散してしまう。

国産・翻訳を問わないコントの豊富さは『新青年』の特色であり、呼び物のひとつであった。⑥掲載時の昭和十五年においても、「コントがたくさん拝見出来て本当に楽しい」（同年二月号）、「感謝したいのは、毎号豊富にコントを掲載して下さる事」（同年四月号）といった反響を「愛読者欄」に多く見ることができる。挿絵課題コントという企画は⑥掲載号の前号である昭和十五年三月号でも行われており、こちらの挿絵課題「奇妙な佳人」に対する解答のひとつが久生十蘭「お嬢さんの頭」である。約三年ぶりとなる三澄半造の登場は、解答者の重複を避け執筆陣の多彩さを演出する方便であったろう。

以上、久生十蘭の三澄半造名義作品六篇について概観してきた。これらのうち十蘭という作家を考える上で特に興味深いと思われるのは、①～⑤の「架空会見記」である。

そもそも十蘭と映画の縁は深く、フランス留学の動機として演劇に加え映画の勉強を挙げていたという証言が複数残されている（前掲「ジュランとボク」や十蘭に演技指導を受けた女優杉村春子の証言。「杉村春子さんに聞く　音声のスタイリスト――久生十蘭」湯浅篤志・大山敏編『聞書抄』博文館新社、平5・6）。しかし、帰国後も、築地小劇場改築竣成記念公演（昭8・10）の「ハムレット」舞台監督を皮切りに、築地座第二十九回公演（昭10・11）では内村直也「秋水嶺」を岸田國士とともに共同演出するなど、演劇人として着実にキャリアを積んでいた十蘭にとって、映画への関心は主に俳優の演技という点に集中していたように思われる。前述の水谷準の回想にあるように一連の「架空会見記」の趣向は十蘭によるものというよりは水谷によるものと思しい。この点を考慮する必要はあるが、先に触れた「映画的幻影」、「詐欺の面紗（ベール）」といった口吻からは、映画を演劇と連続しつつも独自の価値を持った芸術形式と見る視点は窺えない。十蘭が同時代の海外映画をよく観ていたこと、ゲーブルの離婚の顚末やヘップバーンの社交嫌いなどスターのゴシップにも敏感であったことは窺えるにせよ、そこで展開されるのはあくまで俳優・女優論であり、演技論である。

　十蘭の俳優論、演技論という点で興味深い箇所は多い。たとえば、②「蚊とんぼヘップバーン会見記」の中でヘップバーンに向かい、

> 頭で芝居をする役者といへば、ジヤツ・コポオや、ノエル・カワードなんかさうだが、あなたもたしかにその一人です。優れた演技といふものは熟練（アビリテ）と熱（ブリオ）だけによるものでなくて、俳優の教養によつてそれと同じ効果を示すことが出来るといふことが証明されてゐて、その点非常に愉快でした。

と「僕」に語りかけさせている箇所など、現代フランス演劇の革新者とされ、自身の師である岸田國士が師事したジャック・コポーの名前が挙げられている点も含め、十蘭の演技観の一端を示していよう。またそこに「西洋映画の強みは、監督の技倆や機械的な設備以上に、かの豊富にして熟練な「教

養」と「生活」をバックとする俳優群の魅力ある演技なのである」(「日本映画の水準について」『日本映画』昭12・2)とした師岸田國士の濃厚な影響を見て取ることもできる。

だが、このような箇所以上に興味を覚えるのは、十蘭がマルクス兄弟の作品を熱心に観た形跡が窺える点である。

マルクス兄弟の映画は今日でも一般にナンセンス喜劇映画の古典として認められていよう。日本では昭和初年代から本国アメリカとほぼ同時に公開されて人気を博している。

④「マルクス兄弟見参記」での評価は「マルクス兄弟の思付(イデ)と努力に並々ならぬ敬意を感じてゐるのだ」と肯定的である。また①～⑤の「架空会見記」のうち、登場するスターたちが出演している映画への言及がもっとも多いのは④である。確かに子細に見るといくつか奇妙な箇所がある。たとえば、冒頭の「猛獣団」のルビに「アニマル・コムパニイ」とあるのは誤記で、ここは「アニマル・クラッカーズ」*Animal Crackers*(1930)(邦題は「けだもの組合」)が正しい。十蘭の書き癖ともいえる奇妙な誤記については、つとに橋本治「遁走詞章」(『ユリイカ』平1・6)が考察しその独特な記憶法について推察しているが、ここで「アニマル・コムパニイ」としたのはおそらく邦題の「けだもの組合」が念頭にあったためだろう。それにしたところで邦題も「猛獣団」と変換されている。「御冗談」*Horse Feathers*(1932)(邦題は「御冗談でショ」)について触れている箇所も含め、ギャグに関する引用はほぼ正確である。それでありながら以上のような事態が生じているのは、十蘭が何らかの資料に当たらず記憶に頼って書いたことを示唆している。翻って考えれば、十蘭はマルクス兄弟のギャグを

詳細に記憶していたことになるわけで、その傾倒振りが窺えるだろう。

④にはマルクス兄弟論としても興味深い点が散見される。たとえば、マルクス兄弟の芸は「欧羅巴の「狂言（ビユウルレスク）」」をアメリカに持ち込んだものという指摘などは、中原弓彦が「けだもの組合」について「これらはアメリカ独自の芸（中略）というより、ヨーロッパの道化芸の伝統がブロードウェイで育ったとみるべき」（「マルクス兄弟論をふくむ解説」ポール・D・ジンマーマン『マルクス兄弟のおかしな世界』中原弓彦・永井淳訳、晶文社、昭47・12）とした指摘と遥かに響き合っており、十蘭の批評眼の確かさを感じさせる。

ではマルクス兄弟の影響を十蘭作品に感じ取ることはできるだろうか。ここで思い出されるのは、タヌとコン吉を主人公としたユーモア・ナンセンスもの「ノンシヤラン道中記」（『新青年』昭9・1～8）とその続編「黄金遁走曲」（『新青年』昭10・7～12）である。十蘭の作家としての第一歩となった前者は自らのフランス体験をもとにしたドタバタ・フランス見聞記、後者は探偵小説的追っかけ喜劇とでもいうべきものだが、いずれも速度を感じさせる饒舌な語り口、ナンセンスな言葉遊びと脈絡が脱臼したようなアナーキーな展開を特徴としている。このような特徴はいずれもマルクス兄弟の映画に見出すことができるものであり、十蘭が影響を受けた可能性は十分考えられる。むろん『新青年』もその一翼を担った「エロ・グロ・ナンセンス」を標語とする昭和モダニズムは、ハリウッド映画を象徴とするアメリカニズムに多くを負っており、そのような時代的文脈の中に初期十蘭作品とマルクス兄弟の関係を置き直してみる必要はあろう。しかし、感想風に結論するならば、マルクス兄弟に通じるアナーキーな笑いの感覚は、初期のユーモア・ナンセンスもののみならず、後年の十蘭作品にあっても、たとえば『玉取物語』（『別冊文芸春秋』昭26・10）のような作品に脈々と息づいているように思われるのである。

付記：引用に際しては漢字を通行の字体に改め、ルビを適宜省略した。

あとがき

本書は、京都大学大学院人間・環境学研究科に提出した博士学位論文『久生十蘭作品の研究――〈霧〉と〈二重性〉のモチーフを中心に』（平成三十年三月二十六日学位取得）にもとづく。出版にあたり加筆修正のうえ、新稿を加えた。各章の初出は以下のとおりである。

本書のはじめに　書き下ろし

第一章「久生十蘭作品群における〈霧〉モチーフ」
『国語国文』第八十三巻第八号、平成二十六（二〇一四）年八月

第二章「久生十蘭作品群における〈二重性〉モチーフ」
『文学』第十七巻第一号、平成二十八（二〇一六）年一月

第三章「久生十蘭「鶴鍋」（「西林図」）論」
『京都大学国文学論叢』第四十一号、平成三十一（二〇一九）年四月

第四章「久生十蘭「予言」論――二重化された語り――」
『歴史文化社会論講座紀要』第十五号、平成三十（二〇一八）年三月

第五章「第二回世界短編小説コンクールにおける久生十蘭『母子像』翻訳の問題」
『国語国文』第八十巻第十二号、平成二十三（二〇一一）年十二月
第六章　久生十蘭「湖畔」論――合理と非合理の「幻想文学」　書き下ろし
本書のおわりに　書き下ろし
補論「新資料・三澄半造名義の久生十蘭作品六篇」
『文学』第十七巻第一号、平成二十八（二〇一六）年一月

本書の刊行にあたっては多くの方々のご指導、ご助力を賜った。

京都大学大学院人間・環境学研究科入学以来、長年にわたり細やかな御指導を賜り、絶えずご鞭撻いただいた須田千里先生にまず心より御礼申し上げたい。先生には学問の面白さと厳しさを教えていただいた。毎回、真っ赤になって返却されてきた論文草稿との格闘の日々は、私の研究者としての基礎となっている。また先生には本書の刊行に際し、出版助成のご推薦を賜った。このことについても改めて御礼申し上げたい。

大浦康介先生には、京都大学人文科学研究所「日本の文学理論・芸術理論」研究班のリサーチ・アシスタントとして大変お世話になった。研究班の研究会で（ときにアフターの酒席の場で）交わされる刺激的な議論、闊達な会話の場に身を置けたことは、ともすれば視野がせまくなりがちであった私の大きな財産となっている。

お世話になった方々はあまりに多く、ここでお名前をすべて挙げることはかなわないが、佐野宏先生、長谷川千尋先生には、学位論文の審査にあたり貴重なコメントをいただいた。西川貴子先生には、第四章の執筆に際し発表の場をご提供いただいた。三ッ谷洋子氏、函館市文学館の方々には、第五章の執筆に際し資料の利用をこころよくご許可いただいた。小西賢吾氏、坂堅太氏、山本昭宏氏からは、絶えざる知的刺激（と愚痴の聞き手）をご提供いただいた。日々の議論を通じ、アイディアをまとめる糸口を作ってくださった院生仲間の方々にも、それぞれ感謝申し上げたい。

本書は、令和４年度京都大学人と社会の未来研究院若手出版助成により出版された。また、本書には京都大学人文学連携研究者としての研究成果が含まれている。出版をお引き受けいただき、慣れぬ作業にご助力を賜った和泉書院廣橋研三氏に厚く御礼申し上げる。

末尾ながら、不安定な生活を支え、見守ってくれた両親と妹にも感謝したい。家族の理解と助力がなければ、ここまで研究を続けることは到底不可能であったと思う。そして、生活者として、研究者として、日々切磋琢磨している妻Szabó Zsuzsannaに最大の感謝を捧げたい。

最後に、本書をあくまで寛大であったSzabóné Baráth Ilonaの思い出に捧げる。

二〇二三年二月十九日

開　信　介

著者略歴

開　信介（ひらき しんすけ）

1980年、京都府生まれ。

京都大学大学院人間・環境学研究科博士後期課程修了。博士（人間・環境学）。

現在、三重大学人文学部特任講師。

専攻は日本近現代文学。

主要業績に「久生十蘭作品群における〈二重性〉モチーフ」（『文学』第17巻第1号、2016年）、「久生十蘭「鶴鍋」（「西林図」）論」（『京都大学国文学論叢』第41号、2019年）など。


久生十蘭（ひさおじゅうらん）作品研究 ——〈霧〉と〈二重性〉　和泉選書 197

2023年3月20日　初版第一刷発行

著　者　開　信介
発行者　廣橋研三
発行所　和泉書院
〒543-0037　大阪市天王寺区上之宮町7-6
電話06-6771-1467／振替00970-8-15043
印刷・製本　太洋社
装訂　仁井谷伴子

ISBN978-4-7576-1064-4　C 1395　定価はカバーに表示

© Shinsuke Hiraki 2023 Printed in Japan
本書の無断複製・転載・複写を禁じます